因為我的不勇敢，丟失了那個最重要的人。
我以為，我還會再喜歡上別人，
但是我沒有，每一個別人，都不是他。

楔子

我本來以為，人只有在將死之際，過往的許多片段——那些特別幸福的、傷心的，才會在腦海中宛如跑馬燈般一閃而過。

沒想到在見到他的這一刻，那些與他有關的過往，如潮水般湧上心頭，每一幕畫面都清晰如昨，就好像那段橫亙在我們之間的空白歲月不曾存在。

在幾次深呼吸後，我做出一個十分丟臉，且會被知情者百般唾棄的決定。

勉力堆起淺笑，我聽見自己怯懦地向坐在面前的男人說：「初次見面，您好，我叫樓向晚。」

那男人面無表情地盯著我看，令人窒息的沉默蔓延開來，五坪大的辦公室裡只聞掛在牆上的復古時鐘秒針滴答作響。

不知道過了多久，我終於鼓起勇氣，抬起低垂的頭，迎向那男人的目光。

他那雙桃花眼向上勾揚，薄厚適中的好看脣瓣綻出一抹耐人尋味的笑，「樓向晚，好久不見，我很想妳。」

就算不滿我裝作不認識他，也不用以這種完全不給人台階下的方式，戳破我拙劣的謊言吧？

我恨恨地想，這個男人怎麼還是跟以前一樣討厭！

第一章　冤家路很窄

「樓向晚，記小過一支。」

這個聲音我已經聽了兩年，雖然很想裝作沒聽到，但這麼做並不聰明，畢竟對方的存在對我而言，實在太具威脅性了。

我半隻腳仍跨在圍牆上，百褶裙下的運動短褲露了出來，老媽熨燙整齊的制服襯衫已然半皺，原本紮進裙口的衣襬凌亂不堪地掉出一角，我雙手使盡吃奶的力氣攀緊牆沿，深怕一不小心會摔個狗吃屎。

沒良心的壞傢伙！居然還站在一個我必須扭著脖子才能與他對視的位置說話，他一手拎著登記板，一手插在褲袋，冷眼睨著毫無形象的我。

「記小過不是你說了算！」我沒好氣地回。

「對，所以我只登記在板上，回去再向妳的班導報告，讓他來做決定。」李承言上前幾步，平時看著迷人，現在卻令人討厭的桃花眼微微瞇起，「不過，以我的經驗，通常蹺課被抓到，都是記小過一支。」

什麼狗屁經驗！他是抓蹺課抓出心得了是不是？

「你根本就是故意找我麻煩！」我氣得騰出一隻手在空中揮舞，宣洩內心的不滿。

「遠看還以爲學校誤闖進了一隻野生猴子，走近才發現，原來是還沒進化的人猿。」他語氣平淡，說出來的話卻讓人很想飆髒話。

我氣呼呼地撇過頭，「李承言，你可惡、卑鄙小人！」

才剛痛快罵完，我卻感覺到自己攀著牆沿的手指越來越沒力氣，吊在半空中的身子隨時可能往下墜。

「做賊的喊抓賊，我懶得理妳。」李承言冷眼旁觀一切，完全沒有打算搭救快從圍牆邊摔下來的我，還刻意退後一步。

我認命地閉上眼睛，手指一鬆，準備迎接即將摔個四腳朝天的悲慘命運，不料卻落入一個溫暖的懷抱，有人張開雙臂將我穩穩地接在胸前，並扶我站好，動作熟練得像是演練過許多遍似的。

「唉……」

聽見這聲嘆息，我便確定了拯救我倖免於難的好心人是誰，怯怯地睜開一隻眼望去，嗯，他臉色難看的程度其實和李承言相去不遠，差別只在於他無奈的目光中多了一絲寵溺與縱容，誰叫他是我哥。

「堂堂盛光高中部的第一名學霸，怎麼會有這麼一個不成材的妹妹？動不動就蹺課被抓，丟模範生哥哥的臉。」李承言語帶輕蔑，出言毫不客氣。

我心虛地回嗆：「我哪有常蹺課被抓！」

「對。」李承言先是點頭認同，接著卻說：「妳是『常』蹺課，『不常』被抓到，只是剛剛好每次都是被我抓到。」

一口氣堵在胸口，腦袋裡的小宇宙已經不堪言語刺激，爆炸了好幾次，但我講不贏他，只能躲到兄長身後尋求庇護。

樓思宇狀似無奈地揑了下眉間，好言相勸：「承言，你不要對女孩子講話這麼刻薄。」

嗚嗚嗚，哥哥果然是站在我這邊的。我吸吸鼻子表示感動。

「我也不想對她刻薄。」李承言瞥了我一眼，露出明顯帶著嘲諷意味的笑容，「但她老是要自取其辱，我也沒辦法。」

樓思宇長嘆一口氣，「你就少說兩句吧。」

我懷疑他愁得頭髮都要少年白了。

「話我可以少說，」李承言指指手臂上的糾察隊徽章，「但是樓向晚蹺課這件事，我還是得秉公處理。」

「你們到底是有什麼私人恩怨……」樓思宇莫可奈何地朝我瞪過來，「還有妳！樓向晚，妳到底要我講幾遍？女孩子不要老是蹺課，會被當成太妹；就算要蹺課，妳翻牆的姿勢也好看一點，掛在圍牆上成什麼樣子啊！」

我不知死活地解釋：「那是因為我怕翻上次那道矮牆又會被李承言抓到，所以才選了這裡，誰知道這面圍牆這麼高！」

話聲方落，我發誓我眞的有看見樓思宇臉上出現三條線，他瞠目結舌地望著我，久久不能出聲。

「見過笨的，但像妳這麼笨的，還是第一次見到。」李承言涼涼道。

我一手叉腰，指著他的鼻子罵：「李承言，你這個討厭鬼，難怪沒有女生喜歡你！」

「我有沒有女生喜歡，不勞妳費心。」他冷著一張臉，打開登記板，在上面填了我的名字，事由項目寫著「蹺課」，然後遞過來要我簽名。

「我不簽，我又沒有真的蹺課！」畢竟還沒成功翻牆就被抓了，頂多只是懷有意圖而已，又沒有落實。「哥哥救我。」我可憐兮兮地往樓思宇身旁靠。

「向晚，妳會乖乖回教室上課嗎？」樓思宇覷了我一眼。

怒目瞪向討厭鬼，我點點頭，刻意放慢語速，一字一句說：「我、會、回、去、上、課！這樣可以了吧？」

「好吧。」李承言嘴角揚起輕笑，倒是很乾脆地答應了，他塗掉我的名字，拍了下樓思宇的肩膀，「送你妹回教室，親自。」

說完，他轉身大步離開。

樓思宇拉著我的手腕，二話不說就將我拖出樹蔭，越過操場，直接往高中部一年級的教室樓層走去。

雖然相信哥哥應該不會這麼想，但李承言那番言詞確實在我心中投下一抹淡淡的陰影，我遲疑地問道：「你會覺得……有我這個妹妹，很丟臉嗎？」

他訝異地回頭，稍微放慢步伐，「不要胡思亂想。」

我瞪大雙眼，怒氣沖沖道：「我就知道！那個李承言就是見不得你疼我！」還想離間我們兄妹倆的感情！

抬手揉了揉我的髮頂，樓思宇一臉無奈，「妳也別太討厭承言了，他其實是擔心妳一個女孩子老是蹺課，獨自在校外溜達危險。」

我撇過頭，「哼，我才不相信他有那麼好心。」

根本就是想看我被學務主任懲罰而已吧！

上次蹺課被抓，除了記過，我還被罰連續一個禮拜去學務處報到，抄寫國文課本一遍才准離開，幾次碰到李承言，他都笑得讓人很不爽。

「算了，隨便你們吧。」樓思宇放棄無謂的勸說，把我送回教室，離去前嚴正交代，「乖乖上課，聽見沒有！」

我點頭如搗蒜，在女同學們一陣瘋狂的尖叫聲中送走了老哥。

閨密湯雅慧從座位上跑來，著急地壓低音量問：「向晚，妳不是要蹺課嗎？」

「是啊，中途被李承言抓了。」我沒好氣地回。

「承言學長啊……」雅慧輕喃他的名字，餘音纏繞在舌尖，見我疑惑地朝她望去，連忙搖頭笑道：「他真的是妳的剋星耶！怎麼每次都會被他抓到？」

「唉，別提了。」我頹喪地趴在桌上。

恍惚間，突然想起樓思宇方才說的話。

「妳也別太討厭承言了，他其實是擔心妳一個女孩子老是蹺課，獨自在校外溜達危險。」

哼，有什麼好擔心的？

我蹺課又不是去做什麼危險的事，多半都是待在租書店看看小說漫畫，或者逛逛街，偶爾去流浪兔之家幫忙義工整理浪兔們的家園、餵餵牠們飼料，是能危險到哪裡去？

我看關心是假的，想找我碴才是真的吧？

我和李承言的孽緣，是在樓思宇高一時結下的，那時候我才國二，不懂得人心險惡。

李承言是樓思宇的同班同學，照樓思宇的形容，他們兩個自認識以來，就像失散多年的親兄弟重逢，一拍即合，雖然我十分無法理解，這樣性格南轅北轍的兩個人，到底是怎麼兜在一塊兒的？但總之，他們之間的友誼，做妹妹的我給予尊重。

唯一令我不爽的是李承言這個討厭鬼，就算沒辦法做到像兄長一樣疼惜我、照顧我，或是像有些男生看到漂亮女生會表現出溫柔體貼的紳士風度，至少可以對我以禮相待吧？

他卻往往只會拿話激怒我，好像每次見面不讓我氣得跳腳，就會渾身不舒服一樣。

就我的觀察，李承言與女生的相處模式，通常只會有兩種，一種是保持距離，疏遠冷淡，另一種則是言談之間尖酸刻薄至極，但後者非常少見。

也不知道是哪裡得罪他，我偏偏就被他以第二種模式折磨了兩年，他和我哥友誼長存多久，我就受害多久。

虧我第一次見到他和樓思宇並肩而立，兩個人帥得像一幅養眼的風景畫時，還對他頗有好感。當時他剛經歷完變聲階段，以低沉的嗓音對我說：「初次見面，妳好，我是樓思宇的同學李承言。」

我以爲這位有著一雙桃花眼，面容清俊、氣質沉穩的學長會很好相處，誰知沒過幾天，這樣的想法便徹底煙消雲散。

爾後，無論大家怎麼說李承言是帥哥一枚，我都只會把他歸爲和蟋蟀同類，或是更低階的藍綠藻。

只是這麼惡劣的一個人，怎麼會生得一雙那麼漂亮的眼睛，雙眼皮、睫毛濃密纖長，眸光明亮有神，眼尾略彎上翹，笑的時候像一彎小月亮，簡直迷死人不償命；可惜他不常笑，或者該說，要是他的個性不那麼機車，也許校草的頭銜就未必是我哥的了。

而我和李承言無止息的戰爭，只有在我爸媽面前才會暫緩，因爲這愛裝腔作勢的討厭鬼，爲了成功塑造出討長輩喜愛的形象，在他們面前總會刻意對我照顧有加，讓我無論如何告狀，都百口莫辯。

「妳不是不喜歡吃青椒嗎？」李承言將餐盤往我桌前推過來些，「給我吧。」

假惺惺，我才不要配合他呢！

「不喜歡也不給你！」把他的餐盤推回去，我瞪了他一眼。

老爸皺眉，「向晚，不可以對承言這麼沒禮貌。」

「樓爸爸，沒關係。」李承言對我和煦地笑了笑，「女孩子這樣比較可愛。」

他笑得我毛骨悚然，忍不住直打哆嗦，雞皮疙瘩掉滿地。

「妳今天爲什麼一直氣噗噗的？」老媽斜眼看過來。

「就有人今天又想蹺課，結果被抓了。」樓思宇背叛我，居然打小報告。

我在桌下狠狠踢了他椅子一腳，哥哥變了，不愛我了，我好可憐。我不發一語，埋頭吃飯，裝作沒注意到爸媽掃射過來的嚴厲視線。

「又蹺課！」老爸率先發難，「妳一個女孩子家，整天不認眞上學，老是跑出去玩，到底是想怎樣？」

「樓向晚，妳是不是皮在癢！」老媽直接放下筷子，伸手擰住我的耳朵。

「痛痛痛痛——痛啦！」我被拉得頭歪一邊，眼淚都要飆出來了。

老爸抬了抬下巴，提醒：「咳！老婆，承言還在。」

言下之意是給女兒留點面子。我果然依舊是樓大家長的掌上明珠。

老媽放手前不忘再用力一擰，算是給我點教訓，她緩下口氣，聲音卻仍聽得出不悅：「又是被承言抓到的？」

「是啊，還被承言唸了一頓。」

樓思宇！臭哥哥！你不說話沒人當你是啞巴！

「會唸是應該的，表示人家承言也把妳當成自家妹妹一樣關心。」老爸頭疼地扶額，「奇怪耶，你們學校那麼多糾察隊，爲什麼每次做壞事都是被承言抓到？妳好歹也給我們留點形象，樓家怎麼教出這樣的女兒……」

「因爲他就是故意要找我麻煩！」我指著罪魁禍首罵，見不得他還故作一臉無辜。

「妳不犯錯人家是能怎樣找妳麻煩？」老媽瞪過來，瞬間讓我閉上嘴。

放下碗筷，老爸宣布：「從今天開始，向晚禁足一個月，再蹺課被抓到，就再延長時間。」

「那只要不被抓到就沒事？」我承認問出這句話的時候，我的腦袋是停止運作的，該死的嘴巴擅作主張……

李承言翻了個白眼，而樓思宇用力推了一下我的額頭，「樓向晚，妳皮在癢是不是？」

我趕緊認錯，「不敢了！我不敢再蹺課了！我會乖乖的。」

是的，我最近都會乖乖的，這陣子運氣太差，做壞事很容易被抓。

老爸搖頭嘆氣。

老媽忿忿地指向老爸和老哥，「都是你們兩個寵出來的！」

李承言笑出聲，好看的桃花眼又彎成了小月亮，我卻毫無心思欣賞，也罷，對著這場鬧劇，他能憋到現在才笑，也是不容易了。

晚餐過後，李承言和樓思宇進房討論推甄入學事宜，媽媽要我端一盤切好的水果給他們。雖然心不甘情不願，但我還是識相地照辦，一手端著水果盤，一手輕輕敲了敲房門。

「請進。」

爲什麼是李承言答腔？

我擰眉扭開門把，發現樓思宇竟不在房裡，「我哥呢？」

「去洗手間了。」李承言坐在床上翻閱商業雜誌，頭也不抬，「地板上有電腦線。」

「嗯？」將水果放上書桌，我一轉身，腳踝勾到細長的條狀物，整個人頓時向前傾倒。

李承言見狀，眼明手快地拋開雜誌，伸出長臂撈住我，其中一隻手掌不偏不倚地扶在……不該扶的位置……

意識回籠的下一秒，我放聲尖叫：「啊——」

我像碰到什麼髒東西似的迅速彈開，雙手抱在胸前，驚恐地瞪著他，「李承言，你、你、你變態！」

剛回到房間的樓思宇不明所以，「你們在幹麼？」

「哥哥，他、他——」

「承言怎麼了？」

聽到尖叫聲，老爸老媽關切的詢問從樓梯口傳來，「你們樓上是怎麼了？」

我朝哥哥猛力搖頭，使了無數眼色，他愣了幾秒，退到門旁，遲疑了一會兒回答：「應該是沒什麼事。」然後關上房門。

「哥！哥！」我慌慌張張地奔過去躲到他身後，「李承言是變態！」

「他怎麼個變態法？」樓思宇一副見怪不怪的樣子，「說來聽聽。」

「他摸我胸部！」

「哈哈哈哈哈哈——」

話聲方落，有人立刻笑到前俯後仰，那個人不是別人，正是我哥。

面對我的指控，李承言從頭到尾臉上始終掛著意味不明的笑，好像在看一個無理取鬧的孩子。

樓思宇笑到差點都要流眼淚了，「誒，你眞的有摸向晚的胸部嗎？」

「有啊。」李承言大方承認，「摸了。」

意料之外的答覆，令樓思宇一愣，「眞的？」

「有個笨蛋被你地上的筆電電源線給絆倒了，我只是伸手扶了她一把。」李承言淡淡道。

「所以是不小心碰到的？」

李承言聳肩，似是懶得多做解釋。

樓思宇垮下臉，「向晚，承言是爲了救妳，才不小心碰到的。妳怎麼可以反倒罵人？」

「救就救，他可以扶別的地方啊！」我不領情，抓緊衣服領口，「男女授受不親。」

樓思宇替好友說話，「我相信在那個當下，承言並沒有別的心思。」

「誰知道啊！」我指向那個擺出一副事不關己的態度、懶懶坐回床邊的傢伙道：「他摸我的胸部耶！」

「其實，說我摸妳胸部——」李承言抬起頭，悠悠開口：「那也要妳有。」

「你什麼意思！」我氣到幾乎眼前一黑，「你剛剛明明、明明——」

「我已經警告過妳地上有電線了，妳卻還被絆倒，是誰的問題？」

樓思宇低嘆，「人家好心救妳，妳還誣賴人家是變態？」

「那他可以不要救啊！」我賭氣，死鴨子嘴硬。

「好，下次我知道了。」李承言語氣漠然，要笑不笑地說：「對妳，我一定見死不救。」

「也不是這麼說啦。」樓思宇出面緩頰。

「一個人要在同一天摔倒兩次也是不容易。」李承言繼續冷言冷語。

我癟了癟嘴，突然有點想哭，「你就這麼討厭我？」

或許是因爲今天一整天都很不順，蹺課被抓、被爸媽禁足，又差點跌倒，還被討厭的人摸到胸部……

樓思宇見我眼眶泛紅，急忙安慰我，「好了，沒事、沒事，承言他只是——」

原本以爲李承言不會回答我那個問題，可是在與我對望半晌後，他卻出聲了：「我哪有討厭妳。」

這句話此刻不痛不癢地落進我的耳裡，卻在很久以後，變成心上一道每當我回想起來，就會感到疼痛的傷口。

有些喜歡，發生在渾然未覺的時候。

直到現在，我依然不知道，和我如此親近要好的雅慧，是從什麼時候開始喜歡上李承言的。

是在她扭傷腳那天嗎？抑或是在更早之前……

「向晚，妳快來看看，雅慧好像扭到腳了！」羅梓秀站在教室門口大喊。

我放下夾著漫畫的國文課本，迅速將漫畫放回書包藏好後，才起身走上前。

雅慧在李承言的攙扶下，小心翼翼地跛著腳緩慢前行，對著我們露出一抹羞赧的微笑，「是我自己走路不小心。」

瞄了眼她那以彈性繃帶裹著冰敷袋的腳踝，我關心地問：「妳還好嗎？怎麼會這麼嚴重？」

「下樓梯時，不小心踩空。」

「一定是某人帶賽。」我意有所指，推開扶著雅慧的李承言，接手攙住她。

怕我誤會，雅慧紅著臉解釋：「承言學長只是看到我腳扭傷，帶我去保健室處理了一下，再送我回來而已。」

「他會這麼好心？」我才不相信。

「學長知道我是妳的朋友啦……」雅慧因爲害羞，越講越小聲。

「就是這樣才可疑啊！他很討厭我耶！」我把好姊妹拖到自己身後，防範地瞪著李承言。

「我哪有討厭妳。」

那句他不久前說過的話，突然自記憶中響起，我甩了甩頭，選擇性忽略。

他一定是討厭我啦！不然怎麼會老是嘴裡不饒人，總要把我氣到七竅生煙才肯罷休。

「懶得理妳。」李承言視線越過我，落在雅慧身上，「如果明天沒有稍微消腫，妳再衡量要不要去看醫生。」

他對我從來沒有這麼和顏悅色過！

李承言居高臨下地睨著矮了他一顆頭的我，嘴角勾起嘲笑的弧度，「妳知道妳很像什麼嗎？」

明知道他肯定沒好話，我還是忍不住被牽著鼻子走，「像什麼？」

「被踩到尾巴，炸毛的貓咪。」說完，他轉身往反方向離去。

我瞇了瞇眼，掄起拳頭在空中揮舞，「李承言！你這個討厭鬼！」

梓秀噗哧一聲，掏了掏耳朵，「向晚，妳要不要換一句罵人的台詞？」

「怎樣？」我不服氣地橫目相向。

「那好像是妳每次跟李承言結束對話前，固定會有的台詞。」梓秀一手搭上我的肩膀，「聽得有點膩。」

我拍掉她的手，抱怨：「連妳都欺負我！到底是不是我朋友啊？」

梓秀國中的時候與我和雅慧不同班，我們是在國三某次勞動服務時偶然間認識的，從此每回在走廊上巧遇都會聊個幾句，直到升上高中後，三個人被編入同一班級，才變得越來越熟，並成爲好朋友。

梓秀雖然名字秀氣，但跟我是差不多的類型——外表女生，個性粗魯。只有雅慧的性格和其秀氣的外表一致，所以我和梓秀時常挺身而出保護她，就像男朋友一樣。有時候出於好玩，也會互稱老公、老婆，這是只有女孩子之間才懂的親暱友情。

梓秀五官清麗，眉宇間卻帶有一抹英氣，她撥了撥與男生造型相去不遠的短髮，促狹道：「誰叫妳每次都只會對著李承言的背影氣得跳腳，罵他是討厭鬼。」

沒把她的吐槽放在心上，我一時被她那抬手撥髮的風姿給迷住了，便扒住她的手，誇張地睜圓了眼，「梓秀，我覺得妳簡直比男生還要帥，來，親一個！」

她一掌推開我湊過去的臉，嫌惡道：「樓向晚，妳噁不噁心啊！」

一陣打鬧後，我們才發現雅慧始終安靜站在旁邊傻笑。

梓秀甩開我的糾纏，大聲問：「雅慧，妳在發什麼呆？」

雅慧一時未回過神，我伸手在她面前揮了揮，「Hello？」

她這才眨眨眼，表情如沐春風，「嗯？怎麼了？」

「我們才想問妳怎麼了咧！」我和梓秀異口同聲道。

「我哪有怎麼了……」她垂下脖子，微弱地反駁。

「妳是不是——」梓秀瞇起眼，搓了搓下巴，「情竇初開了？」

「對誰情竇初開？」莫名其妙，梓秀說話也太沒根據了，雅慧如果有喜歡的人，怎麼可能沒跟我說，眞是的——

一張好看的面容驀地閃過我的腦海。

不、會、吧？

我雙眼都發直了，握住雅慧的雙肩用力搖晃，「妳該不會喜歡李承言吧？」

她害羞地支吾其詞，「我、我只是……」

我嚥下口水，屏息以待她把話說完。

「我只是覺得他是個值得崇拜的學長，僅此而已。」

只是崇拜嗎？我抱持懷疑的態度。

不過，我確實寧願她只是崇拜李承言，只會遠觀，不會想跟對方在一起的那種崇拜。畢竟，李承言又不是什麼好對象，個性機車、講話惡毒，這種人怎麼可能讓我的好朋友幸福？

「妳眼睛一定是瞎了。」我搖頭嘆氣，食指微顫地指著她，「瞎、了！」

雅慧眼神中帶了點小難過，「承言學長有那麼差嗎？」

「妳跟他熟了就知道。」我哼了兩聲，「壞傢伙一個！」

梓秀像是聽不下去了，扶著雅慧回座位，「我們不要理她，那根本就是私人恩怨，太幼稚了。」

「誒！」我追在後頭，表示傷心，「妳們到底站在哪一邊啊？」

教室裡在旁觀望許久的幾名女同學一湧而上，一人一句興奮地問：「雅慧，承言學長是不是對妳很好啊？」

「其實承言學長也滿帥的！雖然他多半時間都面無表情。」

「我知道了，他只是討厭向晚而已，對其他女生還是很溫柔的！」

我垮下臉，分別戳了戳她們的肩膀，「誒誒，妳們幾個當我不存在嗎？什麼叫李承言只是討厭我而已？」

「本來就是啊！」個子比較高的女同學說，「只有妳會跟承言學長吵架，我聽好幾個別班女生說，她們都曾經在遇上困難時，得到過他的幫助耶！」

「承言學長人應該是滿好的。」綁著俏麗馬尾的女同學雙手捧頰，眼中閃爍著桃心，「就算他是面癱臉，也絲毫掩蓋不了他的帥氣。」

李承言會有那麼好心？

我看是因爲他是糾察隊大隊長，職責所在不得不爲吧？

另一位身材嬌小的女同學點頭如搗蒜，「眞的！承言學長只比妳哥差一點點而已。」

「他跟我哥差多了好不好！」我跳起來不滿道：「我哥可是高中部之光耶，李承言怎麼比得上！」

「也是啦，思宇學長長得帥，性格溫柔，笑起來有酒窩，成績超群又很會打籃球，確實無人能比，校草當之無愧。」雅慧同意我的論調。

我雙手叉腰，得意地揚起下巴。

梓秀像故意跟我唱反調似的，接著說：「承言學長也長得很帥，性格有待商榷，多半時間面癱，成績維持全校排名前十，不喜歡運動，嗯……確實差了一點，但還是挺值得女生崇拜的。」

「哪裡值得崇拜？」我撇撇嘴。

「身為糾察隊大隊長很威風啊，而且還是那群糾察隊員裡面最帥的呢！」

我大翻白眼，「膚淺！」

女同學們犯起花痴，紛紛附議。

「對！我最喜歡那雙桃花眼！」

「我喜歡他說話的聲音！」

「他的手很漂亮！」

我到底聽到了什麼？

「妳看吧？」梓秀抖了兩下眉毛。

「聽說承言學長有在玩股票。」其中一名女同學壓低音量道。

「那他一定很有理財頭腦！」雅慧眼神燦亮，感覺她更加崇拜李承言了。

我嗤之以鼻，「哼，什麼理財頭腦？我看根本就是賊頭賊腦吧。」

聞言，大家忽然安靜了下來，幾秒後爆笑出聲，「哈哈哈哈哈。」

有什麼好笑的？我說了什麼笑話嗎？

梓秀抹了一把臉，無奈嘆道：「向晚，妳眞的應該要好好讀書，不要丟妳學霸哥哥的臉，『賊頭賊腦』這個成語，不是這樣用的。」

我臉都綠了，又是噘嘴又是跺腳，一股悶氣無處發洩。

害我這麼丟臉，這千錯萬錯都是李承言的錯！

好不容易撐到最後一堂課結束，我眼皮幾乎快睜不開了，早知道昨晚就不要熬夜看漫畫，今天一整日都好煎熬，周公頻頻招手約我跟他下棋，要擺脫那樣的誘惑耗費了我好大勁兒，實在太辛苦了。

放學和雅慧、梓秀走去搭公車，沿途雅慧不時偷瞄我，欲言又止，我猶豫著該不該主動詢問，梓秀倒是先出聲了：「雅慧，妳是不是有話想問向晚啊？」

心思被看穿，雅慧縮了縮脖子，一雙大眼睛猶帶遲疑，斟酌著該如何開口：「向晚，那個……」

「嗯？」我挑眉。

「妳到底爲什麼那麼討厭承言學長啊？」

我一愣，眨了眨眼，「咦？我沒跟妳們說過嗎？」

她們面面相覷後搖頭，「沒有。」

「之前有問過妳，但那時候妳正在氣頭上，叫我別提了，所以……我就沒敢再多問。」雅慧說。

梓秀雙手環胸，納悶道：「討厭一個人總會有原因吧，不是嗎？」

「誰說的，對我來說，『討厭』跟『喜歡』差不多，都不需要有原因。」我很任性，一切憑感覺行事。

「但我覺得妳比較像是在無理取鬧。」梓秀不以爲然，「對付妳這樣的小屁孩，也難怪李承言沒有好臉色。」

「那妳跟我同年，也是個屁孩。」

她聳聳肩，不放棄地逼問：「快點老實交代！」

我仔細回憶過往，半晌後才吶吶開口：「其實，初次見到李承言的時候，我覺得他滿帥的，雖然不是我的菜，但還算有點好感……」

見我願意回答，雅慧眼睛一亮，精神都來了，「那後來呢？爲什麼就討厭他了？」

「因爲我失戀那天——」

雅慧像是突然想起什麼似的出聲打斷：「等等，妳是說國二妳跟黃大衛告白那天嗎？」

「對啊。」我點頭，繼續娓娓道來，「那天放學——」

第二章　成績好能當飯吃嗎？

雖然年少時的失戀，並不見得有多麼刻骨銘心，但告白無果，仍然讓那時候的我很是傷心。

「嗚嗚嗚嗚……」

回家路上，我越想越心酸，顧不得路人側目，直接就蹲在巷口大哭了起來。

年幼單純的我，對於理想對象沒有太多要求，外表只要長得能見人，體型不要太瘦弱就行了，最重要的是要對我很好很好，就像爸爸或哥哥那樣；但後來，我漸漸發現難度有點高，所以自動放寬標準，只要能做到他們的七、八十分，我就可以接受了。

黃大衛是我的初戀。

他不是什麼帥哥，長相普通，身高還有點矮，可是他對我很好。國一、國二時，他都坐在我隔壁桌，算是從敦親睦鄰開始建立起情誼，同吃一包零食，上課互相交換漫畫看，並替對方把風，下課再一起到福利社買冰棒，偶爾放學會約在學校操場上打混，或是看學長姊打球。爲了他，我曾一度被指責見色忘友、有異性沒人性。

但我對此毫不介意，只要能跟喜歡的他有更多時間相處就好。

我原本對告白很有把握的，同學們也說黃大衛一定喜歡我，於是我寫了一封文情並茂的情書，挑了一個星座運勢書上說獅子座宜告白、桃花運旺的好日子。

結果——

「對不起，向晚……我不喜歡女生。」

「你是不喜歡女生還是不喜歡我？」那是我人生中第一次深刻體會到何謂晴天霹靂。

「我滿喜歡妳的，也覺得妳很好，長得又漂亮，是個好女孩，只是——」他語帶躊躇，誠懇又抱歉地說：「那種喜歡，不是男女之間的……」

始料未及的答覆，令我一時傻眼，遞出情書的手尷尬地懸在半空中，還反應慢半拍地向他確認：「這跟你說你不喜歡女生有什麼關係？」

「就是……我喜歡的其實是……」他掙扎了好一會兒，才緩緩湊近我耳邊，小聲道：「男生。」

我愣了愣，難以置信地看向他，半晌都沒能作聲，直到他害羞地撓了撓鼻尖，紅著臉說：「向晚，妳會替我保密吧？」

點了下頭，我艱澀地開口：「會，我一定替你保密。」

失戀就算了，還同時發現自己的告白對象喜歡的是男生，這根本就是雙重打擊啊！

我怎麼會這麼愚蠢呢？

明明和黃大衛那麼要好，卻完全沒有察覺他的心思，還像個白痴一樣洋洋得意地寫情書給他，認為告白一定會成功……

「向晚？」樓思宇的聲音無預警地從頭頂落下。

我猛地抬頭，看見樓思宇便一把眼淚一把鼻涕地撲了上去，完全沒注意到還有其他人在場，「嗚嗚嗚，我不想活了啦！」

這個年紀口中的「不想活了」，只是表達自己極度丟臉的一種誇示說法。

樓思宇牽著腳踏車，騰出一隻溫暖大掌蓋上我的髮頂，緊張地問：「怎麼了？怎麼哭成這樣？發生什麼事了？」

吸吸鼻子，我可憐兮兮地低聲說：「我失戀了。」

「爲什麼？怎麼可能？」他訝異地瞠大眼睛，軟言哄道：「我家小公主這麼漂亮可愛，怎麼會有男生不喜歡妳？」

的確，我自小收到的情書，以及被男生告白的次數都頗爲不少。在國中部，我好歹也算是數一數二的美女，可是……

「那個男生不喜歡女生……」我把話含在嘴裡小聲咕噥，沒讓他聽見。

樓思宇挑起一道眉，「妳說什麼？」

「沒什麼。」我癟嘴，覺得好委屈。

「那個男生沒眼光啦！」

我擦擦眼淚，這才瞄見站在他身後不遠處，同樣牽著一輛腳踏車的李承言，我禮貌地向他打招呼：「承言學長。」

他看著我的表情帶著一抹耐人尋味，微微頷首算是回應，並未說話。

「不要難過，是那個男生配不上妳。」樓思宇心疼地替我擦乾眼淚，摸摸我的頭，他帥氣的臉龐笑出兩顆淺淺的酒窩，「走，我們回家吧。」

哥哥的溫柔，總是能或多或少撫平我低落的情緒，我撒嬌道：「你載我。」

「好。」他馬上答應，瞥了眼腳踏車後突然又說：「啊！我今天騎的這輛不能載人。」

因爲沒有後座。

我噘嘴，任性地要他想辦法。

樓思宇轉頭向好友求救，「承言，你那輛腳踏車有後座對吧？」

李承言沒有作聲，從表情也看不出他心中是怎麼想的。

將腳踏車立在原地，樓思宇自行走過去確認後，愉快地推了一下好友的肩膀，「幫個忙，載一下我妹啦！反正你也是要去我家。」

「我爲什麼要載她？」他這話擺明就是不想載我。

他不想載，我還不想坐他的車咧，稀罕啊！

我別過頭，不滿地哼了聲。

樓思宇一把抱起我，逕自將我安置在李承言的腳踏車後座，笑嘻嘻地對他說：「我妹就麻煩你啦！」

我掙扎著想下車，樓思宇卻按住我，「向晚，妳乖乖坐好。」

李承言睨了我一眼，長腿一跨就將車騎了出去，把樓思宇拋在後頭。

「誒，你——」我一時沒坐穩，反射性地伸手環抱住他的腰，臉還撞上了他的背，不由得臉上一熱。

少女情懷總是詩，我也曾經幻想過坐在某位帥哥的腳踏車後座，被載去某個地方，就像少女漫畫裡的情節一樣。

可是浪漫的粉紅泡泡維持不到幾分鐘，就被一桶冷水給徹底澆滅了。

「妳不知道黃大衛喜歡男生？」

「不知道啊，我怎麼會知道？」我理所當然地回話，可等等——「你、你怎麼知道我告白的對象是黃大衛？又怎麼會知道他喜歡的是男生！」

這不是個祕密嗎？

「黃大衛向我告白過。」李承言嗓音平淡得像是在談論今天的天氣，卻聽得我心驚膽跳。

「黃大衛喜歡你？」我放開環抱他的手，同時驚呼，「怎麼可能！」

我都認識黃大衛那麼久了，還自詡是他的好朋友，到底是有多不了解他？而且根本看不出來他會是那種勇於告白的類型。

「他怎麼敢跟你告白？難道就不怕你說出去？」

「我沒那麼無聊。」

我白眼一翻，低喃：「誰知道……」

腳踏車停在巷口等待行人通過時，李承言微微側過頭，「妳哥說得沒錯，妳眞的很沒眼光，還很不會察言觀色。」

「我哥說的是黃大衛沒眼光，你聽錯了吧？」他說出來的話實在令人不爽，我悶聲問：「但你怎麼知道我喜歡黃大衛？」

「我看到妳在樓梯間跟他表白。」他低沉的笑聲有些刺耳，像是帶上了嘲諷。「所以呢？你寫給他的情書在哪裡？最好燒掉，毀屍滅跡，不然很丟臉。」

「李、承、言！」我氣到想跳車，他卻故意加快了騎車的速度。我回頭看了眼跟在後面、追趕得很辛苦的哥哥，希望臉上的哀怨有成功傳達出去。

「我覺得樓思宇那句話應該改一下。」

「哪句？」明知他狗嘴吐不出象牙，但我就是學不乖。

「我家小公主這麼易怒體質，怎麼會有男生敢喜歡妳？」

一秒被激怒的我，奮力撐起上半身湊近他耳邊大吼：「你停下來、停下來！我要下車！」

李承言倏地緊急煞車，害我鼻子撞上他硬邦邦的脊背，差點噴出眼淚，「唔，痛……」

「要喊下車下次請早，都已經到了。」他從腳踏車上下來，放下立車架，雙手插進口袋，好整以暇地彎身睨著我，「有骨氣點。」

樓思宇氣喘吁吁地將腳踏車停好，蹙眉走來，「李承言，你也騎太快了吧！你載著我妹耶！要小心安全！」

「所以啊，」他冷冷瞟去一眼，「下次別叫我載她，很重。」

「我哪裡重！」我脹紅臉，氣到幾近語無倫次，「你才重！你全家都重！」

他到底有沒有禮貌？

女孩子的大忌，一不能問年齡，二不能提體重！

這傢伙空有一副俊帥外表，實則一肚子腹黑壞水，我都已經失戀了，還這麼對我！

李承言像是在欣賞自己的傑作，仔細審視過我臉上張牙舞爪的神情後，露出一抹我不解其意的淺笑。

聽完我和李承言槓上的原因，梓秀沉默了一會兒後，竟語帶感慨地說：「承言學長安慰人的方式好特別啊！」

雅慧同意地附和：「他是在安慰妳，只不過採用非主流的方式而已。」

「這哪是安慰啊！」這種安慰法，是要把人氣到腦中風嗎？

「可是妳後來就不哭了啊！」梓秀眨眨眼，「不是很有效嗎？」

「妳們眞的好奇怪，被李承言下蠱了是不是？幹麼老是幫他說話？」崇拜李承言的雅慧也就罷了，居然連梓秀都這樣。我忍不住抱怨：「妳們都不知道，那天他去到我家，也是毒舌不斷，完全沒有手下留情，絲毫不顧我失戀，受不了太大的刺激耶！」

梓秀拍拍我的肩膀，「妳可以啦！妳心臟那麼大顆。」

「羅梓秀，妳皮在癢是不是？」

「但也因爲這樣，妳『氣』到沒時間難過呀！」雅慧在一旁繼續幫腔。

我作勢要掐梓秀脖子的手，因爲雅慧的一句話而愣怔停住，我記得那晚自己被李承言氣飽了，直到入睡前還咬牙切齒想著他有多機車，確實沒再爲告白失利落淚，而後接連幾天，李承言都受邀來家中吃晚餐，天天與我針鋒相對，我還就眞的漸漸在想起黃大衛時，不會感到那麼難過了，就連在學校看到他，也只覺得他眼光很差，居然會喜歡李承言那種傢伙！

難怪大人都說，太年輕時的喜歡，多半不值得一提，傷心只會是一時的，很快就會過去。

我訕訕地收手，輕扯嘴角，「我不相信那是他安慰人的方式……」

「話又說回來，原來黃大衛喜歡的是男生。」雅慧歪著頭回想，「完全看不出來耶！」

「嘖嘖，向晚的初戀還眞是慘烈。」梓秀攬著我的肩膀，「那黃大衛現在人呢？我對他眞好奇。」

「他沒有直升啦！去別間高中了。」

「太可惜了。」

「可惜什麼？」

「可惜沒看過妳的初戀啊！」

「哎，他長得很像路人甲啦！」我擺擺手，「小時候哪知道自己眞正喜歡的是什麼類型的男生啊！」

「哪裡小？妳那時候國二，現在也才高一。」頓了頓，梓秀順勢問：「那妳現在喜歡什麼類型的男生？」

「我喜歡體格好、愛運動的陽光男孩。」提起自己的理想型，我雙手交握，忍不住發起花痴，「像顧源浩那種類型的！」

「我有沒有聽錯？」梓秀掏了掏耳朵，「妳是說九班的老大？哇，我覺得妳眼睛才眞的瞎了，還好意思說雅慧，再怎麼樣承言學長也比野蠻人顧源浩好。」

「他哪裡野蠻了？」聽見自己欣賞的男生被貶低，我不服氣地哼了聲，「李承言才比不上他！」

「他們站在一起根本就像官老爺和山賊啊！」梓秀兩手一攤，「怎麼比？」

連雅慧都跟著說：「對啊，向晚，顧源浩這個人不好啦。」

「我覺得妳一定是武俠小說看太多了。」我撇撇嘴。

梓秀給我一個白眼，「我那是比喻精闢好嗎？」

我抿脣不語，放棄爭辯，她們二對一不公平啦！

「幹麼？」梓秀用手肘頂了我一下，「生氣嘍？」

我扭頭不看她，悶悶地回：「沒有。」

雅慧拉著我停下腳步，指向操場，「好啦，向晚妳看，是顧源浩耶！」

我順著雅慧指的方向望去，顧源浩正在籃球場上跟人進行一對一鬥牛，他從容地在對手面前運球，蓄勢待發，準備伺機而動，臉上揚著壞壞的笑，看起來就特別帥氣。

他這種外型完全是我的菜啊！

聽說顧源浩家裡是開健身房的，有幾家分店，每天放學他都會去自家的健身房健身，還有私人教練特訓，所以儘管他也才高一，體格卻已然比同年齡的男生都要精壯，搭配立體五官和太陽曬出來的黝黑肌膚，簡直就是黑馬王子。

其實我也知道，雅慧和梓秀之所以認爲顧源浩不好，是因爲謠傳他仗著家境優渥，不學無術，成天遲到、蹺課，還經常與人打架，抽煙、攜帶違禁物品到校更是家常便飯；身爲高一九班的老大兼公選出來的班長，他在班上橫行霸道，嚇得柔弱膽小的同學不敢吭聲。有錢能使鬼推磨，顧源浩的父母每年都會捐贈大筆款項給學校，連老師也拿他沒辦法。

即便惡名昭彰，喜歡顧源浩的女生依舊不在少數，不過那些女生可都不是什麼好惹的角色，有的脾氣乖戾，有的愛惹是生非，講難聽點，顧源浩就是太妹們的天菜，也只有膽子夠大的女生，才敢表明自己喜歡他，或是跟他交往。

會欣賞顧源浩，除了他的長相符合我的理想型之外，還因爲他曾經救過我，只是這件事我並未向任何人提起，尤其是樓思宇，要是他告訴爸媽，我以後肯定會被嚴加看管。

那一次我蹺課跑到學校附近的飲料吧看漫畫，被其他學校的一群混混搭訕，我雖然拒絕了，對方卻仍不肯罷休，同樣蹺課的顧源浩恰巧與幾位朋友過來買飲料，他帥氣地介入，霸道宣示：「喂！不要動我學校的人。」

當顧源浩壯碩的身材擋在我面前那一刻，我心中小鹿亂撞，臉頰莫名發燙。自小到大，除了哥哥，我少有被其他男生保護的經驗，看著他爲了我和那群混混談判的背影，彷彿就算天塌下來，也會有他撐著。

後來顧源浩和他的朋友一同送我回學校，沿途我們相談甚歡，離去前他還特意叮嚀：「那間飲料吧經常有混混去光顧，像妳這麼漂亮的女生，最好別內用，很危險。」

望著眸光含笑的他，我愣愣地點頭，心想他並不如傳聞中那麼壞，還是有良善和正義的一面，而且當他與那群混混對峙時，氣勢不怒而威，眞的好帥呀！

拿這樣的人當欣賞對象，雅慧和梓秀可能會認爲我瘋了，但我又不奢望跟他交往，只要能偶爾遠遠地看看他，我就心滿意足了。

「好棒，他進球了！」她們陪我走到籃球場邊觀賽的時候，顧源浩剛好投出一顆三分球，興奮地跑到邊上和朋友擊掌，我也興奮地爲他低聲歡呼。

「妳哥知道妳欣賞顧源浩嗎？」雅慧悄聲問。

「當然不知道。」我的視線追隨著顧源浩的身影不放，「妳們千萬不可以跟我哥說！」

「如果我是妳哥，也會把妳唸一頓。」梓秀搖頭，「這個顧源浩，撇開他是不是壞學生不談，妳看看那裡。」

她伸手指向對面一字排開的圍觀女生，個個都是學務處榜上有名的太妹，穿著打扮永遠遊走於校規邊緣。

「那又怎樣？」我不解。

雅慧提醒，「妳最好不要被顧源浩的那群親衛隊知道。」

「單純欣賞，看著他養養眼也不行嗎？」我不服氣，現在是民主社會耶！「又沒有要在一起。」

「妳還是小心點。」

一隻大掌冷不防從後方蓋上我的頭頂，樓思宇的聲音跟著響起：「樓向晚，妳怎麼還不回家？」

我錯愕地回頭，一時答不上話。

瞥見他身旁站著的那人，雅慧害羞地喚了聲：「承言學長。」

李承言瞄向她的腳踝：「妳的腳好些了嗎？」

「有比較不痛了。」不敢直視他的眼睛，雅慧微微低下頭。

「妳們在這裡幹麼？」樓思宇揉亂我的頭髮。

「我們在看——」

我嘖了一聲，撥開他的手，同時給了梓秀一記眼神，示意她別多嘴，接著指向籃球場，接過話說：「我……我們在看人家鬥牛！」

「顧源浩那傢伙打籃球有什麼好看的？」樓思宇眉心一擰。

李承言揚起嘴角，似乎看穿了我的心思。

我不甚自然地打哈哈：「對、對呀！而且也結束了，我們要走了。」

我拉著雅慧和梓秀往校門口的方向走，樓思宇跟在後面嘮叨，「向晚，回家休息一下，吃完晚飯就要認眞讀書，快期中考了，妳到底開始複習了沒啊？」

我抿脣不答。

時間怎麼過得這麼快？我最討厭考試了。

♥

等到高中第一次期中考成績出爐，我覺得考卷上的分數，還算是對得起自己的努力。

因爲我根本沒有認眞讀書啊！

但爸媽顯然不這麼認爲。

飯桌上，老爸眉頭緊皺，一副食不下嚥的模樣。不過他對我的怨氣，多半來自於老媽從剛剛就沒給他好臉色看，身爲怕太太俱樂部一員，他向來最怕老婆大人生氣了。

老媽臉臭到像老爸欠她幾百萬的菜錢沒給，暗示我等等即將大禍臨頭。

如此安靜壓抑的用餐氛圍，令我渾身不自在，吃沒幾口就想夾著尾巴離席。

只是我屁股才稍稍離開椅子，老媽便啪地一聲放下筷子，「樓向晚，妳要去哪裡？」

瞄了眼碗裡還剩下三分之二的米飯，以及那隻才啃了一半的雞腿，我心虛道：「我吃飽了。」

「我看妳不是吃飽了。」很了解我食量的老媽，表情要笑不笑，「是想落跑吧？」

「咳、咳。」老爸按住老媽的手，「有承言在呢！」

「她自己都不怕丟臉了，我們還替她顧面子幹麼？」

太后要發飆了，我縮縮脖子，朝樓思宇投去求救的眼神。

「媽——」他有心救我，但已經來不及了。

「妳考那什麼爛成績？都不用給個交代嗎？」火山爆發，老媽指著我的鼻子破口大罵，「上學期平均成績起碼還有及格，這學期竟然直接滿江紅，沒有一科及格！樓向晚，妳倒是說說看，都把心思放哪裡去了？」

我答不出話。也不知道爲什麼，我這學期總是提不起勁讀書。

「妳今天不給我說清楚，不准離開餐桌！」老媽怒拍桌面一掌，如此火冒三丈的模樣我還是第一次見。

「老婆，妳息怒啊……」

「女兒考那種爛成績，你這個做爸爸的都不在乎就是了？好啊，好人都給你們當啊！女兒的未來怎麼樣也不關我的事好了！都不要管！」

掃到颱風尾的老爸哀怨地看著我，無聲控訴我連累他挨罵。

「什麼叫女兒是用來寵的，學歷也不需要太高，反正以後嫁一個疼愛她的老公就好？」老媽持續碎念中，「長得漂亮有什麼用？現在整形技術那麼發達，路上隨便抓一把，十個裡面有七、八個都是美女，選擇這麼多，條件好一點的男生根本看不上徒具外表的笨蛋好嗎？」

老媽開始攻擊我是一支花瓶了，但這副皮囊和這顆腦袋都是她生的啊……

難怪老哥不說話了，明哲保身。

我解釋不了自己的爛成績，只好效法前人，乖乖說出標準台詞：「好啦，我會認眞讀書，下次考試一定恢復到之前的水準。」

「妳之前的水準也沒有多好！」老媽十分不屑。

果然不是好哄騙的。

我無奈，「不然妳想要怎樣嘛？」

「至少要每科平均八十分以上。」

「不可能啦！」樓思宇終於忍不住出聲了，「以向晚那種讀書方式，有及格就該偷笑了。」

老哥平常不是很疼我的嗎？爲何臨陣倒戈？他說這話簡直就是在挖坑給我跳！

「那你這個當哥哥的就抽空幫妹妹複習功課！」老媽飛快接話。

差點忘了，以老哥的學測成績，閉著眼睛都能推甄上第一學府，等面試完收到錄取通知，接下來就只需要考完期末考和參加畢業典禮就沒事了。

我瘋狂向他使眼色，要他拒絕老媽。

「不行啦！」樓思宇果然接收到電波，很快搖頭，「我會放水，向晚只要一跟我撒個嬌就完了。」

標準的寵妹魔人。

「你還敢說？」老媽怒火更熾，「這個臭丫頭就是被你跟你爸寵出來的，現在還敢推卸責任？」

「老婆，那我們把向晚禁足到高一下學期結束好了。」老爸提了個很沒建設性的建議。

「禁足有什麼用？」老媽的憤怒值越飆越高，「你是不知道你女兒會蹺課？」

「但她蹺課十次有八次會被抓啊……」

「你簡直是寵女兒寵到沒救了！」

老爸講出這種話，連我都想唾棄老爸了，我忍不住扶額。

突然，樓思宇插話：「不然，找承言當向晚的家教好了。」

「爲什麼！」我從椅子上跳起來，「不要，我抗議！」

「抗議無效！」老爸擺擺手，要我安分坐下，「成績差的人沒資格說話。」

我噘起嘴，雙手環胸，藉此表達強烈的不滿。老爸之所以這麼說，一定是怕老婆大人的怒火再次延燒到他身上。

聞言，老媽瞬間像變了個人似的，對著李承言親切問道：「承言，你推甄面試也很有把握，對吧？」

「老媽偏心！」態度差這麼多，我替自己和老哥抱不平。

老媽狠狠瞪過來，「妳給我住嘴。」

原本置身事外的李承言分別看了我和老媽一眼，不疾不徐道：「是的，應該會和思宇上同一所學校。」

「承言頭腦很好啦，你們不要看他平時好像沒怎麼在讀書，他學測幾乎是滿級分呢！」樓思宇拍了拍好哥兒們的肩膀，「況且他能言善道，肯定三兩句就能唬得面試官一愣一愣，保證順利錄取。」

老爸眼中流露出激賞，「承言眞是優秀啊！」

「哪裡。」李承言謙虛一笑。

我快吐了！快、吐、了！

虛假，他們實在是太虛假啦！

「所以啊，把向晚交給承言沒問題的！」樓思宇繼續挖洞，「他絕對有辦法治得了向晚。」

好哇！老哥好賊！

挖了一個大坑同時讓妹妹跟好朋友跳下去，就沒自己的事了。

我現在總算知道爲什麼李承言討厭我了，他肯定是在老哥那邊吃了太多悶虧，才會報復性地宣洩在我身上。

「思宇，這是你一廂情願的想法吧？」老爸微微擰眉，「你也不問問承言的意願。」

老媽飛快接話：「如果承言願意的話，我們會支付一筆家教費，不可以因爲關係好就占人家便宜。」

此番話落，在場包括我在內的四雙眼睛，不約而同看向李承言。

只見他慢條斯理地抽出一張面紙擦嘴，靜默了幾秒，似是在思考，隨後揚起淺笑，「可以啊。」

老媽樂得拍手叫好，「那就這麼決定！承言你想一下每週可以來教向晚幾天、一次幾個小時，就依你的時間爲主，讓向晚配合你。」

老爸也十分高興，「眞是太好了！謝謝你啊，承言。」

「謝啦，兄弟！」老哥握拳輕捶了下李承言的肩膀。

大家都很開心，只有我五、雷、轟、頂。

我本來以爲李承言會拒絕的，他那麼討厭我，又那麼毒舌，他應該知道我跟他無法待在同一個空間裡超過十分鐘啊！

怎麼會這樣？

我迷茫地看向李承言，他定定地迎向我的視線，那雙深邃漆黑的瞳仁，猶如他的心思般深沉，我無法看穿。

待李承言離開後，我哭哭啼啼地闖進哥哥的房間。

「我不要李承言當我的家教。」我癱倒在他床上呻吟，「我不能跟他待在同一個空間裡太久，會被他氣死。」

樓思宇從外文書中抬頭，嘆道：「說眞的，承言又不討厭妳，那天他的回答妳也聽到了，幹麼每次一提到他，妳就跟隻小刺蝟一樣？」

「我覺得他在說謊，他一定很討厭我，不然爲什麼每次對我講話都像是在放冷箭？」還是淬了毒的那種。

「他跟妳鬧著玩的啦。」

「你不用再幫他說話了！」我搖頭，態度堅決，「本姑娘已經討厭他了，不想跟他共處一室。」

「他是來教妳讀書，不是來跟妳談戀愛的。」

我仰天無語了一陣後，垂死掙扎道：「你們這樣整天讓李承言往我們家跑，他爸媽都沒有意見？」

樓思宇看向我，放下手上的書，突然變得沉默。

「怎麼了？」我坐起來問。

半晌，他開口：「我沒跟妳說過嗎？」

「說什麼？」

「承言的媽媽在他很小的時候就因爲癌症過世了，他爸爸是外科住院醫師，長年忙於工作，所以他多半時間都是自己一個人，獨立打理生活中的一切。」

我驚訝地張大嘴巴。他還眞沒跟我說過李承言的家庭狀況，或者也許他說過，只是我沒有認眞聽。

樓思宇觀察我的反應，吁了口氣：「原來妳不知道。」

「爸媽知道嗎？」我問。

「當然知道啊，不然妳以爲他們爲什麼會經常邀他來家裡吃飯？」他哭笑不得，「妳還眞是對承言一點都不上心。」

原來是這樣，埋在心裡多時的疑惑算是解開了。

「……我幹麼關心他？」我冷哼，「他對我那麼壞。」

老哥頗爲無奈，懶得再勸說，只道：「總之，承言要不要當妳的家教，他自己決定就可以了。」

「那你覺得他爲什麼會答應？」我坐到床緣。

樓思宇也把椅子往我這邊挪，「可能因爲爸媽會支付他家教費吧。」

「他有這麼缺錢嗎？」我傻眼，「他爸爸是醫生，家境應該不錯吧？」

「這是兩件事。」他長腿交疊，「承言跟我提過，未來他想自己創業，所以他一直有在努力存錢。」

「高中生是能存多少錢？除非他有打工。」

「他有在玩股票，賺了不少，並在部落格匿名傳授投資股票的祕訣，網路上很多人都不知道他只是個高中生，還拿他當神崇拜哩！」

之前那位女同學的消息準確，李承言眞的有在玩股票……

眞好，我也想像他一樣聰明，不用認眞念書就可以考全校前十名，還能藉由買賣股票賺錢。

「他從股票賺那麼多，怎麼還會看上這麼一點家教費？」

「我想，承言是喜歡我們家的吧？才會無法拒絕我和爸媽的請求。」樓思宇眨眼笑道，「這是他沒有說出口的溫柔。」

「李承言喜歡的對象，一定不包括我。」雖然我也沒有很在乎啦。

老哥伸長手臂，一把將我摟進懷裡，「怎麼會呢？我妹妹這麼可愛。」

雙手環住他的腰，我滿意地嘆息。

算了，沒關係，我只要有爸爸、哥哥和未來的男朋友喜歡我就好了。

「樓向晚，我再給妳五次機會，把這題算對。」

李承言面無表情地用原子筆指著數學參考書裡的一道函數練習題。

「爲什麼是五次？」

「因爲我怕妳太笨。」

「你一定要這樣嗎？」雖然樓思宇勸我跟李承言和平共處，但努力適應了幾天，我仍然無法平心靜氣面對他超過十分鐘。

「我已經不知道要用什麼言語，才能刺激妳進步。」他微微勾脣。

有種笑比不笑更可怕，我還寧願他冷著一張臉。

暗暗咬牙，我橫去一眼，「你不要拿話刺激我，搞不好我的學習吸收力會比較好……」

他置若罔聞，批改完昨天出給我的英文試卷後，把卷子攤在我面前，「我看不出來妳有用心，居然還犯複數沒有加『s』這種基本錯誤。」

我扒了扒頭髮，心下煩躁，索性趴在桌上。

「樓向晚，不要賴皮，妳在浪費彼此寶貴的時間。」他眸光隱含輕蔑，「而且，妳的粉紅色內褲露出來了。」

我迅速坐起，把裙襬重新整理好後，氣得大吼：「李承言，你變態！」

「對於之前不小心碰過妳胸部，現在又被迫看到妳內褲，卻依然沒有任何不正當想法的我而言，『變態』這個名詞，妳確定該用在我身上嗎？」李承言冷笑。

我瞪著他，久久不發一語，心中非常不爽。

實在是太不公平了！我永遠會因爲他的一句話就情緒失控，他卻總是能冷靜自持。

與他目光對峙僵持了好一陣，我忍不住道：「你是不是也喜歡男生？」

李承言眉尖微挑，眼神像看見什麼珍奇異獸似的，不怒反笑，「是嗎？妳這麼想嗎？」

「你是不是喜歡我哥？」我朝他挪近了些，仔細打量他神情的變化，「不然怎麼他提什麼要求你都答應？」

李承言再次指著我寫錯的那道數學習題，「妳把這題算對，我就告訴妳。」

「很難，我不會。」我想也不想便答。

「我昨天教過妳了。」他一副沒得商量的模樣，「妳知道，就算我不回答，這題妳早晚也得解對，因爲一定會考。」

他說得沒錯，儘管不情願，我還是拿起自動筆，認眞回想他昨天教的公式，花了一些時間重新解題。

李承言滿意地用紅筆在訂正後的練習題上打了個勾，倒是信守承諾，「我對妳哥不是那種喜歡，他只是我的好朋友。妳爸媽向來對我很好，所以我才答應當妳的家教。」

「可你不是討厭我嗎？」我好奇地湊過去，才發現自己和他的臉驀地靠得好近，我的面孔倒映在他的眼眸深處，胸口瞬間湧上某種微微搔癢的異樣感覺。

李承言平靜的面容難得起了一絲波動，我還來不及看清楚，他便已斂去目光。

「這個問題我之前回答過了，不說第二遍。」他翻開英文參考書，用紅筆圈起好幾頁單字，「這些全部背熟，後天我會抽考。」

方才的異樣感覺立即被我拋諸腦後，滿心只想著那些單字量有多可怕，我耍賴道：「你不要對我這麼嚴格，我只要下次期中考各科都能及格就行了。」

我承認自己沒有志氣，樂意當扶不起的阿斗。

李承言雙手環胸，「樓向晚，妳爸媽有支付我家教費，我有義務要讓妳的平均成績拉升到八十分以上。」

「你教課很認眞啊！是我能力不足，我到時候會幫你說話的。」我意興闌珊道：「成績好又怎樣？能當飯吃嗎？出社會後，還不是什麼都要從頭學起？」

李承言的表情先是轉爲嚴肅，短短幾秒後又起了變化，他緊皺的眉宇一鬆，難得附和我：「妳說的沒錯，成績好的確不能代表什麼。」

我懶懶地玩著自動筆，「對吧？所以啊……」

沉默片刻，他突然又說：「這次期中考，如果妳各科成績能平均八十分以上，我就無條件答應妳一件事。」

「你確定？」我頓時來了精神，坐直身子，「我可能會要求你做很荒唐，或是很丟臉的事耶！」

他定定地望著我，「如果妳要把我難得的承諾，浪費在那種無聊事上，那也是妳的決定。」

這麼說也是，難得可以要求他爲我做一件事，這種機會怎麼可以隨便浪費！

「一言爲定！」我興致勃勃，「不可以耍賴！」

「會耍賴的只有妳。」李承言似笑非笑地勾起脣角，「這樣就有鬥志好好讀書了？」

「可以努力看看啊！」我十指交握，反手向前扳了扳，準備大展身手，「來吧！」

他看了眼黏在牆上的進度表，從書架上抽出化學課本，很快開始教課，一句廢話也不多說。

不得不承認，李承言的教學方式還挺讓我受用的，至少我能聽得進去，也不會想睡覺。

而且，他不出言損人的時候，看著確實是挺養眼的。

「誒，李承言，一件事太少了，三件吧？」我討價還價，「人家電視上或小說裡的男主角，都會答應女主角三個願望耶……」

「妳又不是女主角。」他冷眼看過來，「不要拉倒。」

我著急地抓住他的手臂，深怕他反悔，連忙改口：「好啦、好啦！一個就一個嘛！」

人果然不能太貪心啊！

「哈哈哈哈——」

聽完我的敘述，梓秀笑得連眼淚都要流出來了，連平常注重形象的雅慧也笑到拍桌。

「有這麼好笑嗎？」我懷疑自己誤交損友。

「妳的腦袋到底是什麼組成的？」梓秀抹掉眼角的淚光，「怎麼會覺得承言學長是同性戀？」

「不是啊！」我自認這是合理推斷，「雖然他否認了，但我覺得他跟我哥的感情眞的要好到非常詭異。」

「有嗎？」雅慧歪頭，「我們怎麼看不出來？」

「妳就是這麼白目，才會老是被承言學長嗆。」梓秀說，「當初跟同性戀的黃大衛告白，現在又誤以為承言學長是同性戀，樓向晚，妳看人的眼光根本有問題！」

「哪裡有問題？」我反駁，「不然妳們自己說說看，有聽李承言喜歡過誰、接受過誰的告白，或者跟誰在一起過嗎？」

「他的確沒什麼緋聞。」梓秀雙手環胸，認眞地想了想，「但妳哥也沒有緋聞啊！妳怎麼不懷疑他？」

「我哥說過他有喜歡的人啊……」我小聲說，不想讓班上女生聽到。

梓秀和雅慧發出驚呼，異口同聲道：「眞的假的？誰啊？」

「這我就不知道了，他不告訴我。」我聳聳肩。

「嘖，眞無趣。」

我斜了梓秀一眼，「妳很八卦耶！」

「在學校裡不八卦怎麼混得下去？」她不以為意，「又不能公然看漫畫和小說，那妳說，下課時間如果不八卦，要怎麼解悶？」

「我有帶啊！」我眨了眨眼，隨手掀開書包，露出裡面藏著的寶貝，「妳想看嗎？」

雅慧趕緊站過來替我擋住，怕會被其他同學看見，「向晚，妳眞是的……萬一被發現怎麼辦？」

我哈哈大笑，完全沒在怕，「不會啦，只要別光明正大看就好了。」

「在學校偷看漫畫，妳就不怕其他人打小報告？」梓秀涼涼地發話。

「拜託，我都有借同學看，算是造福群眾耶！」這招就叫收買人心，我很有自信，「他們不會當抓耙仔的。」

梓秀顯然不這麼認爲，正想說些什麼，卻被教室外面走廊上的騷動打斷。

先是幾位女同學失聲尖叫，接著其中一人高聲說：「承言學長到底是有沒有跟裴莉婷學姊交往啊？」

「李承言？」我注意到她話裡的關鍵字。

梓秀抬手搓了搓下巴，「對耶，都忘了，這幾年來，承言學長唯一的緋聞對象，就是裴莉婷學姊。」

「但他們好像只會在學校裡互動，畢竟承言學長放學後多半都跟妳哥在一起。」雅慧淡淡地說，口氣有些悶。

「我們去看看吧。」我拖著她們往教室外走，靠在走廊圍牆邊向下看，李承言和裴莉婷正一同穿過中庭花園，兩人有說有笑，時不時望向彼此。

「承言學長和莉婷學姊很相配耶！」

「對啊！男的俊、女的美！如果他們在一起，我覺得可以。」

「他們眞的沒有交往嗎？我不相信！」

那群女同學繼續交頭接耳討論著。

嗯，那兩人看起來是有點曖昧。

至少，我從來沒在李承言臉上見過那樣的笑容。

「妳沒聽說過承言學長和莉婷學姊的事嗎？」雅慧望著我的眼神含羞帶怯，似是期待又有些害怕從我這裡聽到什麼。

「沒有。」

「連妳哥也沒提過他們的事？」

我搖頭，「完全沒有。」

「哎，眞是讓人好奇。」梓秀趴在圍牆欄杆上，「要是他們在祕密交往，有人可就要傷心了。」

「誰？」

她指了指旁邊，「雅慧啊！」

我轉頭看向雅慧，「妳喜歡李承言？妳不是……只是崇拜他而已？」

「我是崇拜學長……」雅慧低下頭。

梓秀拍了下我的肩膀，「喂，妳這樣審問，她怎麼敢老實回答啊！何況妳還那麼討厭李承言。」

我抿了抿脣，胸口莫名掀起一股煩躁。

「對啊，我討厭李承言，但是如果雅慧妳眞的喜歡他的話……」我應該還是會支持她的，雖然她的眼光也跟黃大衛一樣差！

沉默片刻，雅慧說：「向晚，妳別擔心我。」

深深望了她一眼，我猜她大概是還沒有想清楚自己對李承言的感覺，所以才會暫時無法對我解釋太多。

也不知道為什麼，我脫口而出：「不然，找一天妳跟我一起回家吧。」

「要做什麼？」雅慧疑惑地問。

「妳跟我一起上李承言的家教課，讓他順便教妳啊！」

梓秀挑眉，「雅慧功課很好，不需要承言學長教吧？」

「妳很笨耶！」我伸出食指推了下她的額頭，「我是要製造機會給他們啦！」

「這樣好嗎？」雅慧雖然話中帶著猶豫，但嘴角已悄然上揚。

「沒關係啦！反正他教我這個笨蛋都不嫌麻煩了，妳這麼聰明，對他來說應該只是舉手之勞。」

雅慧欣喜地握住我的雙手，踮起腳尖跳了跳，「謝謝妳，向晚。」

我看著她的笑容，開心也不是、犯愁也不是，心中五味雜陳。其實我一點也不想湊合他們，李承言嘴巴賤，又不懂得體貼，根本不適合溫柔善良、需要被好好呵護的雅慧，既然如此，為什麼我還主動提議要幫他們製造機會呢？

第三章　男配角式的浪漫

兩堂課後，我嘗到了說大話的後果，這就是所謂的墨菲定律。

班導手裡拿著化學課本和一疊列印的補充教材，甫站上講台，就迅速營造出催眠效果，我昏昏欲睡，有一句沒一句地聽講。

也不知道過了多久，班導冷不防從台上走下來，來到一位男同學的座位旁邊。

我心中陡然升起一股不安，隨著同學們的目光望過去，只見班導從李志雄手中抽走一本漫畫書。

那本該不會是——

「《歡迎光臨小蘿莉專賣店》？」班導唸出書名時，還挑起一道眉，表情高深莫測，「李志雄，你看漫畫的品味很特殊啊。」

全班哄堂大笑，接著便是各種揶揄聲浪。

注意到漫畫上貼著租書店的標籤，班導問：「這是你租的？」

「不是。」頭腦簡單的李志雄，就這麼被套話了，「是樓向晚借我的。」

登愣！

我不敢相信自己會這麼衰，嚇得反射性地針對班導的提問進行說明：「我看它是店內租借率排行第一名的漫畫……」

根本語無倫次。

全班再次哄堂大笑，瞬間讓我無地自容。

以後借書的對象要慎選，像李志雄這麼笨又沒義氣的，我還是第一次碰上。

唉，這就是囂張過頭的報應。

「樓向晚？」班導的聲音聽不出喜怒，「下課來一趟導師室。」

「好……」我心虛地應下。

這椿意外徹底趕跑了我的瞌睡蟲，滿腦子都想著等會兒該怎麼跟班導解釋，那本被沒收的漫畫估計短期內是要不回來了。

鐘聲響起，班導宣布下課後，還不忘叮囑，「樓向晚，導師室。」

我哀怨地點點頭。

梓秀走過來安慰我，「可憐的孩子。」

「嗚嗚……」我正想靠過去找她討拍，李志雄就先一步擋在我身前。

他雙手合十，「對不起啦，樓向晚，我不是故意的，我剛剛腦袋一片空白——」

我打斷他的話，忍不住開炮，「上課看漫畫是需要技巧的，你這麼笨，學人家上課看什麼漫畫啊！」

「好嘛、好嘛，妳別生氣，我會對妳負責的。」他說得一臉誠懇，卻聽得我更是胸口一把火。

「負責你個頭啦！誰要你負責！」還趁機言語吃豆腐，眞想一巴掌揮下去，他應該慶幸我現在沒時間跟他耗。

「看來勢必得賠租書店書錢了。」雅慧嘆氣，「向晚，妳還是趕快去找班導吧。」

離開教室前，我忿忿地對李志雄丟下一句：「賠償金你付！」其實也就是買一本漫畫還給租書店，並不是很貴，但重點是我的優良租借紀錄上會多一個污點啊！

一步入導師室，就見到幾名學生各別站著聽導師訓話，我低頭走到班導面前，沒等他開口就先裝可憐。

「我知道錯了……」

班導忍俊不禁，搖了搖手中的漫畫，「樓向晚，這不是唯一的一本吧？」

好啦，我雖然不至於惡名昭彰，但也算是累犯，功課遲交、蹺課和帶小說漫畫來學校的犯案次數，在班上稱得上榜上有名了。

不得不說，我們班導的個性特別好，時常以帶點幽默的訓誡代替厲聲謾罵，提倡愛的教育，不過，其實這樣是行不通的，像我這種皮皮的學生，根本不會將他的管束放在心上。

即便如此，我還是很尊敬他，於是我誠懇道歉：「對不起。」

畢竟總不能老實說我書包裡的確還有四本吧。

「道歉有用的話，還需要警察幹麼？」他似笑非笑。

「老師你這梗，有點老……」管不住自己的嘴，我仍不知死活地小聲吐槽，「我雖然帶漫畫來學校，可我沒在上課時間偷看啊！」

「學校禁止學生在校內看小說和漫畫，無論上下課都一樣，而且就算妳沒有上課偷看，也不能保證跟妳借的同學會在什麼時候翻閱。」

盛光高中致力於營造優良的讀書環境和求學風氣，向來禁止學生攜帶漫畫、小說這類書籍到校，班導所言合情合理。

「我不會再借同學了。」

「依照規定，這本漫畫要學期末才能還給妳了。」班導長嘆一口氣，用拿在手裡的漫畫輕敲了一下我的頭，「但這是租的，如果擔心賠償，請妳父母來向我取回也可以。」

「不用、不用！」要是讓老媽知道，被臭罵一頓是肯定的，搞不好還會被打斷腿，到時候怕太太的老爸肯定也救不了我。

班導雙手環胸，「那妳打算怎麼辦？」

「我可以自己賠……」反正李志雄必須負責出錢！

「妳喲！」他拿我沒轍地搖頭，「這學期成績退步很多，再繼續這樣下去怎麼行？妳要在課業上多用點心啊……」

完了，開始碎碎念了，我心不在焉地聽著，無意間瞄見某個熟悉的身影。

「顧源浩，準時上學對你而言有那麼難嗎？」九班的女導師繃著一張臭臉，顯然拿眼前的問題學生沒辦法。

顧源浩神色自若地回：「如果容易的話，我就不會因為遲到太多次被記過了，老師妳不是很清楚嗎？」

「你這種出缺勤狀況，離譜到連生輔組的主任教官都看不下去了！」

「所以呢？」

不滿他傲慢的態度，女老師悻悻然道：「你不要以為我們真拿你沒辦法，等到你大過都湊齊了，學校一樣能叫你走人！」

「是嗎？」顧源浩一臉不以爲意，「那這些話，請妳去跟我父母說吧。」

許是明白再吵下去也是無益，女老師遂放棄爭辯，「你可以離開了。」

正要轉身走人的顧源浩意外地與我四目相交，我匆忙低下頭，他的視線在我身上停留了好一會兒，我的心臟頓時撲通撲通狂跳。

「樓向晚，我看妳根本沒在聽我說話。」

「有啊！」我連忙辯解，「我有請家教了。」

「如果妳自己不想認眞念書，請再多家教也沒用。」班導無奈地擺擺手，「算了，枉費我的苦口婆心啊！」

「唉喲！」我揚起討好的笑臉，「老師你人最好了。」

「少來這套，嘴巴甜也沒用。」他瞇起眼睛，「最好不要再被我發現妳把漫畫和小說帶來學校借同學！」

我豎起三指發誓，「我保證絕對不會！」

班導算是接受了，「差不多要上課了，妳快回教室吧。」

終於得以解脫，我嗓音裡帶著掩飾不了的輕快，「謝謝老師！」

甫踏出導師室，倚在牆邊的男同學出聲叫住我：「妳是上回那個在飲料吧的女生，對吧？」

我停下腳步，發現那人竟是顧源浩。

他不是比我早離開嗎？怎麼還在這裡？

他走到我面前，臉上掛著大大的笑容，「妳是不是也曾經跟朋友站在籃球場邊，看我和別人進行一對一籃球鬥牛？」

鼻間嗅聞到一股淡淡的煙味，混和著制服曬過陽光的味道，他突如其來的靠近，令我心跳一陣失序，雙手不知該往哪裡擺，只好捏住裙襬兩側。

「嗯……對啊。」那天在籃球場邊圍觀的人那麼多，他是怎麼注意到我的？

「妳叫什麼名字？」

「樓向晚。」我不敢迎視他的目光，卻能感覺到他灼灼的視線盯著我看。

「眞是個好聽的名字。」他輕笑。

我支吾開口：「你怎麼……你在等我？」

「是啊，我在等妳。」顧源浩坦白承認，對我露齒一笑，「向晚，妳要回教室了？我們一起走吧。」

我的心跳陡然漏了一拍，一時回不了神，直到他伸手在我面前晃了晃，我才慌亂點頭，「好、好啊。」

如果不要刻意去想顧源浩的「豐功偉業」，他給我的感覺，其實就是個親切爽朗的大男孩，我很難把這樣的他與壞學生劃上等號。

「等等，我猜猜。」顧源浩面朝我倒著走在前面，興致勃勃地與我攀談，「樓思宇！妳哥哥是樓思宇對吧？」

全校姓樓的人，我想應該就只有我和我哥兩個，他會做出這樣的猜測並不讓人意外。

「對。」我點點頭。

「哇！妳哥是校草，很有名耶！」

「你也很有名啊！」一定是他太具親和力了，我才敢不要命地脫口說出這句話。

顧源浩眸光一閃，咧出更大的笑容，「那妳會怕我嗎？」

看來他本人也很清楚，關於他的傳言多半都屬負面居多。

但他突然這麼問，叫我怎麼回答……

遲遲等不到我作聲，顧源浩又問了一遍：「向晚，妳會怕我嗎？」

我緩下腳步，輕輕搖頭：「不會。你救過我啊！你幫我擺脫掉那群混混的糾纏，不是嗎？」

「那就好。」他似乎很滿意這個答案，竟一把握住我的手腕，「我們走吧！」

我因爲他這個舉動而臉紅。

「怎麼了？」顧源浩滿臉不解，隨即像是看穿我的心思，忙笑著放開我的手，「抱歉，嚇到妳了嗎？」

「還好。」我只是有點小鹿亂撞，但不行，我不能表現出花痴的樣子。

按捺住心中的歡喜，我與他並肩來到樓梯口，他猛地用力拉住我，同時喊了聲：「小心！」

在眾人的一陣驚呼聲中，我站立不穩，摔進他的懷裡，他順勢抱著我反轉過身，一面藍色的飛盤從旁掠過，被出現在後方的李承言穩穩地接住。

一名糾察隊員追了過來，指著幾個男同學嚴厲喝斥：「太誇張了吧！學校規定不能在操場以外的地方玩飛盤，你們不知道嗎？」

顧源浩摟著我，關心地低頭詢問：「向晚，妳沒事吧？」

意識到自己正倚靠著男性的胸膛，那肌理分明的身體線條與充滿費洛蒙的男子氣息，令我的臉轟地炸紅，急忙退開，「沒、沒事。」

「樓向晚，妳怎麼會一點危機意識都沒有？」

這句清冷的話語，宛如一盆涼水從我頭上澆下。

扭頭往出聲的李承言望去，他眼底竟似閃過一抹我不熟悉的關心。

那名糾察隊員遲疑地問：「學長，這個……」

「交給教官。」李承言將飛盤遞給他，目光卻始終沒有從我身上移開。

糾察隊員接過飛盤，領著那幾位肇事的男同學一同前往生輔組。

李承言來回盯著我和顧源浩看，神情高深莫測。

「好、好巧啊。」我生硬地打招呼。

李承言很不給面子地沉默不語，讓我感到更加無地自容，總覺得被他看見顧源浩抱住我的畫面，有種說不出的彆扭。

幸好上課鐘響拯救我於尷尬之中，我順勢開口：「我、我該回教室了。」

他上前擋住我邁開的步伐，「我送妳。」

「嗯？」我有點不敢相信自己的耳朵，「你說什麼？」

李承言未多作解釋，僅道：「走吧。」

「你是說真的？」我再次確認。

「對。」他語氣堅定。

他今天是哪根筋不對勁啊？我又沒有哪裡不舒服，好端端的幹麼要送我回教室？

正當我錯愕得不知該如何是好時，一旁的顧源浩發話了：「向晚原本是跟我一起的，我送她回教室就好，況且高三教室不在這棟，學長不順路吧。」

言語間瀰漫著濃厚的挑釁意味，他甚至抬手握住我的手腕，要帶我離開。

李承言沉下臉色，「你的好意，不要害了樓向晚才是。」

顧源浩皮笑肉不笑，「學長你放心，我一定會把向晚平安送回教室。」

這氣氛怎麼怪怪的？

李承言抿緊了脣，一雙桃花眼微微瞇起，儘管我和他之間向來稱不上友好，但還不至於連他這副表情代表著什麼都不明白。

李承言生氣了。

可是……爲什麼？

「李承言……」我想說些什麼，話卻全梗在喉嚨。

半晌，他露出一抹帶著諷刺意味的笑，「希望你是把樓向晚送回教室，而不是帶著她一起蹺課。」

「遵命。」顧源浩痞痞一笑，「那我們先走了。」

他握著我的手腕，帶著我往高一教室所在的樓層前進。

許是認出了顧源浩，途中不少學生紛紛朝我們看過來，我低垂下頭，有些難爲情，試圖掙脫他的手，可他握著我的力道卻沒有絲毫鬆動。

我承認自己也有點小小的私心，並沒有堅持要他放開……

「到這裡就好。」擔心雅慧或梓秀看到會說話，我在隔壁五班教室的後門站定，指了指他握著我的手。

顧源浩會意過來，立刻鬆手，「天啊，原來我一直拉著妳……」

「沒關係。」我禮貌微笑，「謝謝你陪我回教室。」

他揉揉脖子，猶豫了一陣才開口：「向晚，妳跟李承言很熟嗎？」

「嗯，李承言是我哥的好朋友，時常來我家作客。」我問：「那你呢？你怎麼會知道他？」

「呵，李承言有誰不知道？盛光高中出了名的糾察大隊長。」顧源浩朝我眨眨眼，「我可是問題學生呢！妳忘啦？」

我被他的表情給逗笑，「我也不遑多讓，對吧？」

否則那天他就不會在飲料吧遇到同樣蹺課的我了。

「那我們下次見啦。」他也笑了。

「好。」我點頭，見他準備往九班的方向走，又將他喚住，「那個……」

「嗯？」顧源浩回過頭，「怎麼啦？」

「其實……這只是我們第二次碰面而已，但為什麼你似乎對我……一點距離感都沒有？」好像我們已經很熟了一樣。

他眼珠一轉，聳了聳肩，露出兩排潔白的牙齒，「因為妳長得漂亮啊，男生大都喜歡親近美女吧？而且，妳的開朗活潑也很吸引我。」

我愣愣地盯著他的笑容，一時半刻回不了神。

陽光帥氣的臉孔，半正經半帶玩笑的撩妹回話方式，這魅力真是讓人難以抵擋啊！

顧源浩見我呆站在原處，便從口袋裡掏出手機，「向晚，我們加個LINE吧？」

我腦袋還來不及運轉，嘴巴就已經報出了自己的帳號。

「OK，加好了！」他愉快地收回手機，「記得要回加我好友。」

「好。」

彎身與我平視，他臉上的笑容始終燦爛，「向晚，找一天我們一起出去玩吧！」

目送顧源浩小跑步離去的身影，我抬手拍了拍發熱的雙頰，決定先不告訴任何人，我和他互加了LINE。

♥

顧源浩拯救我倖免於被飛盤砸到的英雄救美事蹟，很快傳遍全校，包括我身旁的朋友和樓思宇都聽聞了。

雅慧一直都是走溫柔路線，她並未多說什麼，只是一雙眼睛寫滿擔憂，瞅著我幾度欲言又止；梓秀可能認爲那些叨叨絮絮的叮囑交給我哥就好，只對我說了句：「顧源浩的親衛隊不是好惹的。」

不過，顧源浩那些太妹級的愛慕者，應該還不至於爲了這點小事，就嫉妒得想把我給活埋了吧？

「樓向晚，妳到底有沒有認眞聽我說話？」通常樓思宇連名帶姓叫我的時候，表示他是在用很嚴肅認眞的態度跟我說話。

收回發散的思緒，注意到他站在客廳中央，雙手環胸，神色凝重，我連忙胡亂應聲：「有、有啊！」

唉，不想被樓思宇知道我和顧源浩有交集，就是怕他嘮叨。

一回家就被他逼著老實交代整起事件的始末，他已經爲此叨念了足足有十多分鐘，我會走神也是情理之中啊。

「我剛剛說什麼？」

「嗯……」我遲疑地答道，「你很擔心我？」

「妳根本沒有在聽！」

我略顯狼狽地別過頭，躲避他凌厲的視線，卻意外對上李承言那雙不懷好意的笑眼，心情瞬間又更差了。

「顧源浩人滿好的啊。」我囁嚅道，至少他對我滿好的。

「那種不單純的人妳少靠近。」樓思宇彎身盯著我，「妳以爲他爲什麼對妳好？還不是因爲看妳長得漂亮！」

嗯，他是有這麼說過。我不痛不癢地回：「美女的福利啊。」

「要是他不安好心，拿妳當目標，故意接近妳怎麼辦？」

「什麼目標？」

「玩弄感情的目標。」

「拜託，你也想太遠了吧？人家他根本沒有要追求我的意思。」至少我還感覺不出來。

雖然我們互相加了LINE，但這並不能代表什麼。

「撇開顧源浩名聲不好不談，他換女友跟換衣服一樣頻繁，還有他那群太妹親衛隊也不是好惹的，妳以爲像他那樣的人，可以隨隨便便想靠近就靠近？」

「我沒有隨隨便便要靠近他啊！」我好冤枉，明明是顧源浩在導師室外面主動找我搭話的。

「他有什麼好的？」樓思宇丟來一記白眼，「妳眼光有問題。」

「我才想問你到底有什麼好擔心的？」我實在搞不懂，「又沒有要交往，我們現在連朋友都還談不上。」

「妳敢跟他當朋友試試看！」

「當朋友爲什麼不行？」我有自由交朋友的權利吧？

「這種人有什麼好當朋友的？」樓思宇說不過我，焦躁地在客廳裡來回踱步。

「他之前——」我猛地停住話。

不行！不能讓樓思宇知道顧源浩之前在飲料吧救過我，要是他得知我蹺課還差點遇上危險，肯定會運用學校裡的人脈，佈下天羅地網監視我，而且他已經收到大學錄取通知了，閒著沒事，三不五時就能來班上找我，那該有多麻煩啊！一想到班上那些花痴女同學可能會有什麼反應，我就覺得可怕。

「他之前怎樣？」

「反正……」我抿抿唇，「反正他沒有你們想得那麼壞啦！」

「反正妳不准再靠近他了。」樓思宇威脅我，「否則，我就去跟爸媽講。」

齁，老哥好討厭！

少女懷春的小情小愛哪裡好意思讓爸媽知道，況且他們一定會以現階段要專心課業爲由，要我遠離顧源浩，萬一到時候連我跟誰透過手機聊天都被疑神疑鬼，那不就麻煩了！

好在今晚老爸帶著愛妻參加公司聚餐，不到十點不會回來，我們兄妹倆吵得再大聲，也不怕他們聽見。

「那如果是他接近我呢？」

「妳要跟他保持距離。」樓思宇一副沒得商量的態度，轉頭吩咐好友，「承言，你也幫我多留意一點。」

李承言沒有反應，臉上表情甚是平淡。

明明他今天還差點在學校跟顧源浩槓上了，現在倒是一派置身事外。這傢伙的心思，也跟海底針一樣，難以捉摸！

「到底有什麼好擔心的？難不成顧源浩的親衛隊會把我殺了不成？」我也不爽了，「我又不是五歲，已經懂得保護自己了，你跟爸媽都老是把我當小孩子看待！」

「因爲妳的行爲就是個小孩。」

哥哥根本就不懂我的心情！能夠跟欣賞的對象說上幾句話，誰會不興奮？我還希望能和顧源浩多認識呢！雖然他風評不好，但要是能跟他成爲朋友，他肯定會很罩我。

一陣靜默後，李承言背起書包，「我們去上課吧。」

現在只要可以不用再聽老哥囉唆，要我讀書我也願意。我迅速拎起書包跟在李承言身後，上樓回房。

在書桌前坐定，我拿出題本，以及前天李承言出給我的數學試卷。

他拿起試卷看了下，從筆筒裡抽出紅筆，圈出多處錯誤，推到我面前，「重算，妳公式帶錯了。」

我噘起嘴，一邊轉筆一邊想著該帶哪個公式，隨口問：「李承言，你也覺得我不應該跟顧源浩來往嗎？」

當時他一看見顧源浩拉著我的手腕，臉色就沉了下來，他是不是也認爲顧源浩不是個好人，我和他來往會有危險？

李承言修長的手指撐著額頭，望著我半晌才道：「樓向晚，妳喜歡男生用那麼浮誇的方式對妳？」

「哪個女生不喜歡啊？」危險之際，能被懷有好感的男生護進懷裡，這應該是很多女生都幻想過的浪漫情節吧。

「是嗎？」他不以爲然。

「算了。」我哼了聲，「我不指望你會了解。」

「我懷疑他知不知道他的愛慕者們可都不好惹。」李承言淡淡地說：「如果他明明知道，還用那麼招搖的方式對待妳，那只證明了一件事。」

「什麼事？」

「他很自私，只想著自己愛怎麼樣就怎麼樣。」

「在我們這種年紀，只憑自己高興行事不是很正常嗎？」我癟了癟嘴，「就像你覺得出言損我、惹我生氣很好玩，所以老是這麼做，不是嗎？」

「我說出那些話，不是爲了自己高興。」

「不然呢？」

李承言嘴角勾起一抹微笑，「我只是說出事實而已。」

「才不是！」我氣得鼓起雙頰，這個人眞的很討厭！

懶得跟他吵架，我趴在桌上，嘗試了老半天，怎麼樣也解不出正確答案。

李承言默默地看了一會兒，便抽走我手中的筆，將試卷拉到我和他中間，仔細爲我講解如何解題。

「你不是要我自己想嗎？這麼快就教我啦？」我這就是標準的得了便宜還賣乖。

「今天妳就聽我解題。」他沒有理會我的揶揄。

望著他的側臉，我腦中閃過一個念頭，他是不是被顧源浩刺激到……也開始想要對我好了？想著想著，我不由自主揚起嘴角。

「妳笑什麼？」李承言挑眉，「如果不認眞聽，就自己想辦法解題。」

「不要。」我連忙搖手，難得對他撒嬌，「你教我嘛！」

原以爲李承言不會理我，結果他盯著我看了幾秒後，繼續認眞講解，嗓音竟比以往溫柔了幾分。

一早踏進教室，便見雅慧、梓秀和幾名同學圍在我的桌子旁邊，不知在議論些什麼。雖然感到困惑，我仍心情甚好地走上前：「大家早安啊！」

我順手把書包往桌上扔，卻聽到他們異口同聲地大喊：「等等！向晚——」

「怎麼了？」我嚇了一大跳。

雅慧緊張兮兮地把我的書包提起來，眉頭緊皺，「向晚，妳桌上被人塗滿白膠。」

梓秀無奈地長嘆口氣，「樓向晚，妳眼睛眞的很大顆耶！」

我從雅慧手裡拉過書包檢視，書包底部和後面都沾上了一大片白膠，原本的好心情被破壞殆盡，我沉下臉問：「是誰惡作劇？」

一位同學將捏在手裡的紙條交給我，「這張紙條原本黏在妳的桌上。」

「這只是警告，妳要是再敢接近顧源浩試試看！」

「也不知道是誰做的，早上進教室的時候，妳的桌子就已經是這樣了。」那位同學說。

梓秀冷笑著取走紙條，「還知道要用打字的，沒辦法比對字跡。」

「這樣就算報告老師，恐怕也抓不到人。」雅慧搖頭。

我握緊拳頭，忿忿地咬牙，「小人！有本事直接當面跟我說！」

「一定是因爲那天妳和顧源浩一起牽手走回教室，太過招搖的緣故。」一位男同學斷言。

「什麼牽手？」我糾正，「明明是他拉著我的手腕。」

「顧源浩的親衛隊吃起醋來很可怕！」

「她們眞的不好惹，據傳有幾名曾經和顧源浩有過曖昧的女生，現在看到他都會自動躲得遠遠的，更別提那些與他短暫交往過的前任，分手後走在路上連招呼也不打，跟陌生人沒兩樣。」

「但顧源浩也眞是渣男耶！就這樣放任他的親衛隊欺負那些喜歡他的女生？」

「誰知道啊！反正跟他保持距離就對了！」

待班上同學七嘴八舌的議論告一段落，梓秀轉向我正色道：「妳現在知道爲什麼我們說顧源浩不好了吧？」

看著自己慘不忍睹的桌面和書包，我心中有著諸多疑惑，想直接透過LINE向顧源浩求證，可左思右想，又不知道該如何起頭。

突然傳訊息過去說自己被他的親衛隊欺負，依我目前和他半生不熟的關係，他不太可能會爲我出頭；若是說些別的什麼，似乎也不太合適……我實在不想只憑傳聞就去評斷顧源浩這個人，畢竟先前與他的幾次相處，都讓我對他留下不錯的印象。

雅慧伸手在我面前揮了揮：「向晚，妳在想什麼？」

「這次只是桌子被塗白膠，萬一她們下次使出更惡劣的手段怎麼辦？」梓秀也跟著說。

望著她們倆憂心忡忡的神色，我突然慶幸沒有告訴她們我和顧源浩互加了LINE。

直到早自習開始前，梓秀和雅慧都在忙著幫我清理書包和桌子。

第一堂下課，我剝著黏在書包上的殘膠，低聲抱怨：「整張桌面都黏黏的，好煩！」就算拿抹布擦過好幾遍也一樣。

「我來幫妳吧。」雅慧好心提議。

我心中煩悶，書包一丟便站起身，「我去上廁所，順便洗個手。」

雅慧擔心我心情不好，關心地問：「要陪妳一起去嗎？」

「不用啦！我很快回來。」擺了擺手，我走出教室。

廁所裡沒什麼人，我很快走進其中一間廁間。上完廁所，正準備走出去時，卻聽到外面傳來一陣雜亂的腳步聲。

「拜託妳們，我眞的沒再靠近顧源浩了。」女孩嗓音顫抖，聽起來很無助。

「要不是妳有把柄在我們手上，一定還會繼續勾引他吧？」另一個女孩的聲音充滿輕蔑與不善，「當初不是很敢嗆嗎？現在怎麼畏畏縮縮的了？」

「我……我……」

「不要裝可憐，看了令人討厭！」

上課鐘聲響起，我心中一驚，怕會耽誤上課，也擔心那個女孩會被欺負得更慘，於是鼓起勇氣推門而出。

廁所裡一共有四個女生，三個盛氣凌人，一個唯唯諾諾，打扮都不像乖學生。見我走出廁間，其中一名高個兒女孩冷冷看了過來，用眼神示意我少管閒事。

我神色自若地走到洗手台前洗手，並撥了撥頭髮，想著該怎麼替那女生解圍，不料那名高個兒女生認出了我，「妳是樓向晚！」

我快速瞄了她們一眼，一股不祥的預感油然而生。該不會就是她們在我桌子上塗抹白膠的吧……

果不其然，另一名留著妹妹頭，臉上畫著煙燻妝的太妹，馬上走近我，態度十分傲慢，「白膠只是個小小的警告，如果敢繼續靠近顧源浩，下次就不止那樣了。」

「靠近了又怎麼樣？」我不甘示弱，不想讓她們以爲我好欺負。

「那就……依照妳靠近的程度，慢慢欺負妳，或者——」她不懷好意地笑，瞟向那個被欺負的女生，「讓妳落得跟她一樣的下場。」

「妳們眞是可悲，得不到顧源浩的注意，就只能用這種方式——」

「不要再說了！」那名被欺負的女生突然衝過來拉住我的手。

我不懂她在怕什麼，我們現在人數是二比三，就算打起來也不至於輸得太慘。

眼看那三個太妹逐漸朝我圍攏，似乎打算動手給我點教訓，此時一位女老師恰巧出現在廁所門口，厲聲說：「妳們幾個在做什麼？都已經上課了，還不趕快回教室？」

我連忙抓著那名被欺負的女生，迅速跟在老師身後離開，諒那些太妹也不敢追上來。

待危機解除，我放開她的手，緩下腳步，「妳還好嗎？」

「嗯……」她輕應了聲，神情委屈，「我習慣了。」

「習慣什麼？」我望向她，「習慣被她們欺負？」

見她低頭不語，我接著說：「抱歉，我沒有惡意，但妳看起來並不像好欺負的類型。」

漸層挑染的髮色，骷髏耳釘，還有那串五顏六色的手環，說我刻板印象也罷，她看起來確實不像是會任由人恐嚇威脅的乖乖牌。

「事情沒有妳想得那麼簡單……」她幾度欲言又止，「顧源浩那天是主動說要送妳回教室的，對吧？」

我點點頭。

「這不是好事……」她喃喃道，「妳喜歡顧源浩嗎？」

想了想，我老實說：「還稱不上喜歡，只是有些欣賞吧。」

她咬著下脣，沒再出聲。

直到距離我的教室只有幾步之遙，她才微微欠身，「剛才謝謝妳。」

在我轉身正要走進教室前，她又著急地叫住我，正色道：「妳要保護自己。」

我不以爲然地對她笑了笑，我不覺得自己眞有幫上她什麼，也沒有特別把她這句忠告放在心上，甚至在我開始與顧源浩透過LINE熱絡地聊了起來後，徹底將之拋諸腦後。

第四章　討厭與喜歡的等比級數

有些人就是天生具備某種魅力，明明從旁人口中聽聞他的許多不好，你卻如飛蛾撲火般，還是忍不住想靠近他。

「這週日我們一起出去逛逛吧！」

因爲這條訊息，我從星期三就處於一種既期待又害怕受傷害的狀態，時而雀躍，時而憂慮，梓秀和雅慧覺得我怪怪的，多次問我是不是怎麼了，我一概矢口否認，絕口不提與顧源浩訂下的約會。

自白膠事件後，那群太妹偶爾在走廊上遇到我，都會警告我幾句，要我別再接近顧源浩，否則讓我吃不完兜著走。

消息傳到了樓思宇耳裡，他成日對我耳提面命，要我千萬與顧源浩保持距離，若是我再不聽勸，他就要去向爸媽告狀。

我表面上答應，私下卻依然故我，繼續和顧源浩互傳訊息，他是一個很好的聊天對象，也很清楚女生想聽什麼，雖然偶爾好聽話說得有些過了頭，但不至於會讓人反感。

我曾經在李承言的家教課上回訊息給顧源浩，他默默看在眼裡，既沒有發表意見，也沒有勸阻，只有在我不小心走神時，他才冷冷地說：「樓向晚，妳在浪費我的時間。」

「我哪有！」我坐直身體。

他瞥過來一眼，「那我剛才說了什麼？」

「你、你說……」我不敢看他，立刻證實自己剛剛沒有專心聽講。

李承言雙手環胸，「腦袋在妳身上根本白長了。」

我不滿地強自辯解：「它、它有的時候還是會運轉的好不好！」

「不知道該運轉在好的地方，也是枉然。」

「你一定要講話這麼刻薄嗎？」我很不爽。

「我覺得剛好而已。」李承言翻開參考書，勾了幾頁的題目，「把這些做完，我給妳二十分鐘。」

「二十分鐘哪夠啊！」那幾頁好歹十題有吧？還都是簡答題，他以爲是選擇題嗎？

「只要妳不要放空和沉溺幻想，時間很夠了。」

我蔫蔫地半趴在桌上，正打算認命答題，置於一旁的手機突然響了幾聲，我欲伸手去撈，卻被李承言搶先一步。

「還給我！」

「寫完就還妳。」他將手機夾進課本，放到另一頭，一副沒得商量的樣子。

垂下雙肩，我意興闌珊地拿起自動筆，寫了幾題就無法集中注意力，忍不住猜想是不是顧源浩回覆訊息了，稍早我們在討論後天要去哪裡。

遲了幾分鐘才做完所有的題目，我將參考書推到李承言面前時，他連看都沒看我一眼。他很快批改完畢，沒有馬上要我檢討錯誤，反而淡淡地開口問道：「妳這幾天魂不守舍，是因爲顧源浩？」

「哪、哪有……」我眞的很不會說謊，李承言會相信才怪。

「聽說顧源浩的親衛隊開始拿妳當攻擊目標了。」他語調平板，聽不出任何情緒，「妳都不怕嗎？」

我迎上他的目光，逞強道：「她們多半都是口頭放話罷了，就算使點小手段，我也還能應付。哼，我可不是好欺負的！」

「顧源浩就那麼值得妳寧願以身犯險，也要繼續跟他來往？」

「只是交個朋友，又沒什麼！」我這話說著有幾分心虛，「交、交朋友犯法嗎？」

李承言瞅著我片刻，一句話也沒有說，隨後將視線落回參考書上，仔細點出我的問題所在。

但我又分心了，只是這次不是因爲顧源浩，而是爲了眼前的李承言……

剛才他那記眼神，到底是什麼意思啊？

好不容易迎來了週日，趁爸媽去逛大賣場，我比預定的時間提前一個鐘頭出門。怕被樓思宇察覺有異，我並未特別打扮，只把幾樣化妝品和一件細肩帶碎花洋裝塞進隨身大托特包內。

經過客廳時，樓思宇正坐在沙發上看書，我臉不紅氣不喘地說出反覆練習過好幾遍的說詞：「我和社團同學約好去參觀動漫展，要交心得報告。」

樓思宇抬頭看我，「妳還在禁足期間。」

「昨天我有先問過老爸了，他說可以。」我沒說謊，我偷偷跟老爸撒嬌，磨著他答應。

所以要趁爸媽回家之前先開溜，否則老媽可沒那麼好說話。

他瞇起眼，打量過我一身休閒的穿搭後，緩緩頷首，「好，知道了，記得帶傘，可能會下雨。」

我包裡都塞那麼多東西了，哪還有空間放傘啊！

「唉唷，不會啦！氣象預報都不準。」我擺擺手，只想趁臉上冒出心虛的表情之前趕快離開，免得他起疑。

「早點回來。」樓思宇在我關上家門前提醒。

一切順利得不可思議，我在捷運站的洗手間裡換裝打扮，對著鏡子畫上得宜的淡妝，緊張地再三審視過自己，確認都沒問題了，才心情愉悅地搭上捷運前往約定地點。

鬧區街角的咖啡店，倚仗著週末周遭商圈的逛街人潮，二十坪的店面裡擠滿了客人，一位難求。

我提早二十分鐘抵達，很幸運地排到一處靠窗的座位，然而屁股都還沒坐熱，就看到一雙熟悉的人影出現在店門口。

完蛋了！

我慌慌張張地拿起菜單遮臉，可似乎已經太遲了。

「樓向晚，妳不是被禁足嗎？」

他難道就不能當作沒看見我嗎？

另一道嬌嫩悅耳的女性嗓音響起：「樓向晚？思宇的妹妹？」

我放下菜單，擠出尷尬的笑臉，居然連在這裡都會巧遇李承言，而且他還和裴莉婷在一起……

「思宇家的基因眞的很好耶！妹妹長得好漂亮。」裴莉婷笑容柔和，態度親切，她朝我伸手，「久仰大名了，思宇的寶貝妹妹。」

我不自然地勾起唇角，回握了一下她的手。

分別看了看我和李承言後，她笑盈盈地說：「向晚，妳知道我們班有好幾個男生，曾經跑去教室偷看妳嗎？」

「有嗎？」我倒是一點也沒注意。

裴莉婷點頭，「而且在看過妳之後，他們還開玩笑說要叫思宇大舅子。」

「呵呵，我怎麼都沒聽我哥說過……」

「因爲思宇很保護妳，他要他們別動妳的歪腦筋。」她用手肘頂了下站在旁邊不發一語的李承言，「對吧？」

李承言沒有附和，只是目不轉睛盯著我問：「妳是偷溜出來的？」

「我哪有偷溜出來，我是光明正大出來的好嗎！」我不甘願地解釋。

他直接戳破我，「那妳就是說謊了。」

「我……我跟社團的同學約在這裡會合。」

「樓爸爸知道？」

我哼了聲，「當然！」

「樓思宇呢？他也知道？」

「我出門前有跟他說。」他是住海邊喔？管這麼多！

李承言擺明不相信我說的話，令我有些心浮氣躁。幸好顧源浩還沒來，得搶在他來之前，趕快把他們打發走才行。
我搬出虛僞的笑臉，「你們在約會呀？」
「我們？」裴莉婷指了指自己和李承言，先是一愣，隨後大笑，「哈哈哈，約會？我跟李承言？」
「對啊。」我看著幾乎沒變過表情的李承言問：「你跟莉婷學姊不是在約會嗎？」
「我們沒有在約會。」他語氣平淡。
「那你們是……」他們這麼相配，走在路上任誰看了都會覺得他們是在約會吧？
裴莉婷解釋：「承言只是陪我出來找本書而已。」
以找書爲名，行約會之實啊！
我才不相信他們之間有那麼單純！不過算了，現在不是八卦的時候，首要任務是得讓他們趕快離開。
「你們是要外帶？還是內用？」還好，這是兩人座位，無法讓他們併桌。
裴莉婷抬手看了看腕錶，「外帶吧，我還得去一個地方。」
李承言點頭，「那我們走吧。」
接著他們到櫃台點餐，等店員叫號，然後各自領取一杯飲料。臨走前，裴莉婷不忘向我打聲招呼，而李承言則是將目光逗留在我身上好一會兒，才邁開步伐離去。
光顧著注意他們，我都沒發現顧源浩已經遲到了將近半個小時。
「你在哪裡？」
我發了一條訊息過去，卻遲遲未收到回覆，連已讀都沒有。

他就快到了吧，也許正在趕來的路上。

也許他有事耽擱了。

還是等他回傳訊息好了，萬一我前腳才離開，他就說自己到店門口了呢？

我用各種理由說服自己坐在店裡繼續等待，然而兩個小時過去，他仍然沒有出現，而撥過去的三通電話，也都轉進了語音信箱。

單手托腮，我望向窗外，原本的豔陽天已轉爲陰沉，是反應出我的心情嗎？等等該不會就要下雨了吧？

應該要聽話帶傘的。

顧源浩恐怕是不會來了……

我進到洗手間，換回原本的T恤和牛仔褲，想趁下雨前趕快回家。

誰知甫踏出店門口，一道電光便從灰黑濃厚的烏雲中竄出，跟著轟隆雷聲響起，大雨來得迅速且猛烈，來往的行人瞬間被淋成落湯雞。

我被困在屋簷下，低頭盯著鞋尖發呆，心中空蕩蕩的，只思索著一個簡單的問題——是否應該淋雨回家？

一雙休閒鞋突然出現在我低垂的視線裡，我抬頭看去，驚訝地見到李承言撐著一把黑傘佇立在我面前。

「等不到人還得淋雨回家，妳也眞夠慘了。」他說。

「你怎麼會在這裡？」往他身後瞥了一眼，我問：「莉婷學姊呢？」

「走了。」

「那你……」

「妳以爲我會相信妳說的話？」李承言挑起一道眉，「動漫展？」

「你問過我哥了？」先前我只說和社團同學有約，並沒有說要去看展啊！

他不答反問：「被顧源浩放鴿子了？」

「你怎麼會知——」我想起那天上家教課的時候，他沒收我的手機，頓時會意過來。「你偷看我的訊息！」

「我沒有偷看，是訊息自己在螢幕上跳出來的。」

望著他那張看不出情緒變化的俊秀臉龐，我覺得再糾結這些也沒什麼意義，「那你爲什麼來？」

李承言的目光將我從頭到腳掃過一遍，「換衣服了？」

說完他旋過身，也沒要我跟上，逕自邁開步伐。

我當然不會傻呼呼地不知道利用機會，雖然不知他爲何折返，但有傘可以撐總是好事。抓緊肩背包躲進他的傘下，我開玩笑地問：「你是不是特地來接我的？」

「他有說爲什麼沒有來嗎？」對於我的問題，他似乎一概不打算回答。

「沒說。」

儘管與我對談，李承言的視線卻始終落向前方，「樓向晚，看來妳的腦袋是眞的不好。」

「我的腦袋怎樣不好？」我覷向他的側臉，不太高興。

「顧源浩沒有在約定時間出現，等超過十分鐘就該走人了。」

「搞不好他臨時碰上緊急狀況，才會遲到啊！」我胡亂替他找藉口，卻因爲心虛而越講越小聲，「又或者是發生了什麼事……才……才……」

「無論是因爲什麼理由而遲到或失約，都該有個合理的解釋。」他一句話便輕而易舉地反駁了我。

我沉默不語。

「一遇到感情的事，妳就會變得比平常更愚蠢。」李承言終於看了我一眼，我不服氣地回視，以爲會在他眼中看見鄙夷，不料卻看見了其他我分辨不出的複雜情緒。「就像當初妳爲了黃大衛難過得哭天搶地一樣。」

「我對顧源浩又不是……」我對他只是略有好感，還稱不上喜歡。李承言說這話根本就是在拐彎抹角罵我眼光差。

「妳爲了一個壓根不把妳放在心上的男生，惹出一身麻煩，值得嗎？」他難得沒有一味責罵我，更沒有出言諷刺，只是單純提問。

我悶聲反問：「你怎麼知道他沒有把我放在心上？」

「如果一個男生約了妳之後，輕易便能失約，並且連一句解釋都沒有，那就表示他沒有那麼喜歡妳。」

「或許他會失約是有不可抗的原因啊！」

李承言停下腳步，面對著我，「顧源浩有打電話向妳解釋嗎？」

「……沒有。」我低下頭，不敢看他。

「所以？」

或許是被顧源浩放鴿子，又或許是因為天氣不好，我明明知道李承言沒有故意要找我吵架的意思，但聽他說這些，我心裡著實很不舒坦。

這大概就是所謂的忠言逆耳。

「我們走吧！」

送我回家的路上，誰都沒再開口。

進家門之前，我甚至忘了向他道謝。

晚上，我收到顧源浩傳來的訊息：

「向晚，很抱歉，今天臨時有點事情忙到現在。我不是故意放妳鴿子的，我後來有去那間咖啡店，但妳已經不在了。」

他的解釋十分籠統，而我並不太在乎他失約的真正原因。

無論他最後有沒有去咖啡店找我，都是他失約兩個多小時後的事了，就算道歉，似乎也沒什麼意義了。

隔天，顧源浩的出現，在班上引起一陣不小的騷動。

「他還來！」梓秀橫眉豎目，從座位上站起來，「最近妳被他的瘋狂粉絲威脅得還不夠嗎？」

「之前那群太妹的警告不像是鬧著玩的。」雅慧拉著我的手，眼中盛滿擔憂，「向晚，妳不要出去。」

「沒關係，我去看看他想做什麼。」大概是爲了昨天的事情來向我道歉。

梓秀不解，「妳跟他之間還能有什麼事啊？」

「妳們待在教室等我，我出去一下很快就回來。」我拍拍雅慧的手，給她一抹安撫的微笑。

我在同學們的注視下走出教室，來到站在走廊上的顧源浩面前，「你怎麼來了？」

「妳沒有回我訊息，我以爲妳在生氣。」他遞給我一杯手搖飲料。

我瞟了一眼，「這是飲料吧的青蘋果綠茶。」

「我記得那次妳說妳喜歡喝這個。」

他居然記得，我以爲他只是隨便聽聽。

「謝謝。」

顧源浩悄聲在我耳邊道：「我上一堂蹺課去買的。」

嗅到他身上有著一股淡淡的煙味，我不經意瞥見他手肘上有傷，沒多想便脫口問道：「你怎麼受傷了？」

「小事，跟人打架的時候不小心傷到的。」

看起來像是新傷，難道那天他是因爲跟人打架才爽約嗎？

這麼近的距離，這樣好看的笑容，我以爲自己會爲此心跳不已，然而卻異常地冷靜。

可能是我對他不如以往那般抱持期待了。

畢竟期待越多，到頭來或許只會更加失望。

「上課了。」聽見鐘響，我對顧源浩笑了笑，「你快回教室吧。」

「向晚。」或許是察覺到我態度的不同，他斂去臉上的笑意，「妳會原諒我嗎？」

「我想那時候你可能有非要處理不可的事情。」我點點頭，「所以沒關係。」

他似乎鬆了口氣，雙肩一聳，「那就好，我先走嘍！」

離去前，他雙手比出一個傳訊息聯絡的手勢。

目送顧源浩走遠，我轉身回到教室，立刻被幾名同學包圍住。

「樓向晚，妳真的很不怕死耶！」

「妳都被他的親衛隊放話威脅了，還敢跟他有牽扯喔？」

「顧源浩為什麼突然買飲料給妳？他為什麼說妳在生氣？」

「沒什麼。」我四兩撥千斤，「誰知道呢？我也覺得有點莫名其妙。」

梓秀瞇起雙眼，「樓向晚，妳是不是有事瞞著我們？」

「沒有啊！」

「但妳真的怪怪的，上週莫名其妙很興奮，怎麼過個週末就變得有些沒精神？」

「我哪裡沒精神？」即使嘴上否認，我卻不敢直視兩位好友的眼睛。

一位男同學怪叫：「顧源浩剛剛那麼高調地來教室找妳，萬一被那群太妹知道，恐怕妳又要遭殃了！」

「而且還送妳飲料。」另一個同學點頭附和，「他根本就是在害妳！」

我心不在焉地聽著，滿腦子只想著李承言送我回家時說的那些話；還有，我一直認為他對我很壞，可是他卻替我保密，沒有向任何人提及那天我其實與顧源浩有約……

做人果然不能太鐵齒。

直到被那群太妹帶到福利社後方的空地，我才總算理解班上同學和樓思宇的擔憂所爲何來。

那群太妹一共有五名，是顧源浩最死忠的親衛隊，也是傳聞中行徑最惡劣的一群，其中三個之前就曾在女廁裡威脅過我。

她們各個身材姣好勻稱，平均身高一百六十五公分，高出我至少半顆頭，一左一右站到我身邊，輕而易舉就能牢牢架住我不放。

下午第二堂課結束，兩個太妹堵在教室門口，說有事情想問我，要我跟她們走。梓秀和雅慧極力勸阻我別去，但我認定自己和顧源浩又沒怎樣，只要跟她們把話講清楚，應該就能沒事，況且讓她們一直擋在教室門口也不是辦法，所以最後我還是跟她們走了。

短短三分鐘後，事態的發展便印證了我的想法有多天真。

李承言經常說我笨，看來我是無從反駁了。

站在我面前的大姊頭濃妝豔抹，眸光犀利地將我從頭到腳審視過一遍。她的水晶指甲每一根都接得跟巫婆一樣長，當她粗魯地捏著我的下巴時，水晶指甲刮得我很不舒服。她這樣在日常生活中不會很不方便嗎？光是要撿拾掉在地上的銅板就很困難了吧？

「樓向晚，妳挺有本事的嘛！」她用鼻孔看我，菸嗓讓她的聲音聽起來超齡且世故，「居然敢勾引顧源浩。」

「我哪有勾引他？」我可不接受莫須有的罪名。

「還敢說沒有！」架住我右手臂的短髮太妹沒好氣地插話，「顧源浩都承認了！他說妳很漂亮，對妳有好感！」

他確實說過我漂亮，但他什麼時候說過對我有好感了？我怎麼不知道？

「我跟他才見過幾次面，哪裡能談得上有好感？」

「才見過幾次面，妳就能跟他牽手，讓他送妳回教室。」大姊頭不客氣地拍打我的左頰，「我看妳很有手段嘛，眞是不要臉！」

我自認從小到大幾乎沒做過什麼不要臉的事情；再說了，大家到底是哪隻眼睛看到我和顧源浩牽手？那算牽嗎？根本只是他單方面拉著我吧？

「昨天他不是還拿飲料去六班給妳？」另一個長髮太妹接著凶狠道：「聽說你們早就交換LINE了，上週日還有約出去。」

雖然不明白她們是怎麼知道的，但看來我已經沒有否認的餘地，「那又怎樣？交朋友犯法？」

她狠狠踹了我一腳，語氣輕佻：「痛嗎？要是瘀青的話，妳哥一定會很心疼吧？」

即便腿上疼痛，我依然倔強地不吭一聲。

綁著高馬尾的太妹，用力掐了下我的左臂，「仗著妳哥是校草，就以爲自己是公主了是不是？」

我忍無可忍，「妳們這麼做根本沒有意義，我和顧源浩又沒在交往！」

「要是妳繼續勾引他，未來的發展很難說。」大姊頭指尖挑起我一撮長髮把玩，就算她下一秒就把那撮頭髮拔了，我也不會太意外。

「我沒有要勾引他，也沒有打算跟他有任何發展。」或許我曾經期待過這種可能，但在被顧源浩放鴿子，以及聽完李承言那席話後，我就不那麼想了。

儘管如此，我還是覺得顧源浩不是什麼壞人，也還算是會顧及朋友道義，因此我隱隱抱持一線希望，也許顧源浩會出面救我，就像之前一樣……

「妳當我們很好騙嗎？」

我試圖和她們講道理：「要是被顧源浩知道妳們到處欺負人，他搞不好會討厭妳們。」

「呵，妳以為他不知道嗎？」

架住我的兩個太妹分別重重踢了我的小腿肚一腳，讓我跪倒在地。

所以，一直以來，顧源浩都是知情的，卻從來沒有阻止過她們的惡行……

「妳們這麼做到底用意何在？」我眞的不懂，「難道妳們就這麼不希望他交女朋友？」

「他對妳們這些女生反正也不是眞心的，否則早就出來說話了，那麼有什麼好不能欺負妳們的？」長髮太妹答得一副理所當然的樣子，「而且妳們根本配不上他！」

我垂下頭，長嘆口氣，徹底無話可說。

「妳說妳不打算和顧源浩有任何發展，」大姊頭蹲下身，仔細看著我，「那就證明一下吧。」

「要怎麼證明？」

「妳把上衣脫了，只剩下內衣，讓我們拍個照。」她咧開一個殘忍的笑容，「留作紀念。」

我吞了吞口水，乾笑：「妳們不會想把我只穿內衣的照片存在手機裡的。」

「怎麼會？」她拿出手機點開相簿，舉到我面前，「我手機裡多的是女生的裸照。」

我瞄了幾眼，瞥見一張張不同女孩或半裸或全裸的照片，照片中的女孩都曾經向顧源浩告白，或短暫和他交往過，我認出其中一位，就是那天和我一起逃出女廁，提醒我要保護自己的女生。

「我不要。」我別過頭。

「妳不願意對顧源浩死心是嗎？」短髮太妹從後方扯住我的長髮，令我整顆頭朝往仰。

不願意被拍半裸照，跟不願意對顧源浩死心是兩碼子事吧？有沒有邏輯啊？

一股火冒了上來，我懶得再跟她們解釋，橫豎都逃不過欺侮，索性豁出去道：「妳們越是這樣，越會刺激我的叛逆神經，本來我跟顧源浩沒怎樣，可能都會變得有怎樣。」

「有點意思啊。」大姊頭不怒反笑，甩了我一記響亮的巴掌，「把她的衣服全脫了。」

幾個人一湧而上，動手拉扯我的制服領口和百褶裙拉鍊，並將我推倒在地，長髮太妹還直接跨坐在我身上。

「救、救命！」我才喊了一聲，馬上就被摀住嘴巴。

我微弱的呼救聲淹沒在上課鐘響中，眼看襯衫排扣被一顆顆扯開，露出裡頭的粉色蕾絲內衣，而百褶裙的拉鍊也被拉下，我瞪大雙眼，咬緊牙根，開始後悔自己剛剛爲什麼要用言語衝撞她們……

「住手！」

這個聲音不屬於顧源浩，是李承言來了。

淚水瞬間潰堤，我知道自己安全了。

李承言是糾察隊隊長，不會坐視我被欺負的。

「妳們在做什麼！」雅慧和梓秀眼眶泛紅，奔過來推開跨坐在我身上的長髮太妹，並爲我整理衣衫，扶著我坐起，「向晚，妳還好嗎？」

那群太妹不屑地瞪著李承言，「你少多管閒事！」

「我只是盡我的職責。」李承言冷冽的眸光掃過她們制服胸前的學號，沉聲道：「妳們等著去學務處報到吧。」

大姊頭冷笑：「哼，你有證據嗎？」

李承言搖了搖拿在手裡的手機，「妳們大可以試試。」

雅慧邊哭邊替我拍掉制服上的髒污，梓秀則是臉色凝重地攙著我站起，一起躲到李承言身後。

「呿！我們走！」大姊頭心有不甘地領著同夥離去，不忘再次警告，「樓向晚，妳要是再敢接近顧源浩，下次絕對不會就這樣算了！」

待她們走遠，李承言轉過身，不由分說張口便罵：「妳眞是笨到無藥可救！」

我虛弱道：「我現在沒心情跟你吵架……」

雖然很感激他來救我，但如果要罵我的話，就不必了，我的心情已經夠糟糕了。

李承言洶湧而至的怒氣，就像一把子彈上膛的手槍，迅疾地朝我射來，「樓向晚，妳怎麼會天眞地以爲，她們找妳出去只是要問妳問題？」

我瞬間眼眶一熱，「你不要再說了！」

國中時，有一段時間我曾經被班上的女同學排擠過，但從未經歷過肢體霸凌，方才儘管我表面上看起來鎮定，也力持堅強，但不代表我不害怕、不覺得委屈。

李承言失去平常的冷靜，話聲飽含慍怒：「有話在教室門口講也可以，爲什麼非要跟她們來這種四下無人的地方？」

「你以爲我有得選？本來來教室找我的只有兩個女生，誰知道走到一半又冒出來另外三個，一左一右挾持著我來到這裡，沿途碰上的同學，也都袖手旁觀……」我掄起拳頭捶他，哭喊道：「我已經夠慘了，你還要罵我嗎？討厭！李承言你眞是個討厭鬼！」

脫離險境後，脆弱無所遁形。

他站在原地任由我捶打，並未阻止我忘恩負義的舉動，卻堅持把想說的話說完：「顧源浩分明知道那群愛慕他的太妹，會惡意欺凌其他喜歡他的女生，卻依然高調地接近妳。他從頭到尾都沒有爲妳想過，完全不在乎妳可能會爲此受到傷害，這種人妳還要對他存有什麼好感？樓向晚，妳笨就算了，連眼睛也是裝飾品嗎？」

「就算是裝飾品也不要你管！」我明白李承所言屬實，可是在這個當下，我不想聽大道理，我只想有一個人可以心疼我受的委屈，可以抱抱我。

雅慧見我哭得慘烈，忍不住出聲：「承言學長，向晚現在情緒比較激動，小腿上的傷需要趕快處理，臉頰也得冰敷，不然我和梓秀先帶她去保健室好了。」

李承言瞪著我半晌，才點了下頭，「我送妳們去。」

「我不要你送！」我大聲嚷嚷。

梓秀好聲好氣地哄我：「向晚妳別這樣，承言學長也是擔心妳……」

即使李承言就跟在我們身後，講出這種話可能會讓他覺得自己好心被雷親，我仍然故意說：「妳們為什麼找他不找我哥？」

「學長他們班這堂是體育課，思宇學長在籃球場上三對三，我們本來想叫他，但承言學長注意到我們兩個神色慌張，便主動走過來問發生什麼事了。」梓秀解釋。

雅慧接續道：「一聽到妳被顧源浩的親衛隊帶走，承言學長馬上領著我們四處找妳，他說對方應該會選擇把妳帶往不容易被人發現的偏僻角落，果然很快就找到妳了。還好及時趕到，否則後果不堪設想。」

「承言學長雖然沒有用妳想要的方式安慰妳，不過，他確實是關心妳的。」梓秀溫聲說。

轉頭瞥了李承言一眼，我悶聲道：「他只是怕我要是有個什麼萬一，我哥會爆炸吧。」

「但還是多虧了承言學長，妳才能得救啊！」

雅慧也替李承言說話，「而且學長說得一點也沒錯，顧源浩明知他的親衛隊行徑瘋狂，還那樣高調對妳，簡直就是間接把妳推入火坑。」

「樓向晚，妳是不是有什麼事情瞞著我們？」梓秀突然語調一沉，「妳是不是私下還有和顧源浩聯絡？」

我抿緊了脣，沒有否認，也沒有回答。

來到保健室門口時，雅慧原本想說些什麼，只是才張口，就被迎向前來的保健室阿姨搶先一步打斷，「同學，妳哪裡不舒服？」

沒等我回答，她便仔細審視過我紅腫的臉頰，以及我滿佈瘀痕與擦傷的小腿肚，而後嘆了口氣。

一切盡在不言中，有些事情看多了，自然也就不用多問了。

雅慧和梓秀扶著我坐到病床上，方便保健室阿姨推著醫療推車過來，用生理食鹽水爲我清潔傷口，並替我上藥。

李承言斜倚在保健室門邊的牆上，始終不吭一聲。

滿室的靜默，被一陣由遠而近的匆促腳步聲打破，樓思宇神色焦急，一見到我便憂心忡忡問：「向晚，妳怎麼樣？傷到哪裡了？」

我胸口一緊，驀地湧上一股想要討拍的情緒，眼前蒙上一層薄薄的淚霧，委屈巴巴地說：「我被人欺負的時候你在幹麼？」

「眞是的……」他心急地檢視我的傷口，自責道：「梓秀和雅慧怎麼不告訴我？打籃球哪有我妹妹重要。」

我可憐兮兮地掉了幾滴眼淚，保健室阿姨還以爲是優碘弄痛我了，安慰道：「這個擦上去會刺刺的，妳忍耐一下。」

「妳這個傻瓜！」樓思宇握住我的手，「我叫妳離顧源浩遠一點，就是怕會發生這種事，要不是承言及時趕到，妳要怎麼辦？」

「我知道了啦……」我自知理虧，訕訕地低下頭，「別再唸了。」

「眞是不見棺材不掉淚。」樓思宇神色凝重，「這件事不能就這麼算了，等等我陪妳去找學務主任。」

「那群太妹欺負過很多名女同學，還逼她們脫衣服、拍裸照，帶頭的女生手機相簿裡存有證據。」我思忖片刻又道：「但那些受害的女生並沒有告發她。」

「多數遭受霸凌的人，都會選擇忍氣吞聲，擔心一旦告發，往後會被欺負得更慘，讓施暴者更加食髓知味。」他轉頭問李承言：「剛剛你有拿手機錄下向晚被欺負的過程，應該可以當作證據吧？」

「承言學長錄的片段不長。」雅慧解釋，「我們都太擔心向晚了，躲在旁邊觀察一會兒就忍不住衝出去阻止了。」

李承言開口，「錄到的畫面已經很足夠了。」

「妳怎麼老是讓人擔心啊。」樓思宇大掌按上我的頭頂，語氣間滿是心疼，「哎，我沒照顧好妳，回去怎麼跟爸媽交代啊。」

通報學務主任後，這件事對我而言就算告一段落，接下來就交給主任和李承言處理。樓思宇親自護送我和梓秀、雅慧回教室，班上女同學又爆出一陣看到校草必備的尖叫聲，直到哥哥離開，她們才恢復正常，向我求證稍早發生了什麼事。

原來，我因爲疑似和顧源浩彼此互有好感，而被他的親衛隊抓去「聊天」，又被李承言英雄救美的消息，已經在高中部傳開。

一名女同學走到我的座位旁邊，好奇問道：「顧源浩是真的對妳有好感嗎？」

「我不知道，他沒跟我說過。」

「可是他那天送妳回教室耶……」她邊觀察我的表情邊說：「昨天還買飲料給妳。」

「那不代表什麼。」他如果真的對我有好感，還會爽約又不解釋清楚嗎？

「既然如此，爲什麼顧源浩的親衛隊要抓妳去『聊天』？」

「我怎麼會知道？」想霸凌別人，未必非得需要什麼充足的理由吧！

面對我這種態度，女同學顯然不知道該問什麼了，只能故作關心地尬聊，「妳的臉頰……還痛嗎？」

「冰敷過好多了，謝謝。」我冷淡地回。問這什麼廢話，不然妳來讓我打一巴掌試試？

雅慧為我緩頰：「向晚剛經歷過那種事，心情難免不好，妳別介意啊。但她跟顧源浩真的沒什麼。」

對，我跟顧源浩是沒什麼，結果放學他竟然再次出現在六班教室外的走廊，我跳到黃河也洗不清了。

「向晚，妳沒事吧？」他冷不防伸手輕撫上我的左頰，此時頰上的紅腫已消退得差不多了。

我背著書包一時愣怔地呆站在原地。

雅慧和梓秀從教室裡衝出來，把我拖到她們身後，「顧源浩，向晚會被那群太妹找麻煩都是你害的，你還來找她？是不是覺得她被欺負得還不夠慘啊？」

「我警告過她們了。」顧源浩正色道：「不會再發生第二次了。」

我不相信。

如果沒有親眼見過大姊頭手機相簿裡的那些照片，我或許還會信，但現在，他的保證，對我而言一點意義也沒有。

「她們說，你對我有好感，是真的嗎？」我看著顧源浩的眼睛問。

梓秀以為我還對他懷抱期望，著急地喊了一聲：「向晚！」

顧源浩坦承：「我的確和我的朋友們說過。」

他連第一次約我出去都能爽約，連爽約的原因都解釋得不清不楚，卻告訴別人他對我有好感？

我實在不知道該作何感想。

「原來是這樣。」我淡淡道：「我不相信你不知道，那些太妹聽到你那麼說，必然會來找我麻煩。」

「向晚，是我疏忽了，我很抱歉，請妳相信我，不會再有下次了，我會保護妳的。」顧源浩再三保證，「我們聊一聊。」

「我算什麼？」我略帶諷刺地一笑，「你連你的前女友們都沒有保護好了。」

我或許常做出些傻事，偶爾犯蠢，也偶爾會犯花痴，但不至於笨到連已經發生在眼前的事都看不明白……

「的確，不會再有下次了。」也不知道李承言是什麼時候來的，他從看戲的人群中緩步走出，「加上這次的處分，那群女生有幾個已達退學標準，近日會請家長到學校討論後續是否要辦理轉學，或者直接退學處理。」

顧源浩雙手插在口袋裡，一雙眼睛盯著李承言看。

「我哥呢？」我問李承言。

「思宇和導師有些事要討論，他請我先來接妳。」

「我可以自己回家。」

「今天發生過那種事，他不放心。」李承言說完，又冷冷問了顧源浩一句：「從以前到現在，你保護好過哪一個女生？」

顧源浩不爽地上前一步，「這不關你的事。」

李承言沒想與他爭辯，側頭對我說：「樓向晚，我們走吧。」

這次，我沒和李承言唱反調，與雅慧和梓秀道別後，便跟著他一同離開。

「思宇讓我們在學校旁邊的公園等他。」

「好。」我默默跟在他身旁走了一會兒，才想起自己仍未向他道謝：「李承言，今天謝謝你。」

雖然他沒有用言語安慰我，我還因為情緒失控而朝他發了一頓脾氣，但冷靜下來後，我其實有感受到他那些隱藏在怒氣底下的關心。

很奇怪的一天，很奇怪的我們，他說話不再夾槍帶棒，我也不討厭和他待在一塊兒。

牽著腳踏車在公園外等樓思宇時，靜默許久的他忽然出聲：「學務主任會強制她們將那些照片刪掉，不會外流，妳別擔心。」

我一愣，他這是在安慰我嗎？

李承言望著前方，輕聲問：「妳還喜歡顧源浩嗎？」

「我沒有喜歡顧源浩，我只是對他有過好感。」我糾正他的說詞。

我曾經因為顧源浩在飲料吧幫我解圍、在樓梯口拯救我免於被飛盤打中，而愈加欣賞他；如今我卻對他感到非常失望，不是因為人人都說他不好，而是他竟然自始至終都漠視那些喜歡他的女生被欺負。

李承言挑眉，「這不算喜歡嗎？」

「好感隨時都可能會消失。」我搖頭，「我不想再犯相同的錯誤了，不想再像從前那樣，爲了一個不在乎自己的人，一頭熱地越陷越深。」

李承言垂下眼睛，「妳是說黃大衛？」

「截至目前爲止，我喜歡過的人也就那麼一個，你不是知道嗎？」

「或許他只是無法接受妳的心意，不代表不在乎妳。」

「算了。」我勾起脣角，自嘲道：「現在回想起來，那些都是不值得的喜歡。」

「『喜歡』有所謂的值不值得嗎？」李承言望向我，「對某個人產生的那份心情，無論如何，都是珍貴的。」

這不像他會說的話，可是卻特別動聽。

在那道深深的眸光中，我差點忘記呼吸。

直到李承言別過眼，冷哼一聲：「我從一開始就不應該縱容妳和顧源浩在LINE上互傳訊息。」

「什麼意思？」我斜睨著他，「你要去找我哥打小報告了？說我和顧源浩互相加LINE，上週日還約出去？」

「是啊。」他再度看向我，只是這回，那雙桃花眼微微瞇起，似是隱含笑意。

我沒有移開視線，就這麼與他相望，心中升起一股異樣的感覺，麻麻的、癢癢的。夕陽餘暉灑落在他白淨斯文的臉上，清晰地映入我的眼底……

我知道他不會那麼做的。

「等很久了嗎？」樓思宇氣喘吁吁地牽著腳踏車跑過來，「楊老師話好多，拉著我講好久。」

「不意外。」

「謝啦！」

李承言點頭，接受了他的道謝，「那我先走了。」

說完，他騎上腳踏車離去。

我都忘了今天沒有家教課，他還幫著樓思宇去班上接我，陪我在這裡等樓思宇過來。

李承言……

他是我至今最猜不透的人。

我們應該是互相討厭的，我卻總是能察覺他給出的一絲體貼，不知不覺間，那些體貼逐漸累積出難以忽略的分量，而我花了很長的時間才想明白，那究竟代表著什麼意義。

第五章　喜歡的進行式

在教室裡用過午餐後，梓秀幫我們把吃完的便當盒拿去清洗回收，雅慧無精打采地趴在桌上，一副心事重重的樣子。

我也跟著面對著她趴下，猶豫了一會兒才問：「雅慧，妳怎麼了？」

她搖搖頭，「沒什麼……」

「嗚嗚，我好難過。」我擺出苦瓜臉，「妳以前有心事都會跟我說。」

「哎唷！別這樣啦！」雅慧心急地解釋，「我只是……不知道該怎麼跟妳說起他嘛！」

「誰？」

她彆扭地低吟了聲，老實回答：「承言學長。」

「李承言怎麼了？」

「思宇學長因爲擔心妳，最近很常來我們班，但都沒見到承言學長一起過來。」雅慧呼出一口長氣，「妳跟承言學長最近還好嗎？該不會吵到老死不相往來了吧？」

未料到她會如此猜測，我微愣，一時語塞。

那天，雖然樓思宇不敵我的哀求，答應替我在爸媽面前保密，並且口徑一致地謊稱我是因爲學騎腳踏車，才會不愼受傷，但他提出一個交換條件——我必須接受他的「特別」關心和過度保護。

以前我會覺得很煩，討厭這種被視爲小孩的感覺，然而，不經一事、不長一智，現在的我，很能體會身旁至親好友想要保護我、希望我安好的心情，以及那樣的心情有多麼珍貴。

至於李承言，這幾日上家教課的時候，倒是沒發現他有什麼異樣，不過，他確實變得不再和我哥那麼形影不離。他對我依然不會口下留情，但反正我也漸漸習慣了，雖然多少會不爽，卻不會像之前那麼反感他了……

我逕自沉浸在思緒裡，直到雅慧小心翼翼地問：「我提到承言學長，讓妳不開心了，是不是？」

「今天放學，妳來我家讀書吧！」我揚起笑容。

「咦？」她驚喜道：「真的嗎？」

「妳不是想見李承言嗎？」

「嗯！」她點頭如搗蒜，精神整個都來了，「妳今天有家教課？」

「對啦！」

雅慧跳起來抱住我，開心地歡呼。從她的反應判斷，我嚴重懷疑，她對李承言的感情已經不只是單純的欣賞了。

「樓向晚，外找！」剛進教室的男同學喊道。

「是你哥嗎？」雅慧側頭看向窗外。

「應該不是。」他上午才來找過我一次，應該不會這麼快又來吧。

我剛從座位起身，就見梓秀從走廊跑進來阻止我出去，「妳別去，是顧源浩。」

「對啊，妳不要再理他了啦！」雅慧忙拉住我。

幾經思考後，我撥開她們拉著我的手，「我很快回來。」

走出教室，顧源浩一見到我便迎了上來。

「有什麼事嗎？」

「我來看妳的傷有沒有好一點。」

「都過幾天了，當然好得差不多了，謝謝關心。」我的態度疏離卻不失禮貌。

顧源浩像是對我的反應感到很驚訝，微微一愣後，開口道：「我們找個地方聊一下？」

「好。」正巧我也想把話說清楚。

我們來到一處少有學生經過的走廊，甫停下腳步，他便說：「妳對我的態度變了。」

「有嗎？」我低頭，漫不經心地回應。

他耐心解釋：「之前我想妳可能還在氣頭上，所以沒有找妳。」

「你沒有找我也好啊。」

「向晚，我們就不能當朋友嗎？」顧源浩的視線定格在我臉上。

「朋友？」我抬眸迎向他的目光，「當你的朋友要付出什麼代價？」

「我會保護妳的。」

「那之前那些女生呢？」我淡淡一笑，「還有你的前女友們，當初你也曾經承諾過會保護她們嗎？」

顧源浩認爲我在翻舊帳，口氣變得有些不悅，「現在是在說我們的事情吧？」

「她們也喜歡過你，有的甚至是你的前女友，可是你都沒有保護她們啊！」我語氣平靜，「何況只是朋友的我呢？」

「妳說這話不公平！」他擰眉，「我又不是保姆！」

「她們因爲喜歡你而受到傷害，你卻一點也不在乎。」

「那些喜歡我的女生，我又不可能每個都喜歡，難道我每個都要保護嗎？她們被欺負，到底跟我有什麼關係？」他煩躁地扒了下頭髮，「然後妳提到前女友，既然都已經是前女友了，我應該更沒有義務要保護了吧？」

「你怎麼能確定那些照片是她們在和你分手之後，才被強迫拍下的？」

「但妳同樣也無法證明，那些照片是在我和她們交往期間被拍下的。」他跨出一步，拉近我們之間的距離，「這樣定我罪，未免太不公平。」

「你知道你的親衛隊會霸凌所有與你走得近的女生嗎？」就算不喜歡那些女生，也不該坐看她們受傷，何況她們之所以受到傷害，只不過是因爲喜歡上他。

顧源浩別過眼，沒有回答。

「我沒看過你身旁有什麼女性朋友，你現在這是要爲我破例，還是你另有所圖？」

他笑了笑，笑裡帶著點不屑，「我能圖什麼？」

「所以你只是想和我做朋友嗎？」

「向晚，妳對我也有好感，不是嗎？」顧源浩猛地握住我的手，「我感覺得出來。」

儘管我依然覺得他長得很帥，也依然能感受到他性格上的魅力，更相信他不是什麼壞人，但他太過自私，對於旁人的心情滿不在乎。

有些幻想，是會被現實擊碎的，而從我幻想中走出來的顧源浩，讓我一點都不想再和他更進一步。

我是對他有過好感，但是經歷過那些事，我發現自己實在玩不起，更不至於天眞地認爲我會是他的例外。

抽出被顧源浩握著的手，我輕聲說：「我們還是保持距離吧。」

「向晚，」他拉住我，「妳不相信我嗎？」

我沒接話，我眞的不想再與他有牽扯了。

「爲什麼？」他眼神充滿不甘心。

「我想讓身旁在乎我的人安心。」我坦承道：「我不想再讓那些珍惜我的人爲我擔憂，我想要好好保護自己。」

「妳已經決定了？」他雙手插進口袋，表情斂去了先前的溫柔。

「是的。」

沉默片刻，顧源浩才再次開口：「我眞是搞不懂妳，樓向晚。」

我挑起一道眉，等著他說下去。

「我看得出妳對我很有好感，卻因爲那種小事，要跟我劃清界線？」他說中隱含些許挑釁，「我以爲像妳這種公主般的女孩子，都喜歡高調的追求方式，不是嗎？」

「你從一開始就看出我對你有好感，才刻意接近我的吧？」我將雙手背在身後，「你對我親切、對我好，都只是想讓我更喜歡你而已。」

等追到手之後，一旦玩膩便隨手拋棄，愛情對他而言，不過是一場又一場的狩獵遊戲罷了。

「不同的女生，本來就有不同的攻陷方式。況且，我不是說過了嗎？」他又笑了，「我是喜歡妳啊，因爲妳很漂亮。」

很多人都說我漂亮，好像除了這張臉之外，我這個人的其他部分都不重要。

「如果是爲了這個原因，恐怕你對我的興趣，也維持不了多久。」我心平靜氣道：「還有，你之所以認爲那是小事，是因爲你根本就沒有把她們喜歡你的心情，以及她們爲此受到的傷害當一回事。」

只因爲喜歡一個人，就要遭受那樣殘酷的對待，而對方卻絲毫不以爲意，想想這該有多讓人難過？

那些受害女生後來對顧源浩敬而遠之，或許不全是出於畏懼親衛隊的威脅，而是她們打從心底覺得，自己喜歡上一個不值得喜歡的對象。

「就這樣吧，我要先走了。」

撇下陷入沉思的顧源浩，我獨自離開。方才說出那些話時，我忘了他本質上是個不好惹的人，有什麼就說什麼，他堂堂一個大男生，應該不會跟我斤斤計較吧？

雅慧和梓秀一見我回到教室，連忙圍上前來，「妳去哪裡了？怎麼去了這麼久？我們都要擔心死了，差點又要跑去找妳哥。」

「不用擔心啦！」我擺擺手，心裡很痛快，「我跟顧源浩說清楚了。」

「說清楚什麼？」

我笑了笑，並未多加解釋，「午休時間到啦，睡覺吧。」

趴在桌上，我輕吁一口氣，閉起眼睛，忍不住有些驕傲，覺得自己長大了。

我今天做出一個聰明的決定，要是某人知道的話，應該就不會再罵我是笨蛋了吧？

李承言睞著雅慧一言不發，惹得她臉上一紅，也不敢坐下。

來回看了他們幾眼，我受不了地出聲：「李承言，你不說話盯著雅慧看幹麼？你知不知道這樣人家會很尷尬？」

「雅慧，我記得妳成績滿好的。」他收回目光，低頭批改前天派給我的作業。

我怕雅慧一見到崇拜的學長就連話都不會說了，搶著開口：「她有幾道數學題不會，想請教你。」

李承言抬起頭，桃花眼微瞇，厚薄適中的唇瓣抿成一條線，表情無奈。

我知道他拿我沒輒，誰叫我是他好朋友的寶貝妹妹呢？

我嬉皮笑臉地拉著雅慧坐在我旁邊，「妳是哪幾題不會？快點拿出來讓李承言教妳啊！」

「眞的可以嗎？」她偷偷覷向李承言，從書包取出測驗題冊的時候還有些遲疑。

「可以。」李承言淡淡地說，「反正妳不像樓向晚那麼笨。」

雅慧高興地翻開題冊，找出今天下午我們精挑細選出來的那幾道題目，畢竟拿太簡單的來問李承言會引起他的疑心，太難的解答又都有備註解題過程了，要找那種難度適中的才好發問，否則怎麼能騙得過李承言！

「喂！」我不滿地鼓起雙頰，「我不是笨，我只是不喜歡讀書。」

「是嗎？」他很敷衍，根本沒有要理我的意思。

李承言提筆開始教雅慧解題後，我閒著無聊，溜到樓思宇的房裡想找他聊天。

「ㄚ頭，進別人房間之前要先敲門啊！」坐在書桌前念書的他，將椅子轉過來面對著我，一臉無奈。

我坐到他床上，笑咪咪道：「你又不是別人，你是我哥耶！」

「妳怎麼跑過來了？承言不是在教妳功課嗎？」

「他現在在教雅慧數學。」

「那妳也應該要自己讀書啊，跑來找我幹麼？」

「你現在是在趕我嘍？」我裝可憐地皺了皺鼻子。

樓思宇馬上舉雙手投降，「好好好，我說不過妳。不過，妳怎麼把雅慧帶回來家裡了？」

「還不是因爲你最近幾次來教室找我，李承言都沒跟你一起過來。」我撇撇嘴，「雅慧沒看到她朝思暮想的學長，整個人都沒精神了。」

「雅慧那麼喜歡承言啊？」

「誰知道？」我聳肩，「可能還沒喜歡到要寫情書告白的地步吧。」

「妳們這些小女生眞是的。」他伸手揉揉我的髮頂。

「所以李承言最近在學校都在忙什麼？」

「他有糾察隊的事情要忙啊，而且這陣子莉婷也會找他討論股票。」

「莉婷學姊？」

「對。」

我想起那天在咖啡店巧遇他們兩人，忍不住問：「莉婷學姊跟李承言之間真的沒有什麼嗎？」

「什麼意思？」

哥哥好笨，居然聽不懂我委婉的問法，「她喜歡李承言嗎？」

「我不知道。」他轉過目光，喉結滾了滾，有些僵硬地回：「應該沒有吧。」

「那他們怎麼感情那麼好？」我一邊回想一邊說：「我看他們時常有說有笑的，李承言那個面癱，嘴巴又那麼惡毒，我還沒見過他對其他女生笑得那麼燦爛耶！」

「他們的爸爸在同一間醫院工作，聽說兩家人偶爾會一起聚餐，所以才會比較熟。」

「李承言也常來我們家吃飯啊，我也跟李承言滿熟的啊，可就沒見他對我那樣笑過。」

樓思宇沒有接話，隨手拿起化學課本翻了翻。

發現他有些不對勁，我湊過去他旁邊，「哥，你怪怪的耶。」

「我哪有怪怪的？」他眉毛抽動了下。

不不不，我嗅到不尋常的氣息，「你該不會——」

他說過他有喜歡的人，但就是不肯告訴我對方是誰，該不會⋯⋯

「我怎樣？」

「你該不會喜歡李承言吧？」我指著他怪叫，立刻被他摀住嘴巴。

「嗚嗚嗚嗚！」可疑，太可疑了！

樓思宇傾身附在我耳邊低吼：「妳在胡說什麼啦！」

確認我不會繼續大呼小叫，他才鬆開手掌。

「那你為什麼不告訴我你喜歡誰？」

樓思宇睨著我，依舊不肯回答。

突然，我靈光乍現，瞪大雙眼，「你該不會……喜歡莉婷學姊吧？」

他一愣，卻沒有馬上否認。

「天啊！哥，你不會跟李承言喜歡上同一個女生吧？」

這樣勝算不大耶，李承言有家族朋友的優勢，搞不好他和莉婷學姊早就互相喜歡了。

「這不是妳該關心的事。」樓思宇將椅子轉向書桌，不打算再搭理我。「妳快回房間去。」

我跳下床，自討沒趣地離開他的房間，決定去套李承言的話。畢竟此事攸關哥哥的幸福，當妹妹的可不能坐視不管。

剛踏進房門，就見某人沉著一張臉，雅慧也停下手中的筆看了過來，「向晚，妳去哪裡啦？」

我盤腿坐到床上，單刀直入問道：「李承言，你喜歡莉婷學姊嗎？」

雅慧面容一僵，小鹿斑比般的大眼裡裝滿心慌。我知道她怕聽見李承言肯定的答案，我問出口前確實忘了顧及她的心情。

李承言盯著我看，似乎不想回答我這沒頭沒腦的問題。

「學校裡都在傳，說你和她走得很近，我好奇嘛！況且那天在咖啡店……」我瞥了眼雅慧不安的神色，沒把話說完。

「妳剛剛去哪裡？」

「我在客廳跟爸媽聊天。」我沒有說實話，怕李承言得知我剛從樓思宇的房間回來，會產生其他聯想。

他瞅著我，遲遲沒有作聲。

一直等不到答案，令我和雅慧各自湧上不同的擔心，我用上激將法，「喂，你還沒回答我耶！你真的喜歡莉婷學姊喔？」

李承言這才簡短回應：「我和莉婷只是朋友。」

「你這意思是你不喜歡莉婷學姊嘍？」我再度確認，暗暗替樓思宇鬆了一口氣。

他把今天要複習的題本推到我面前，「把我勾起來的部分做完。」

「那莉婷學姊喜歡你嗎？」

拗不過我的逼問，他說：「我們不可能互相喜歡的。」

我感覺得出來，一旁的雅慧放下心了，而我也是，我很慶幸他沒有和哥哥喜歡上同一個女生。

和好朋友喜歡上同一個人，肯定會很痛苦。

直到雅慧背著書包回家後，我還因爲幾題英文答不出來而坐困在書桌前。

「李承言……」

「嗯？」他在等我把題目做完，正低頭翻看商業雜誌。

「你跟莉婷學姊爲什麼不可能互相喜歡啊？」

他頭也沒抬，「妳什麼時候才要寫完？」

我噘嘴，趴在桌上寫了幾個字又問：「那你覺得雅慧怎麼樣？」
李承言闔上雜誌，將目光挪向我，「什麼怎麼樣？」
「雅慧長得滿可愛的啊，而且氣質和成績都很好。」雖然雅慧不是會讓人初次見面就眼睛爲之一亮的類型，但很耐看，相處起來也舒服。
他微微勾脣，同意道：「是不錯，比妳好多了。」
「你是不是講話不攻擊我就不痛快啊。」我悶聲回，埋頭繼續答題。
「在關心別人的感情狀況之前，妳還是先管好自己吧。」他靠過來，拿起原子筆指著我剛寫下的答案，「這裡錯了。」
「其實我也不是沒人喜歡。」提及我坎坷的感情路，我就忍不住嘆氣，「可是從以前到現在，那些喜歡我的人我都不喜歡，而我喜歡的人都不喜歡我。」
我也很可憐好不好。
「妳喜歡過很多人嗎？」
「也沒有……我眼光可是很高的。」我歪頭想了想，「不過有很多人喜歡我。」
「是眼光很糟吧。」李承言手撐下巴，似笑非笑，「那顧源浩呢？」
「你可不可以別再提他了。」我放下筆，「我要尋找新目標。」
「爲什麼？」
「因爲我不會是他愛情裡的例外啊。」我學他單手撐著下巴，「就像我不會是你的例外一樣。」
李承言安靜地瞅著我，神色平靜，我猜不透他的心思，卻覺胸口有股難以言喻的情緒正緩緩膨脹，竟移不開與他對望的目光。

直到他極為難得地，以飽含笑意的嗓音輕快道：「是嗎？」

於是，我的心跳，悄悄加快了。

♥

我能清楚感覺到，經過這幾次安排雅慧跟我一起上家教課，讓她和李承言藉由請教問題之名，行培養感情之實後，她越來越喜歡李承言了。

而我旁觀兩人的互動，雖然替雅慧開心，但不知道為什麼，偶爾會生出一股莫名的煩躁，就像現在——

「向晚，妳在發什麼呆？」梓秀趁坐我前面的同學不在，搶占了他的座位。

「我哪有發呆？」我不假思索道，「我是在讀書。」

「最好是。」她翻了一記白眼，抽走我手中的課本轉正，「妳書都拿反了！」

我有些尷尬。

「聽雅慧說，妳這陣子常常幫她製造機會。」她語帶調侃，「怎麼？不覺得雅慧眼光差了？」

「其實，李承言也沒有那麼糟糕啦……」

「對啊，糟的是顧源浩！」梓秀不屑地搖頭，「被妳拒絕後，聽說他最近跟四班的班花好上了。嘖，又是一個傻妹。」

我輕睨了她一眼，「『又』是什麼意思？妳這是在說我也是傻妹？」

「妳不是嗎？」她揚眉，「根本不見棺材不掉淚，都被拖出去欺負了！回想起來我都還心有餘悸。」

「好啦，我的錯。」我無法反駁。

「當然是妳的錯！」她用指節敲了下我的額頭，「和顧源浩互加LINE還瞞著我們。」

我揉揉額頭，「我都老實招供了，姥姥您就放過我吧！」

先前梓秀和雅慧連成一氣，逼我一五一十全盤托出與顧源浩的往來細節，還要求我當著她們的面把顧源浩的LINE刪掉，我都乖乖聽話照辦了。

「爲什麼我是姥姥？」梓秀不滿地伸出食指戳向我的腰側。

我笑著躲開，「好好好，娘娘我錯了，娘娘！」

見我誠意十足，她終於肯收手，言歸正傳：「不過，我聽雅慧說承言學長很會教耶，不僅講解仔細，而且很有耐心，講一次聽不懂，也會多講幾遍。」

「那是她的心上人嘛！」雅慧給李承言如此高評價不意外啊。

梓秀四處張望了下，確定雅慧還沒回教室，又問：「那妳覺得承言學長有可能喜歡雅慧嗎？」

「雅慧這麼好，沒理由不喜歡吧。」我心不在焉地答道，並沒有很想討論這個話題。

「但妳不是說承言學長連那麼優秀的莉婷學姊都不喜歡？」她手指輕點桌面，逕自分析，「莉婷學姊可是我們高中部的女神耶，清麗脫俗、笑容甜美，個性又好，成績更是僅次於妳哥，愛慕者多到都可以擠滿校門口了。連這麼完美的女生，承言學長都不感興趣，妳眞的覺得他有可能喜歡雅慧嗎？」

梓秀語畢，注意到我眉毛高高挑起，趕忙補充：「我沒有要貶低雅慧的意思喔！」

我垂下眼睛，「他說過雅慧不錯啊，至少比我好。」

聞言，梓秀大笑出聲，被我狠瞪一眼後才知道收斂，用食指戳了戳我的臉頰，小聲道：「我們向晚同學也很好啊，生得漂亮，笑起來有兩顆甜甜的酒窩，個性活潑開朗好相處，多可愛啊！班上也有不少男同學喜歡妳，只是妳都裝傻而已。」

「妳不要再說了。」我現在胸口發悶，聽到什麼稱讚都不開心。

梓秀看了我一眼，轉移話題：「不過妳最近有比較認眞讀書，也不蹺課了，是因爲承言學長盯得很緊，還是妳終於開竅啦？」

對耶……被她這麼一說，我才發現，最近自己的確變得滿上進的。

我扯了扯嘴角：「沒辦法，我這次期中考平均成績要考到八十分以上。」

「爲什麼？」她訝異，「這也太難了吧，妳上次期中考成績平均不到六十耶！」

「謝謝妳喔。」

梓秀乾笑一聲：「妳幹麼突然這麼拚？」

「李承言說如果我能做到，他就無條件答應我一件事。」

「那妳想好要他爲妳做什麼事了嗎？」雅慧的聲音驀地插進來，她不知何時已回到我身後的座位。

我和梓秀嚇了一跳，一同回過頭，只聽她笑咪咪地又問：「妳想好了嗎？」

「還、還沒。」

梓秀指著我的鼻子，「妳該不會要想一件很難的事情讓承言學長做吧？」

我脫口而出：「雅慧，如果是妳，妳會提出什麼要求？」

「那還用問，一定是交往啊！」梓秀賊笑。

「我不會這樣爲難學長啦……」雅慧害羞地低下頭，「能跟他出去約會的話，我就很開心了。」

「但這不能套用在向晚身上啊，她又不想跟承言學長約會。」梓秀拍拍我的肩膀，「看來妳只能要求承言學長請妳吃大餐，或者買東西給妳了。」

一股不明所以的焦躁，突然在心底亂竄，我找不到原因，也無法擺脫。

然而，我仍逼自己說出口是心非的發言：「如果我眞能做到，就要求李承言跟雅慧出去約會一次好了。」

「眞的嗎？」雅慧不敢置信地瞪大雙眼，臉上布滿難以掩飾的喜悅。

「嗯。」我點頭，勉強勾起嘴角，「反正我也不知道要叫李承言爲我做什麼，讓他跟妳去約會似乎是不錯的選擇。等事成之後，妳要請我吃飯喔。」

梓秀眉頭微擰：「妳到時候不會眞的這麼做吧？」

古怪地瞟她一眼，我拍拍胸脯保證：「我當然會啊！」

我可是很講義氣的，絕對說到做到。

「妳這樣萬一承言學長拒絕怎麼辦？很尷尬耶！」

「他自己說他會無條件答應我一件事的，這個要求不算過分吧？」我又沒叫他跟雅慧交往。

「那要是承言學長因此對雅慧起了反感怎麼辦？」

雅慧喜悅的神色頓時黯淡了幾分。

我握住雅慧的手，懷著連自己都不了解的心情，緩緩開口：「別擔心，交給我，沒問題的。」

然後，給了她一個微笑。

第六章　所謂曖昧不明時

明天就是第二次期中考了，也是高三學生畢業前的最後一次考試。

我望著李承言的側臉發怔，偶爾配合他的講解，敷衍地嗯了幾聲。

但他可不是省油的燈，冷不防轉過頭問：「我剛剛說了什麼？」

「啊？你剛剛說……」我偷偷瞄向習題，企圖亡羊補牢，「consider A to……to be……視A爲……爲……」

李承言雙手盤在胸前，挑起一道眉，看起來不像是在生氣，卻也沒有玩笑的意思，「妳剛剛是在神遊太虛嗎？」

我老實認錯，「好啦，我沒有認眞在聽。」

「那妳在想什麼？」

「我只是在想……」我找了個藉口搪塞，「你明天也要考試，這樣花時間替我複習沒問題嗎？」

其實我在想，爲什麼最近面對他的時候，胸口都會泛起一股異樣的情緒呢？有不知緣由的開心，也有難解的煩悶……

從李承言的眼神看得出來，他並未將我的話當眞，卻也沒有拆穿我，僅道：「與其擔心我，不如多擔心妳自己。」

「腦袋好的人就是好啊！贏在起跑點上。」我由衷感到羨慕。

「資質愚鈍的人，就該比常人更努力。」他替我註記了幾處可能會考的範圍，「不過妳算有自知之明。」

「什麼？」

他毫不客氣道：「知道自己笨。」

我好像已經被他嘲諷慣了，不但沒有生氣，反倒順應著他的話點頭，「我覺得我爸媽的聰明基因，肯定都遺傳給哥哥了，只剩下笨的部分給我。」

李承言嘴角幾不可見地抽動了一下，「難怪樓思宇很疼妳，大概是當作在照顧弱勢團體。」

這句話就有點過分了，我橫去一眼，「你死後一定會下阿鼻地獄，會被拔舌頭。」

沒有回應我的話，李承言從書包拿出幾張他自己出的練習試卷交給我，「把這些做完，對過答案、檢討完再休息吧。」

我瞥了眼手機，驚呼：「已經十點了！」

「所以妳沒剩多少時間可以浪費了。」

「你還要等我寫完、批改試卷再檢討完，這樣回家會太晚吧？」

「要是擔心我晚回家，就趕快做題目，少廢話。」他優雅地交疊起雙腿，手上拿著一本外文書看了起來，不再搭理我。

大考前還能這般悠哉地閱讀課外讀物，又依然能保持優異的成績，這樣的人恐怕也只有我哥和李承言了。

掙扎或反抗都是沒有意義的，歷經過那麼多次革命，我早已徹底認清了這項事實。雖然瞌睡蟲漸漸發動攻勢，我仍乖乖拿起自動筆，認命地振筆疾書。

也不知道過了多久，我猛地睜開眼睛，整個人從椅子上彈跳起來，「不要不要、我不要考試！」

清晨的朝陽透過窗戶照上我惺忪的雙眼，左右張望了下，已不見李承言的蹤影。

「我什麼時候睡著的？」我抹了抹被口水沾溼的嘴角，夢裡我被好多張零分考卷追著跑，還被老媽逼著反覆參加考試，直到拿到滿分為止。

我伸了個懶腰，這才發現肩上披著一條薄毯，桌面則躺著昨天李承言要我寫的那張考卷，上頭已塡寫好正確答案，並貼了一張字條。

「如果妳醒了還有時間，就把考卷再看過一遍，目標各科平均八十分，我等著幫妳實現一個願望。」

李承言沒有對我說加油，但字裡行間是要我加油的意思嗎？

愣愣地拿起考卷看了看，薄毯隨著動作滑落，我拾起一角捏在手裡，想著這也是他替我披上的嗎？

如果是的話……

我拍了拍雙頰，要自己別再傻笑，把那張字條收在書桌一角，埋頭認眞地複習考卷。

六點一到，樓思宇推開我的房門走進來，「向晚，起床啦！咦？妳已經醒啦？」

我扭頭看向眼中滿是詫異的他，「怎麼是你來叫我起床？」

平常這個工作都是由老媽負責，她多半都會採行狠心的方式叫我起床，像是在寒冷的冬天把我的羽絨被抽走，在炎熱的夏天關掉冷氣並打開窗戶，否則我肯定賴床到天荒地老。

「承言說妳寫考卷寫到睡著了，他臨走前請我隔天叫妳起床。」

「他昨天幾點走的？」

「十二點。」

那我昨天幾點睡著的？

看著我若有所思的模樣，樓思宇道：「妳也眞是的，承言爲了幫妳做考前最後複習，待到那麼晚，妳居然還睡著。」

「我也在跟瞌睡蟲做最後複習啊……」我貧嘴道。

「眞是的。」他嘆了口氣，拿我沒轍，湊過來瞄了幾眼我手中的試卷，嘖嘖稱奇道：「想不到承言當家教很用心嘛！我看他自己念書都沒這麼認眞，竟然還特別幫妳預測考題。」

「是嗎？」我微微捏緊試卷。

他用食指推了下我的額頭，「妳看妳，老是說承言對妳不好，他明明就對妳很好，只是妳視而不見。」

樓思宇離開後，我伸手輕撫過李承言寫給我的字條，心情從原本淡淡的喜悅轉爲複雜。

是因爲李承言眞的很會教？還是其實我沒有自己想像的那麼愚鈍，收到期中考成績單時，我非常驚訝。

「樓向晚，我很佩服妳耶！簡直就是一匹黑馬。」梓秀拿著我的成績單在手中搧風，不知道是眞心稱讚我，還是揶揄的成份居多。

而我也不知道自己是開心的情緒多些，還是煩悶多些，心中五味雜陳，臉上的表情也因此微微扭曲。

「我本來就很聰明好不好。」我故作若無無事地從她手上抽回成績單，再次仔細看過，嗯，數學果然是我的罩門，只有這科低於八十分，否則平均成績不會只有八十三點五分。說眞的，我挺佩服自己的，居然可以成功雪恥，連導師都在班上公開稱讚我。

梓秀粗魯地翹起腳，沉吟片刻：「對了，妳可以向承言學長提出約會的要求了！」

聽聞我們的對話，雅慧拿起自己的成績單摀住半張臉，遮去臉上迅速泛起的紅暈。

思及先前對雅慧的允諾，我不允許自己多想，忙不迭點頭，「對啊！」

「不過妳到底打算怎麼做？」梓秀問。

「我……」我認眞盤算著，「先把李承言約出去，再謊稱我突然生病，然後請雅慧代替我出席，這樣他應該就不會反感了吧？」

「這妳都想得出來？」梓秀朝我豎起大拇指，頓了頓又問：「萬一承言學長起疑心呢？」

「爲什麼會起疑心？」

「因爲雅慧對他的心意滿明顯的啊！」梓秀用手肘撞了一下雅慧，笑得一臉曖昧，「他會不會覺得是妳故意安排的？」

「故意安排又怎樣？」我挑眉，「那是我的願望，我想怎麼用就怎麼用。」

雖然雅慧連耳根都紅了，但她看起來很開心。

每次看到她這樣，我就會莫名地想保護她，想守護她的笑容……

「雅慧妳要把握好機會喔！」梓秀拍了拍她的肩膀，「可別白費向晚的一番苦心。」

雅慧喜孜孜地點頭，握拳道：「我一定會好好把握的！」

我們又笑鬧一陣後，雅慧就被同學叫走了，說是想請教身為國文小老師的她一些問題。

梓秀一手支著下巴，順著我落向雅慧的視線望去，接著回頭看了我半晌，才緩緩開口：

「妳還好嗎？」

我回過神道：「很好啊。」

「就這樣把好不容易得來的願望讓給雅慧，妳真的沒關係嗎？」

「我們是好姊妹啊，有什麼好計較的？」我理所當然地道。

她直勾勾地看著我，像是不肯放過我臉上任何細微的表情變化。

我心中一凜，「幹麼這樣看我？」

「我知道妳跟雅慧從國中就是好姊妹。我也看得出來妳確實對雅慧很好……」

「羅梓秀，妳到底想說什麼啦？」

梓秀斂下眼眸笑了笑，「沒什麼，只是很羨慕妳們的友情。」

我愣了愣，伸手用力地捏了下她的臉頰，痛得她哇哇大叫。

「妳現在是在比較我們三個人之間誰跟誰感情比較好嗎？」

她邊呼痛，邊舉雙手投降，「沒有啦、沒有啦！我怎麼敢啊！」

「妳們都是我的好朋友，對我一樣重要。」最後，我說。

梓秀揉揉被捏紅的臉頰，握住我的手，「妳們之於我也是如此。」

梓秀和雅慧都是我非常重視的朋友，我絕對不會允許任何事情破壞我們之間的情誼。

❤

晚上回到家，太后對我的成績單十分滿意。

她端著一小碟綜合水果遞給我，一屁股坐進沙發，笑吟吟道：「妳只要肯認眞讀書，也是做得到的嘛！」

老爸感激涕零地捧著我的成績單，嚷嚷著要拿去裱框，搞得我都不好意思了，不知道該露出什麼表情。

「向晚滿聰明的，吸收力也很快。」李承言客套地說。

少來！他考前明明說我資質愚鈍，應該要比一般人更努力學習。好啊，我總算是見識到李承言見人說人話、見鬼說鬼話的功力了，連眼睛都不會眨一下！

「其實是因爲李承言答應我，如果各科平均成績能有八十分以上，就會完成我一個心願。」我看了他一眼，「所以我才會努力念書。」

「妳這孩子，成天到底都在動什麼歪腦筋啊！」老媽傻眼，「人家承言教妳功課那麼辛苦，妳還跟他談交換條件。」

我叉起一塊水果送進嘴裡，口齒不清道：「是他自己提議的，我又沒有逼他。」

老媽突然換上令人毛骨悚然的微笑，姿態嫻雅地端起一杯熱花茶，「既然這樣，妳就許願請承言繼續當妳的家教吧！」

「我才不要浪費好不容易得到的願望呢！」何況，我並沒有想要繼續上家教課的意思！最近在面對李承言時，我多次心跳失速，不曉得是不是心臟出了什麼問題，要是再繼續每週固定與李承言共處一室幾個小時，說不定哪天會心臟痲痺！

「那妳想要承言爲妳做什麼？」樓思宇和老爸異口同聲問。

這對父子默契也太好了吧？

不顧三雙殷殷望過來的眼睛，我看向當事者，李承言倒是連眉毛都沒抬，專心地吃著水果。

「我、我爲什麼要跟你們說？」我瞪大眼睛，「那是我的私事！」

老媽大概是覺得再逼問下去也沒啥意思，轉而向李承言道：「承言，你上大學以後還有考慮要打工嗎？」

「媽，上大學以後當然要好好享受生活，哪有空繼續應付小屁孩啊！」猜出老媽的言下之意，樓思宇笑著插嘴。

哥哥變了，他以前都不會說我是屁孩的。

我怒目橫去，直接被他無視。

「目前我還沒有確切的規劃，但是我明白樓媽媽的意思。」

李承言是聰明人啊，很懂得討長輩歡心。

「那你有意願嗎？」老媽眼中充滿期盼，「你也知道向晚成績一向不好，如果沒有你，她這次期中考根本考不出這樣的成績。」

李承言微笑著打太極，「要是向晚肯認眞念書，成績不會差。」

「問題就是她無法自動自發念書，需要有人盯著。」老媽垂下雙肩，一臉沮喪，「而且，她好像比較聽你的話。」

抗議、抗議！我嚴詞抗議：「我哪有聽他的話！」

「成績會說話啊……」老爸果然是妻奴，就會附和太后。

分別瞄了我和李承言一眼，老哥總算找回良心說了句公道話，「好啦，你們也別為難承言了，就讓他考慮看看吧。」

意識到自己太強人所難，老媽不好意思地說：「承言，樓媽媽沒有要逼你的意思，那就請你再想想看，如果願意繼續指導我們家向晚的話，我們也會提高家教的費用，畢竟這丫頭一點都不讓人省心啊。」

李承言和樓思宇交換過一記眼神，點點頭道：「樓媽媽，謝謝妳，我會認眞考慮的。」

對於李承言是否願意繼續當我家教這件事，我其實理不清楚自己的想法。

在不知不覺間，我已經習慣了有他在旁，一邊與我拌嘴，一邊督促我讀書，然而心裡有道聲音告訴我，如果再繼續這樣下去，會很危險的；況且，我也怕越來越喜歡李承言的雅慧，會介意我和他有那麼多獨處的時間。

「我要先回房間了。」我猛地站起，丟下這句話就轉身上樓。

剛洗完澡，我將浴巾蓋在頭上，頂著一頭濕漉漉的長髮回到房間，卻見李承言閒適地坐在我的床上，似乎等了我好一段時間。

「你在這裡幹麼？」我退到門邊，低頭瞄了眼被濕髮染成半透明的白色T恤前襟，因爲擔心走光而略微戒備。

李承言似乎明白我的顧慮，視線禮貌地停留在我的臉上，開門見山問：「妳想要我爲妳做什麼事？」

我拉下浴巾遮掩胸前風光，走了過去，「你這麼積極想幫我實現願望啊？」

「我只是說到做到。」

從衣櫃裡拿出吹風機，插上插頭，我坐在椅子上，悠哉地吹起頭髮，「嗯，讓我想想。」

「有違道德規範和法律的事，我是不會做的。」他把話說在前頭。

「你把我當什麼人了！」我不滿地皺眉，「我像是會叫你去偷搶拐騙的人嗎？」

「就妳那顆不按牌理出牌的腦袋，難說。」

我哼了一聲，「既然你這麼看得起我，那我就不客氣了。」

原以爲他會認爲我得了便宜還賣乖，可他看著我的那雙眼眸溫和清澈，甚至帶著些許笑意。

曾幾何時，他看著我的眼神變了，不再淡漠，也不再隱含嘲諷，而是多了一份柔軟，和一絲隱匿的讓步。

我別過視線，一手舉著吹風機，一手撥動長髮，想起對雅慧的承諾，便深吸一口氣說：「跟我出去約會吧！」

還好我在吹頭髮，還好吹風機的風是熱的，所以我臉上出現紅暈很合理，我刻意用吹風機擋住自己的臉，不想讓他看出我的異樣，也不敢看他此刻的表情。

一陣沉默後，他似乎壓低音量給出了答覆。

「啊？你說什麼？」

就在我關掉吹風機的同時，李承言靠了過來，離我很近很近，他身上有洗衣精清爽乾淨的味道。

「我說……」

我屏住呼吸，等待他的回答。

「好。」

「好……」我呆呆地重複他的答案，眼睛都忘了眨。

這回，我和他的臉靠得這麼近，總不會看錯了吧？

李承言在笑……他真的在對著我笑！

「妳的臉很紅。」

幹麼說出來？

「我在吹頭髮。」我強作辯解。

「妳吹風機已經關了。」他提醒。

「好像還沒完全吹乾。」我重新打開吹風機，裝模作樣地別過頭去。

他退開，終於肯好心放過我，「妳想去哪裡？」

「啊？」我壓抑住心慌，扭頭望向他，「真的要去約會？你不再考慮一下？」

樓向晚，妳到底有什麼毛病？

李承言這麼爽快就答應了不是很好嗎？這樣妳才能促成他和雅慧的約會呀！

「要考慮什麼？」他笑了，「我從不許下做不到的承諾。」

我關上吹風機，突然覺得胸口一緊，與他對望一陣，才收拾好情緒問：「你想去哪？」

「這個問題是我先問的，妳還沒回答。」

我低頭想了想，提議：「不然去看電影？」

電影院應該是個很合適醞釀曖昧的地方吧？

「好，妳想看哪部？」

「到時候再選。」又不是我要看的，選了也沒意義。

約定好在電影院碰面的時間後，李承言便從我的房間離開了。

我的心臟好像有哪裡壞掉了一樣，瘋狂跳個不停，臉頰也仍留存羞紅的餘溫。

李承言是用什麼樣的心情答應和我出去約會？只是單純爲了實現我的願望嗎？

還是其中也有著或多或少的期待呢？甚至是其他別的心思……

都怪他剛剛的表情太認眞、太溫柔，才會讓我這般心神不寧，明明屆時要去赴約的又不是我……

對了，我得趕快把這個好消息告訴雅慧。

「李承言答應了，就約在這週六。」

這條訊息很快被已讀。

雅慧傳了一張貓熊抱著大顆愛心的貼圖給我，「天啊！眞的眞的眞的嗎？」

「眞的。」

「向晚，謝謝妳！」

她再次傳了好多張表達感謝的可愛貼圖給我，即使隔著螢幕，我也能感受到她的興奮與喜悅。

聊了一會兒，雅慧突然又發了一長串感性的訊息過來：

「向晚，眞的很謝謝妳，願意把這樣的機會讓給我，雖然承言學長未必會因爲這場約會而喜歡上我，但這一定會爲我留下很美好的回憶。一直以來，妳都對我很好，謝謝妳，我愛妳。」

我盯著手機螢幕久久不動，鼻頭酸澀，情緒複雜難辨。不過，我很清楚一件事——雅慧是我很重要的好姊妹，無庸置疑。

「哎唷，三八什麼！我也愛妳啦！」

所以，有些心思不該說出來，也不需要再細想。

因爲我未必能承受。

♥

躺在床上，距離李承言和我約好碰面的時間越來越近，我翻來覆去，胸口像是宿了一隻小蟲子在亂竄亂啃。

以往週末都會睡到日上三竿的我，今天居然九點多就醒了。

我是不是生病了？這實在太不像我了。

雅慧的訊息在不久後傳來：「向晚，我到了。」

我回了一張OK的貼圖，接著傳LINE給李承言，「我突然感冒發燒，所以今天請雅慧代替我赴約，你們好好玩啊！」

認識他兩年多，還是爲了這次的約會才加他LINE。偏偏第一次傳訊息給他，就是跟他說我要爽約，不曉得他會不會覺得我很莫名其妙。

把手機擱在一旁，我望著天花板長嘆口氣。

李承言一向守時，他們現在應該碰面了。他……不會對雅慧擺臭臉吧？

不會的，我甩甩頭，憶起那次他扶著腳扭傷的雅慧回教室，他對人還是挺體貼的，他們肯定能好好完成這場約會。

我這樣胡思亂想實在有礙身心，還是起床吃早餐吧。

樓思宇端著一杯咖啡，正要從廚房走進客廳，他驚訝地指著我問：「妳怎麼會在這裡？」

我困惑道：「不然我要去哪裡？」

「妳不是跟承言約好去看電影嗎？」

我無精打采地倒臥在沙發上，「我讓雅慧代替我去了。」

「妳爲什麼讓雅慧代替妳去？那不是妳的願望嗎？」樓思宇在我身旁的空位坐下。

「雅慧想要跟李承言約會。」我輕聲說。

「所以妳就把機會讓給她了？」他蹙眉。

我伸了伸懶腰，「對我來說這又不是什麼機會，我會提出這種要求還不是爲了雅慧。」

「那妳是怎麼跟承言說的？」

「我說我突然感冒發燒。」樓思宇立刻從口袋掏出手機。

「哥，你要做什麼？」我慌張地坐起身，抓住他的手。

「我要告訴承言妳根本沒有感冒發燒。」

「不要啦！」我試圖搶走他的手機，他伸直了手，不讓我得逞。

樓思宇沉下臉，嚴肅道：「樓向晚，承言答應幫妳實現一個願望，那是他的心意，妳怎麼可以這樣？」

我理直氣壯道：「既然他答應無條件幫我實現一個願望，那麼我要求他做什麼，他就該做什麼！就算我直言要求他跟雅慧約會，他也不能拒絕！」

「那妳爲什麼沒有對他直言？」

「我……」我撓了撓鼻子，支吾解釋，「我怕他會對雅慧起反感。」

樓思宇雙手抱胸，「妳現在這樣做，他就不會對雅慧起反感了？」

「不至於吧？」我睜圓了眼，「是我身體不舒服，才請雅慧代替我去赴約的。」

「妳這個騙子。」

「你到底是誰的哥哥？」我頗爲不滿，怎麼感覺他和李承言才是親兄弟？

睨著我半晌，樓思宇低嘆一聲，收起手機，「眞是拿妳沒辦法。可是，妳這樣做眞的好嗎？」

我愣了愣，嘴硬道：「有什麼不好？」

「妳是想湊合承言和雅慧嗎？」

「我——」為何我給不出肯定的答案？難道我心中並不樂意？

樓思宇搖頭，「妳知道每次承言罵妳笨的時候，我都覺得不以為然，但現在我發現妳確實滿笨的。」

「我哪裡笨了？」

他伸手指向我的心窩，「這裡笨。」

我似懂非懂，反駁道：「這事關我好姊妹的幸福啊！」

「妳給沒機會的人希望，是在傷害她。」這句話他說得特別語重心長。

「你怎麼知道雅慧一定沒希望。」

「因為承言——」樓思宇話只說一半，便沒了後續。

「李承言怎樣？」

「算了。」他啜了口咖啡，「妳也是根木頭。」

「到底什麼意思？」我攀上他的肩膀，開啓撒嬌攻勢，「說嘛、說嘛！」

「不說。」樓思宇扯開我的雙臂，「妳這個傻瓜。」

我嘟嘴抗議，「哥哥好小氣。」

「向晚。」他收起笑鬧，「妳答應我，不可以再為了湊合承言和雅慧做這種事了。」

「為什麼呀？」我挑眉。

看了我許久，樓思宇才緩緩開口：「我不想見你們任何人難過。」

這個「你們」，也包含雅慧嗎？

我昏昏沉沉地思考著，還來不及理出個頭緒，就窩在沙發上睡著了。

今天太早起，需要補眠。

第七章　喜歡卻說討厭

長大後的我們，或許都曾想過要回頭去問問年少時的自己，爲什麼那時明明最具備天眞無畏的勇氣，卻沒能好好面對內心眞正的渴望。

心中喜歡一個人，嘴上卻說討厭，這樣的不坦白，簡直害人又害己。

「因爲怕受傷，也因爲有想要保護的東西。」

「妳想保護的，是自己那顆脆弱的心，還是身邊重要的人？」

那天在學校中庭偶然巧遇莉婷學姊時，她正在替另一位學姊解決愛情煩惱，我反正沒事，而她們也不介意，我便索性坐下來旁聽。

待那名哭哭啼啼的學姊離開後，我懷著崇拜的心情問莉婷學姊，爲什麼她可以那麼理性地分析問題，她笑著回答：「我不是當事人，才有辦法做到旁觀者清。」

這樣的女生，很難不討人喜歡吧？

「李承言眞的不喜歡妳嗎？」這句話從我嘴裡溜了出來。

聞言，她竟哈哈大笑，像是聽見我說了一則笑話。

「這問題很好笑嗎？」我很是疑惑。

她抿住笑意，認眞道：「我們不可能互相喜歡的。」

「爲什麼？」李承言也說過同樣的話。

「我們太像了。」她答得毫不猶豫。

隨後莉婷學姊和我便因上課鐘響而各自返回教室。

雅慧這幾日都沉浸在喜悅之中，經常發呆、傻笑，以及頻繁翻看手機相簿裡的照片。為了紀念那次約會，她興致勃勃地拍了電影票根、與李承言一起去的咖啡店、一同逛的書店，以及幾張李承言的側臉。

「雅慧，妳也花痴得太嚴重了。」歷史課太無聊，梓秀在群組裡傳來訊息，「我眞為妳的期末考感到擔憂。」

「我哪有……」

「妳都對著黑板傻笑了，還說沒有？」

「我有嗎？」

「向晚，妳和我一起說說她啊！別告訴我妳在認眞上課。」

我哭笑不得，「那個……誒，我是挺認眞的。」

「唷，轉性了？」梓秀連發了好幾張嘆氣貼圖，語帶抱怨，「怎麼雅慧去約會完，妳們兩個都變得怪怪的了？」

「我哪有怪怪的？哪裡怪怪的？」我否認。

「妳這麼緊張，就很可疑啊！」

選了張白眼貼圖發送出去，我意興闌珊地回：「拜託別嚇我。」

「算啦！不然雅慧妳傳幾張承言學長的帥照分享一下，我就不計較了。」

聽話的雅慧居然眞的傳了。

我看著李承言的照片，呼吸一滯，莫名有種想要尖叫的衝動。

「嘖嘖嘖，雅慧好會拍，完全捕捉到承言學長的帥氣。向晚，對吧？」

我放大李承言的照片仔細端詳，一時看出了神。

梓秀不知何時回頭偷瞄了我一眼，直接在群組裡嚷嚷：「樓向晚，妳是在看著承言學長的照片傻笑嗎？」

我這才察覺自己脣角高高勾起，連忙抬手捂住嘴巴，「哪有！」

下課後，梓秀起身走到我座位旁邊，不死心地問：「那妳剛剛在笑什麼？」

「我……我朋友傳了一則笑話給我。」

她目光犀利地看著我，仍然抱持懷疑，「是嗎？」

「當然啊！」我刻意揚聲答道，試圖掩蓋心虛。

「算了，現在這不是重點。」梓秀擺擺手，扭頭問雅慧：「承言學長那麼帥，你們看的又是恐怖片，妳有沒有假裝害怕趁機抱住他？」

雅慧雙頰瞬間染上一片紅，「我哪敢啊……」

「雅慧又不怕看恐怖片。」我不以為然道。

先前我以為外表文靜柔弱的雅慧膽子很小，沒想到上學期我們去她家一起看了一部西洋鬼片，她不僅從頭到尾都沒被嚇到，還看得津津有味，反倒是我，非得緊緊抓著她的手才能安心。

「承言學長又不知道！」梓秀大翻白眼，「而且可以假裝害怕嘛！否則不就白白浪費這個大好機會了嗎？」

「也不用這樣。」雅慧羞澀地說：「學長對我很體貼。」

體貼啊，當然體貼。

李承言只有在面對我的時候，才會露出他惡劣的一面。

「那妳覺得承言學長對妳有好感嗎？」

雅慧被問得臉更紅了，索性低下頭，「這我怎麼會知道。」

「向晚妳覺得咧？」梓秀轉而問我。

「你們有交換電話或LINE嗎？」

「有。」她點頭，「因爲我問學長，以後如果課業上有不懂的地方，可不可以請教他。」

梓秀低呼：「哇，原來妳也是很會的嘛！」

這個李承言眞是不矜持，我們認識多久才互換聯絡方式，怎麼可以才和雅慧單獨出去一次就……

不對，我這是在不開心什麼？

我到底是怎麼了？

「妳怎麼魂不守舍的？」梓秀冷不防湊到我面前問。

雅慧也投來關心的眼神，「對啊，向晚，妳怎麼了？」

我搖搖頭，勉強提振起精神，「沒事，我沒事。」

雅慧不放心地伸手探向我的額頭，「是不是哪裡不舒服？」

一股沉悶的感覺重重壓在我的胸口，我拉下她的手，「我沒有不舒服，我只是……」

梓秀指著我，像是發現了什麼似的大喊：「哦，我知道了！」

我的心跳頓時漏了一拍，「嗯？」

「妳是不是怕雅慧比我們早脫單，會寂寞？」

我大鬆一口氣，趕緊附和：「對、對啊。」

「梓秀，妳在胡說什麼啦，八字都還沒一撇呢！」雅慧難為情地推了她的肩膀一下。

看著她們笑笑鬧鬧，我的心思逐漸飄遠。

我一直相信，總有一天，我們都能得到幸福的。

可是，如果其中一個人的幸福，注定會讓另一個人傷心呢？

那該怎麼辦？

❤

鳳凰花開，高中畢業典禮這天，雅慧特別精心打扮過。

她捧著一束鮮花走進教室，妝容淡雅精緻，連髮尾都刻意夾成內彎，她嘴角飛揚，腳步輕盈，站在人群中，活脫脫就像從電影裡走出來的沈佳宜。

畢業日，是在學校向應屆畢業的學長姊們告白的最後機會了。

站在禮堂前的中央廣場，梓秀踮起腳尖，環視周圍正引頸期盼禮堂大門打開的女同學們，她苦笑著搖頭：「這根本就是戰爭啊！」

「為什麼大家都要選在畢業典禮這天告白？」旁邊一名跟來湊熱鬧的男同學天眞地發問。

梓秀給了他一記白眼，「你笨啊！過了今天，高三的學長姊們就不會再來學校，就算告白失敗，也不用擔心以後見面尷尬呀！」

男同學算是長知識了，點頭如搗蒜，「原來如此。」

「樓同學、樓同學！」幾名女生手裡抱著花和禮物朝我走來，我很少這麼受同性歡迎，還眞是有點受寵若驚。

我尷尬卻不失禮貌地問：「有、有什麼事嗎？」

「妳哥哥有說什麼時候典禮會結束嗎？」她們高掛在臉上的笑容很是諂媚。

「應、應該快了吧？」拜託，我怎麼會知道。

「天啊！等得好著急喔！」她們各個看起來都是一副心急如焚的模樣。

這是想早點告白、早點死心嗎？

其中一位女同學問：「樓同學，妳也有要向哪個學長告白嗎？」

「我是陪我好朋友來的。」我指指站在身旁，因爲緊張而久久默不吭聲的雅慧。

她們像是找到了同伴一樣，分外親切地將我們團團圍住，「這位同學也是要跟思宇學長告白嗎？」

聞言，我頗具興味地挑起眉毛，「妳們都是要跟我哥告白？」

樓思宇眞不愧是校園男神，這麼受歡迎，我目測那群女生至少有七個人。

「對啊！」有四、五個女生毫不猶豫地點頭。

另一個女生則拉著她的朋友，怯怯地說：「我、我們是要向承言學長告白。」

「我們只是想送束花聊表心意，畢竟學校最帥的糾察大隊長畢業了，以後就看不到他巡邏校園的英姿了。」她的朋友補充道。

「承言學長果然也很受歡迎。」梓秀拍拍雅慧的肩膀，「妳加油，好歹跟他約會過了，可別輸啊！」

「約會？妳跟承言學長約會過？」女同學們齊聲尖叫，有的羨慕、有的嫉妒。「你們互有好感嗎？在交往嗎？」

眼看雅慧就要被生吞活剝，我趕緊站出來把她們隔開，「妳們要擔心也是先擔心莉婷學姊吧！他們兩個緋聞都傳多久了。」

「傳這麼久了都還沒應驗，代表那多半不是事實。」

這些人以前隨便聽到一點風吹草動就會崩潰，怎麼現在反倒變聰明了？眞是令人不解。

「是說，妳們這麼多人搶著要告白，就算能成功，也只會有一個贏家，根本就是人人有機會、個個沒把握，既然賠率這麼高，何必還要將心意說出口呢？」我好奇地問。

「說出口才能從這段單戀中畢業啊！」一位樣貌清秀的長髮女同學回答，立刻獲得大家的認同。

「那雅慧妳——」梓秀看了看她手中的花束和禮物，「要告白嗎？」

「我沒有！」她搖頭，小聲道：「我還沒做好心理準備，而且情書也還沒寫好。」

梓秀頷首，「對對對，不要現在當眾告白比較好，畢竟妳和承言學長以後還是有機會見面。」

「門打開了！」站在禮堂大門旁邊的女生喊道。

下一秒，應屆畢業生從禮堂內魚貫而出，許多人都踮起腳尖尋找目標的身影。

和梓秀交換過一記眼神，我拿出手機，待電話接通，連寒暄都懶，直接道：「哥，我們在右側第四棵鳳凰花樹下，你帶著李承言一起過來吧。」

聰明的女生懂得留在我身邊守株待兔，畢竟我這個親妹妹在這裡，樓思宇怎麼可能不來找我？

二十分鐘後，他們總算出現了，還跟著老爸、老媽一起，手裡捧著的花束多到幾乎快要抱不住。

「太扯了。」我嘖嘖稱奇。

一群女同學紛紛湧上前，爭先恐後地搶著開口說話，並見縫插針地把花束和禮物遞過去。

「學長，我喜歡你！」

「學長，請收下我的心意。」

「學長，畢業快樂！」

老爸從人群中鑽出來躲到我身旁，將手中替樓思宇收下的花束全部塞進我懷裡，「向晚，妳替哥哥捧著。」

「爲什麼？」我心不甘情不願地接過，「那我要統統拿去丟喔！」

「哎，妳這孩子眞是的，要丟也不能當著人家女孩子面前丟，多傷人啊……」老爸嘆氣。

我翻了個白眼，「誰叫你和老媽要把哥哥生得那麼帥。」

被人群擠到受不了的老媽終於忍不住揚聲說：「謝謝大家對思宇的喜愛，但我們眞的拿不了這麼多花束。而且，請給我們一些私人空間好嗎？」

此話一出，那群女生瞬間恢復冷靜，失望地退開，總不好把心儀學長的娘親給惹怒了。

「阿姨，我幫妳拿一點吧！」梓秀主動分攤我媽手裡的花束。

老媽向梓秀道謝，語氣帶著匪夷所思，「眞是太離譜了！早知道有這麼多花束，我們何必還要花錢買花啊！」

「父母送的，意義不同嘛！」樓思宇笑道。

「這些等會兒就全扔了吧！」老媽倒是一點也不客氣，根本不管哥哥的愛慕者們會不會傷心。「不准帶回家，沒地方放。」

樓思宇點頭同意，「其實只需要把我手裡的帶回去就好。」

我站到他面前數了數，「就這兩束花和一包禮物？嗯，一束是爸媽給的，那另一束和那包禮物是誰送的？」

「莉婷和她媽媽送的。」

「喔？莉婷學姊的父母也來啦？」

「只有她媽媽來，她爸爸和承言的父親都在醫院裡忙著，無法來參加。」

那李承言不就沒有家人來參加畢業典禮了嗎？思及此，我突然有點為他感到難過。

「幹麼這副表情？」樓思宇伸出指節敲了一下我的額頭，「還不快過去跟承言打聲招呼。」

有那麼多女生圍在他身邊，哪還缺我的一句恭喜？

我伸手推了雅慧一把，「妳快去啊！」

她正在考慮要不要移動腳步時，李承言就已先行擺脫那群女生的糾纏，朝我們走來。

他手裡只捧著兩束花。一束肯定是我爸媽送的，他們前幾天就說李承言平常那麼照顧樓思宇和我，畢業典禮這天，樓思宇有的，都要多準備一份給他。那另外一束，想必也是莉婷學姊的母親送的吧？

「那麼多女生送你花，怎麼你手裡就只有這兩束？」我揶揄他。

是我的錯覺嗎？李承言的臉色……怎麼看上去有點蒼白？

「因爲他一律拒收啊！」樓思宇插話，笑著搭上好友的肩，「這傢伙冷情得很。」

聞言，雅慧原本要遞上花束和禮物的手遲疑地收了回去。

梓秀見狀鼓勵道：「勇敢一點，加油！」

雅慧偷瞄了李承言幾眼，又猶豫一陣，才做了個深呼吸，鼓起勇氣上前，「承言學長，畢業快樂！」

好幾雙眼睛盯著李承言看，大家都在猜測他是否會收下。

我心中湧上一股莫名的緊張，也不知道是爲了雅慧，還是爲了其他別的什麼……

沒過多久，李承言在眾目睽睽之下伸出了手，接過雅慧送的花束和禮物，並向她道謝。

我訝異地發覺，此刻自己竟和現場那群女生一樣感到失落。

李承言對雅慧……是否在那次約會過後，開始變得有些不同了？

「向晚，妳還好嗎？」梓秀湊到我耳邊低聲問。

猛地回過神來，我調整好臉上的表情，扯起一抹微笑，「天氣太熱，我大概是有點中暑吧。」

話落，我一抬頭，竟與李承言的目光在空中不期而遇，我驚恐地別過眼，深怕被他發現異狀。

「哥！」抱著老爸剛剛丟給我的一大堆花束，我不由分說便撲進樓思宇的懷裡，「畢業快樂！」

「妳身體不舒服的話，就先回教室吧，我們也差不多該走了。」他騰出一隻手攬住我的肩膀。

老爸接回我手裡的花束，「向晚，妳還好嗎？」

老媽替我抹去額頭上的汗，「對啊，快回教室休息！我們等會兒也要回家了。」

我順從地和梓秀、雅慧一同離開。

返回教室途中，梓秀毫不手軟，把雅慧替我媽拿著的花束全部丟進垃圾桶，若有所思道：「看樣子有機會嘍。」

「什麼機會？」我揚眉。

「我是說雅慧和承言學長啦！」她瞥向一張臉仍然滿布紅暈的雅慧，「他唯獨只收下妳送的花束和禮物，看來可以放心寫情書了。」

受到梓秀的鼓舞，雅慧眼中閃爍著希望的光彩，用力點頭，「嗯！」

「不過，向晚，」梓秀瞟向我，「他們那天約會過後，妳有沒有去問問承言學長？」

「問什麼？」

「問他跟雅慧出去的感覺怎麼樣啊。」

避開雅慧隱含期待的眼神，我垂下頭項，嗓音乾啞，「我沒問。」

「妳怎麼會沒問？」

我輕抿脣，要笑不笑地開口：「我要是過於積極，意圖會太明顯吧。」

「也是，有道理。」梓秀算是接受了我的說法。

雅慧安靜地瞅著我半晌，突然攬著我的手臂說：「向晚，妳臉色不太好看，身體很不舒服嗎？」

「嗯。」很不舒服，而最大的不舒服，是我不知道自己究竟怎麼了。

爲什麼看著雅慧和李承言似乎進展順利，我非但沒有替她感到開心，反而胸口悶得發慌？

那天他們約會完，李承言並沒有對我說什麼，彷彿平靜地接受了雅慧代替我前去赴約的安排，雖然我有點懷疑他是不是生氣了，心裡也始終放不下這件事，可是我問不出口。面對李承言，我已經無法再像以往一樣大方，想說什麼就說什麼。

我私下問過樓思宇，想知道李承言是怎麼想的，但他只回我：「妳爲什麼不自己去問承言？」

我該怎麼開口？

難道要裝作若無其事地傳訊息問他：你和雅慧約會開心嗎？

換作是以前，我這樣問也不奇怪，反正我說話本來就無厘頭，然而自那天之後，我即使在家裡見到李承言，也一次都沒問過他對雅慧的感覺；他更是未曾主動提起，甚至一點都不關心我感冒是否好了些。

「要不要陪妳去保健室？」雅慧扶著我問。

「沒關係。」

她關懷的神情，灼痛了我的雙眼，更令我胸口更像是吃了一記悶拳，盈滿強烈的愧疚。

♥

夜已深，我離開房間下樓，走進客廳，看見爸媽憂心忡忡地圍在沙發床旁。

李承言躺在沙發床上，額上冷汗涔涔，雙眼緊閉，眉間皺起了摺痕，他看起來很不舒服。

老媽拿了個冰袋隔著條濕毛巾貼在他的額頭上，老爸抖開薄毯，仔細爲他蓋在身上。

「李承言怎麼啦？」我低聲問，「哥呢？」

樓思宇不知何時出現在我身後，手上握著一支保溫瓶，「承言發燒了。」

「發燒？」我蹙眉，「怎麼這麼突然？」

「承言今天一早人就不太舒服了，晚上我們參加學校舉辦的畢業晚會，他發起高燒，偏偏李爸爸還在醫院值班，我不放心他一個人回家，就把他帶回來了。」

「做得好，應該的。」老媽打點完一切，轉身開口，「這孩子從小獨立慣了，發生什麼事情或有哪裡不舒服，大都憋著自己處理，想來實在可憐。」

「平日我們家思宇和向晚，都受到他很多照顧。」老爸嘆口氣，「今晚讓他在家裡過夜吧，倘若實在不行，明天就帶他去醫院。」

老媽站起身，朝我和哥擺擺手，「時間晚了，你們兩個都去睡吧，我們會留意承言的狀況的。」

所以早上見他臉色不好，並不是錯覺……

到底多會忍？明明不舒服，還一直強撐到晚上才倒下。

樓思宇抬手揉揉我的髮頂，「別擔心，只是感冒而已，他很快就會沒事的。」

「我哪有擔心，誰要擔心他啊！」我嘴硬地拋下這句話，旋步上樓。

回到房裡，我一顆心七上八下、坐立難安，如果胸口這種窒悶感是因李承言而起，那我確實是在擔心他……

兩個小時過去，我將耳朵貼在門板上，確定外頭已無人聲，便躡手躡腳走了出去。客廳漆黑一片，我循著熟悉的方位前進，將落地茶几燈的電源打開，鵝黃色的柔和光暈，瞬間籠罩著我和睡在沙發床上的李承言。

我放輕動作，盤腿坐在一旁的地上，自言自語道：「雖然在發燒，睡得倒是挺沉的。」

確認李承言沒有意識，我放心地取下覆在他額上的冰袋和毛巾，並伸手探向他的額頭。手心底下依舊滾燙，我心中一驚，趕緊拿著毛巾去廁所用冷水擰過，再進廚房將冰袋添滿冰塊，才快步返回替他重新敷上。

「眞是固執。」忙完，我坐回原處，手拄下巴，直盯著他的睡臉瞧。「連身體不舒服，都倔強得不肯表現出來。」

李承言呼吸平穩，面色安詳，眉心卻有一道淺淺的皺褶。

「雅慧究竟喜歡你什麼呢？」是帥氣的外表嗎？手指隔空沿著他的臉龐描繪，我靜靜凝望他許久，低喃：「那你呢？你也喜歡雅慧嗎？」

清晨，曙光透過窗戶灑落進來，早起的鳥兒在枝枒上唱歌，我被牠們振翅拍打樹葉的聲響給吵醒。

昨晚我反覆幫李承言更換毛巾、冰袋，連自己何時趴在他身旁睡著都不曉得。右手掌心傳來的暖意，令原本還睡眼惺忪的我驀地睜大雙眼，愣怔地對上李承言專注的視線。

「你醒了！」我驚呼，「什麼時候醒的？」

「剛剛。」他有些困窘地清了清嗓子。

我下意識想抬手確認他的燒是否退了，卻詫異地發現我竟和他雙手交握。

「你、你……我……」羞色漫上雙頰，我不知所措。

總不能問他是誰先握誰的手吧？何況他還是個睡得昏昏沉沉的病人，八九不離十，肯定是我主動的。

「我好像……一睡著就會亂抓東西……」我一時掙脫不開他不輕不重地握著我的手。

李承言溫聲開口：「妳照顧了我一個晚上。」

我看了他一眼，迅速轉開目光，胡言亂語道：「你該不會像電視劇裡的男主角一樣，就這麼愛上了照顧自己一個晚上的女主角吧？」

我發誓，我這句話只是開玩笑，並沒有任何試探的意味，但他怎麼陷入了沉默？

好一會兒過後，他嘴角輕揚，「我是真的感冒，不像某人那麼卑鄙，裝病。」

「你怎麼知道？」話聲方落，我立刻想咬舌自盡。

樓向晚，妳根本就是個連說謊都不會的笨蛋！

他含笑不語。

「是我哥跟你說的？」

「想要湊合我跟雅慧，妳那手段未免做得太明顯了。」

「我……」做不到理直氣壯地否認，不如什麼都別說。頓了頓，我氣鼓鼓地咕噥道：「還敢說我，你不也還是跟雅慧完成約會了？」

收起嘴角的笑意，他正色道：「妳安排雅慧去赴約，表示那是妳的願望，既然我答應過要替妳實現願望，就會兌現承諾。」

我被他堵得啞口無言。

這傢伙什麼時候變得那麼聽話了？儘管如此，他還是可以反抗一下啊……

見我久久不語，他低嘆，「眞是個笨蛋。」

「所以，你是因爲知道我裝病，才沒有關心我病好了沒嗎？」我又問。

「妳希望我關心妳？」李承言語調微揚，隱約帶了點愉悅。

他的問話怎麼突然有些變調了？令人怪不好意思的……

「你退燒了嗎？」我試圖轉移話題。

「妳是在擔心我嗎？」

「我……是我先問你的耶！」這人也太賊，居然又挖坑給我跳！

「妳擔心的話就摸摸看啊。」李承言目光如炬，抓著我的手去觸摸他的額頭。

我錯愕地望著他，感覺一顆小心臟都快要停止運作了。

「怎麼樣？」他低沉的嗓音像是帶有魔力，誘哄著我心魂漸迷，「退燒了嗎？」

「退、退退退退燒了……」

他的唇角放肆地勾起，似乎很滿意自己對我造成的影響。

天啊，不行、不行！

再繼續被他這樣看下去，臉就要燒起來了，我輕咬下唇，結巴道：「先、先放開我的手吧！別、別抓著我。」

「我哪有抓著妳？」他無辜地笑著。

那難道是我下意識牽著他的手不放嗎？我毫無氣勢地瞪去一眼，略略鬆開五指，正想抽手起身，卻被他猛地一拉，不僅手被緊緊握住，連人都跟著跌坐在沙發床上。

李承言欣賞著我慌亂的神色，悠然開口：「現在這才叫抓著妳。」

「你——」

周遭萬物靜止了，彷彿連空氣都不再流動，我屏住呼吸，與他四目相對，我的臉應該都紅透了，卻仍別不開眼。

「向晚……」

這聲輕喚撥動我心中的那條弦，我傻傻地望著他。

「別再湊合我和雅慧了。」李承言語氣認眞，「妳不可以。」

連我都無法理解自己此刻的心情，我斂下眼簾，「你都去約會了，還收下她送你的畢業禮物，那我又有什麼好不可以湊合你和她的？」

他湊身過來，氣息噴拂在我耳邊，「妳介意嗎？」

「有、有什麼好介意的！」我站起身，這次，他鬆開了手。

跳。

沒敢再多看他一眼，我頭也不回地上樓回房，背抵著緊閉的房門，試圖平復狂亂的心

一切都脫序了，不管是沸騰在我胸口的情緒，還是李承言溫軟誘人的耳語。

手心殘留的餘溫退去得很快，彷彿剛才的曖昧只是夢一場，一想起雅慧那因李承言而感到喜悅的笑靨，我便清楚知道自己不能再繼續像個傻瓜般暗自竊喜。

不可以。

我不能喜歡李承言。

第八章　比喜歡的人更重要

那天要出門上學時，儘管李承言還在家裡，我卻連一聲招呼都沒打，便匆匆忙忙走了。後來透過樓思宇得知，爸媽因爲擔心李承言的病情，硬是把他留到下午才放人，還準備了清粥和幾樣小菜讓他帶回家。

也不知道是不是怕感冒會傳染給別人，李承言上個禮拜都沒來我們家。或許是怕被誰發現我對李承言的在意，我甚至不敢向爸媽或樓思宇問起李承言的情況，只能從他們的談話間得知他咳嗽難好。

然後，再次聽見他的消息，便是自雅慧口中了。

「妳把情書給李承言了？」穿著體育服的梓秀，坐在我的座位上翹起二郎腿。我用膝蓋頂了一下她翹著的腳，提醒：「氣質啊，注意氣質。」

「本來就沒有那種東西。」她毫不在意地聳肩，再次追問：「雅慧，妳眞的把情書給李承言了？」

「嗯。」雅慧含羞點頭。

「那他有說什麼嗎？」梓秀雙手撐著下顎，期待地眨眨眼，「他有收下嗎？」

我並沒有很想知道答案，卻找不到迴避不聽的理由，只能低頭摳著指甲，戰戰兢兢地等待雅慧回答。

「承言學長有收下情書，但沒說什麼。」

「嗯，至少有收下情書，這是好現象。」梓秀沉吟了聲，笑著揶揄她，「妳該不會再過幾天就脫單了吧？」

「妳在說什麼啦！」雅慧抬手摀住羞紅的臉頰，「我、我沒想那麼多。」

「怎麼？」梓秀挑眉，「不想跟他交往的話，幹麼要大費周章寫情書？」

「我就只是……」雅慧越說越小聲，「希望承言學長知道我的心意。」

「少來！妳明明就是希望承言學長可以『接受』妳的心意。」梓秀說到關鍵字還刻意加重語氣，嬉鬧地推了推她的肩膀，「還不承認。」

「好嘛、好嘛！」雅慧被逼得只好坦白，「我希望他會接受我的心意，這樣可以了吧？」

梓秀哈哈大笑，「大家都這麼熟了，還閉俗。」

李承言還是收下了雅慧的情書……

那他當時在客廳何必要問我介不介意？單純覺得逗我很好玩嗎？

「向晚……」雅慧伸手摸摸我的手臂，「向晚？」

我回神，還沒應聲就先搖頭，「沒事，我沒事。」

「妳怎麼了？」梓秀問：「在想事情？」

「我……我聽我哥說，李承言上個禮拜身體不舒服，好像是感冒了。」

「對呀。」雅慧點頭證實，「那天我約承言學長見面，拿情書給他的時候，他也還戴著口罩。」

「眞體貼。」梓秀讚賞。

我悶聲開口：「這不是基本禮儀嗎？難不成要把感冒傳染給別人？」

他過去這個禮拜都不來我們家，我還以爲是怕把感冒傳染給我們，結果只是有沒有心的問題，只要是他想見的人，他戴著口罩也會去見。

「噯，妳怎麼都聽不得別人說承言學長的好話呢？」梓秀逗我，「幼稚的樓妹妹。」

「我只是實話實說。」

梓秀瞇起眼打量我，「妳今天是不是心情不好？」

「有嗎？」很明顯嗎？我確實胸口堵得厲害。

雅慧蹙眉思量許久，遲疑地開口：「向晚，妳是不是和承言學長……」

我心臟重重一跳，著急地想要解釋：「那個雅慧——」

「你們是不是吵架了？」

聽她把話說完之後，我心中一鬆，低著頭沒有說話。

「你們又吵架啦？這次吵很凶嗎？」梓秀關心地問。

「我們沒有吵架。」我輕咬下唇，「我上週都沒見到他，怎麼可能吵架。」

「那妳是怎麼了？」雅慧眼中流露出擔憂。

我一時之間不知該如何回答。

梓秀興沖沖地插話：「哦！我知道了！妳在不爽雅慧被承言學長搶走了。」

我更加沉默，緊抿著嘴不發一語。

「梓秀，妳在胡說什麼啦！」雅慧嬌嗔。

梓秀用力勾住我的脖子，「說！妳到底在想什麼？」

妹？」

「咳、咳！」我一邊掙扎，一邊找藉口搪塞，「沒想什麼啦，我肚子痛！」

「好端端的，怎麼突然肚子痛？」雅慧緊張地問，「很痛嗎？要不要陪妳去保健室？」

「嘖嘖嘖，瞧妳擔心的。」梓秀鬆手，輪流望著我和雅慧，「怕別人不知道妳們是好姊妹？」

「妳吃醋啦？」我笑了。

「我吃醋？」她不屑地哼聲，起身往自己的座位走去，從書包裡拿了樣東西又折回來遞給我。「拿去。」

看著掌中的萬金油，我裝作感動落淚，張開雙臂要摟她，「嗚嗚嗚，梓秀，抱一個。」

「噁心，我不要！」她不給面子地躲開，「妳也眞是的，怎麼最近身體這麼差，老是這裡痛那裡痛的。」

「雅慧，老師找妳。」走廊上有個男同學從窗戶探頭進教室大喊。

雅慧交代我要擦藥後，便起身離開。

望著她逐漸遠去的背影，梓秀靜默片刻，扭頭看我時，眼底閃過一絲複雜。

「妳怎麼了？」我暗暗握緊手中的藥罐，深怕被她看出什麼。

她欲語還休，「向晚，妳……」

「嗯？」我屛住氣，不敢放肆呼吸。

梓秀卻在下一刻堆起笑容，「快擦藥啊！不是肚子痛嗎？」

我緩緩吐出一口氣，抬了抬僵硬的嘴角，「知道啦！妳們都好囉唆啊！」

「關心妳不好嗎？」她不滿地挑眉。

「很好、很好，小的心生感激。」

梓秀繼續盯著我看，她的聲音夾雜在上課鐘響裡依然清晰可辨，「妳和雅慧，都將對方看得很重要吧？」

「當然。」我點頭，「我們也把妳看得很重要。」

「嗯，藥擦完再還我。」

我拉住準備回座位的梓秀，嬉皮笑臉，「萬一雅慧真的脫單，只能妳當我老公了。」

「妳要脫單還怕沒人選嗎？」她很不給面子。

「我就想跟妳在一起不行嗎？」

「不、要。」梓秀斷然拒絕，開玩笑道：「妳太笨了。」

「妳太笨了。」

李承言也常常這麼說我。

是啊，我啊……

確實很笨。

❤

「雅慧寫情書向你告白？那你打算怎麼做？」

樓思宇未闔上的房門裡，傳出了他說話的聲音。

我本來打算下樓去廚房倒水喝，不自覺停下腳步，內心一陣掙扎，最後仍敵不過好奇，便躲到一旁，透過門縫偷聽他們的對話。

樓思宇又說：「畢竟是向晚的好姊妹，無論做任何決定，都要慎重一點，免得日後尷尬。」

「別擔心，我會好好處理的。」李承言起身，「晚了，我該回家了。」

爸媽今天找李承言來家裡吃晚餐，整頓飯下來，我都不敢和他對到眼，連話都沒說幾句，一下餐桌更直接拿了一盤水果就溜回房間。

我不知道自己爲什麼要刻意躲著他，更不知道心裡的那份埋怨從何而起……

於是下意識地逃避他。

我既害怕聽見他給雅慧的答覆，卻又忍不住想知道。

思緒混亂的我一個不留神，就被走出房門的李承言給逮個正著。

「我、我什麼都沒聽見。」我匆忙後退，情願當縮頭烏龜，轉身想返回自己的房間。

可走沒幾步，李承言追了上來，一把拉住我的手腕。

我慌張地低下頭，「有、有事嗎？」

「樓向晚，妳躲了我一個晚上。」他直言。

「哪有……」有也不承認。

「妳都聽見了。」

「聽見什麼？」我繼續裝傻。

李承言挑明道：「我收到雅慧的情書。」

「所以呢？」

「妳一點都不關心嗎？」見我態度閃躲，他續道：「雅慧不是妳的好姊妹嗎？她喜歡我，跟我告白，妳不想替她探詢我的想法嗎？」

他絕對是故意的，想用激將法逼我有所反應。我才不會如他的願呢！

「那是你們之間的事。」

「妳裝病讓雅慧代替妳和我去看電影時，倒是挺雞婆的。」李承言語調陡然冷下幾分，毫不客氣地翻舊帳。

我抬頭對上他的目光，咬牙問：「好啊，那你要接受雅慧的心意嗎？」

「妳希望我接受嗎？」

他到底想聽我怎麼回答？而我又有什麼資格說話……

「當然希望。」我壓下內心洶湧的情緒，強迫自己不在臉上顯露出任何表情，「雅慧是個很好的女孩，值得你喜歡。」

說出違背心意的話，或許很容易，但同時心上也會迎來無以迴避的疼痛。

我的嘴巴一打開就停不下來，「她是我的好姊妹，你要好好對待她，不要毒舌，啊，你大概只會對我很壞，換作是雅慧的話，你肯定會很溫柔。」

李承言的臉色越來越難看，「樓向晚，妳眞這麼想？」

我不懂他爲什麼不開心，如果他不想聽我說這些，又何必逼問我？他到底想要從我這裡得到什麼答案？

「我……」我心一橫，點頭，「對！」

李承言手上的力道加重，使勁一扯，將我帶得離他更近，「妳就那麼希望我跟雅慧在一起？」

「我只是希望雅慧快樂。」

他深深地望著我，那樣的目光螫疼了我的雙眼。

一陣久到無法計算的沉默後，他才緩聲開口：「樓向晚，妳聽好了，雅慧的快樂不在我這裡。」

說完，他鬆開我的手轉身離去。

鼻頭一陣酸澀，想哭的感覺來得猝不及防。

待李承言下樓後，樓思宇走出房間，審視過我的表情，劈頭便罵：「向晚，妳這個笨蛋。」

「哪裡笨？」我始終沒有讓積蓄在眼底的淚水滑落。

「妳就這麼看不清自己的心嗎？」樓思宇一掌壓下我的頭，似乎想替我遮掩臉上的狼狽，「說什麼反話。」

「我哪有說反話。」我倔強道。

「妳要是現在去照照鏡子，就會知道自己究竟有多麼言不由衷了。」他低嘆，「連我都看得出來，更別說是承言了。」

原來，不只是自己，我誰都騙不過……

「傻妹妹，承言他不喜歡雅慧啊！」

「誰知道……」悶悶地撥開他的手，我別過眼，「他畢業典禮那天收下了雅慧的禮物跟花，連情書都收了不是嗎？」

「那不然要拒絕嗎？」樓思宇挑眉，「雅慧可是妳的好朋友。」

「你的意思是說，李承言之所以會收下那些，都是因爲看在我的份上？」

「如果妳是承言，妳會怎麼做？」

「他那種沒心沒肺的，難道還會顧慮我不成？」

樓思宇伸出食指用力推了下我的額頭，爲好友抱不平，「妳才沒心沒肺！」

「李承言對我那麼壞，我是合理懷疑好不好！」我不滿地撫額，「你到底是誰的哥哥啊！」

樓思宇雙手環胸，語氣再認眞不過，「就因爲我是妳哥，我才會這麼說。」

「我根本不覺得你說了什麼有建設性的話啊。」我咕噥。

「原來委婉的講法妳聽不懂，難怪承言老是說妳笨。」他搖頭，「妳眞的一點也不在乎承言嗎？」

「我……」我無法爽快地回答他這個問題，開了口又閉上，只剩下難解的沉默。

「妳好好想想吧。」他拍拍我的肩，旋步回房。

我不是不在乎李承言，只是，那份感覺必須到此爲止。

因爲，我不能和雅慧喜歡上同一個男生。

自從國三發生那件事後，我就發過誓了……

「樓向晚搶了我喜歡的人！」

緊接在這句強烈的指控之後，我掛在書桌側邊的書包，被那名女同學給扯了下來扔在地上，還踩了好幾腳。

原本鬧哄哄的教室，瞬間鴉雀無聲。

我坐在座位，不慌不忙地抬眸迎向她憤怒的眼神，只覺得非常莫名其妙。

接著，她一把揪住我的衣領，粗魯地將我從椅子上拉起來，「妳怎麼可以這樣？仗著自己漂亮，就勾引我喜歡的男生！」

「我不知道妳在說什麼。」我試圖扳開她的手，無奈力氣比不過她。

「宜芝妳別這樣，有什麼話好好說。」座位在最前排的雅慧快步走來，和其他幾位同學一起將我和李宜芝隔開。「到底是怎麼了嘛？」

「我本來都要和王一翔在一起了！如果不是妳介入，他不會拒絕我的！」李宜芝指著我，氣紅了雙眼，淚水也跟著撲簌落下，「樓向晚，這都是因爲妳！」

班上幾十道不滿的目光同時朝我射來。

「介入人家感情未免也太過分了吧？」

「他們又還沒在一起，哪能說是搶啊？」

「明知道李宜芝喜歡那個男生，不就應該保持距離嗎？」

「我哪有介入？」我有些生氣了，真是荒謬，把我說得跟第三者一樣，我可不接受莫須有的罪名，「我跟王一翔怎麼了？」

「他說他對妳有好感，所以不能接受我的告白。」李宜芝邊說邊哭，成功博取同情，讓多數同學都選擇站在她那邊。

王一翔是別班的，我們平常哪有機會培養什麼好感啊！再說了，他對我有好感，然後呢？又不是我勾引他的！氣憤之下，我老實把心裡的想法都說出來。

「妳那天在操場跌倒，不是叫他陪妳去保健室嗎？還說沒有！」她指證歷歷。

「拜託，他跟他朋友在操場上玩鬧，不小心撞到我，害我跌倒，送我去保健室理所當然吧？」而且也不是我叫他陪我去的，是他自己說他很愧疚，非要跟過來的。

「我還看到過好幾次，你們在走廊上聊天。」

「他找話題跟我聊天，難道我要不理他直接走掉嗎？」

「妳明明知道我喜歡他！」

我簡直百口莫辯，聊天也犯法了？誰知道他會因此就對我有好感？這也要我負責？

「你們還交換了LINE不是嗎？」

「我們是交換LINE了，但多半都是他主動開啓話題的。」我不過禮貌回個幾句而已。

「那就是了啊！」她哭得更凶，「樓向晚，我們不是滿要好的嗎？我跟妳說過我喜歡王一翔，妳當初還要我加油，結果私下背著我跟他聊天，讓他喜歡上妳！」

「樓向晚，妳這樣滿過分的耶！」女同學們開始一面倒地爲李宜芝說話。「聊天很危險啊，常常聊一聊就會聊出感情。」

李宜芝淚如雨下，大聲吼道：「妳自己喜歡黃大衛不成，就去勾引我喜歡的男生！」

「對喔，其實長得漂亮也不一定有用。」吃瓜群眾說起了風涼話，「黃大衛就沒有喜歡上她啊！或許也是因爲看出她喜歡勾引男生。」

雅慧聽不下去，出言反駁：「你們講這種話太過分了！」

「我不是——」黃大衛從座位上起身，想要替我說話。

「黃大衛！」我以眼神示意他別介入。萬一大家得知他拒絕我的眞正原因，不知道又會鬧出什麼事來。

「怎樣？妳跟黃大衛之間有什麼不可告人的祕密嗎？」李宜芝的閨密不客氣地推了我一把，「還怕他說啊？」

我冷下臉，環顧那一張張表情或嫌惡或幸災樂禍的面孔，「隨便你們怎麼講，但我沒有做的事，我是不會道歉的。」

「勾引朋友喜歡的男生，還可以這麼理直氣壯？」

「妳眞的很不要臉！」

「長得漂亮又怎樣？有夠沒品！」

起先我不以爲意，不料事態卻越演越烈，爲了給我一點「教訓」，班上有部分女同學開始排擠我、不跟我說話，甚至偶爾會找我麻煩，像是故意不告訴我體育課換場地，或是故意把我的作業本藏起來，讓老師以爲我沒交。

我知道她們之所以會這樣，不完全是替李宜芝抱不平，還因爲嫉妒我受男生歡迎。

班上的男生不想參和進女生之間的麻煩事，選擇作壁上觀，而領頭排擠我的幾名女生，要求原本保持中立的女同學選邊站，否則就會遭到同樣的對待，使得她們不得不屈服，跟著一同孤立我、漠視我。

那段期間樓思宇和李承言很忙，忙課業、忙社團，還要忙校內活動和校外比賽，爲了不讓哥哥擔心，我一概裝作沒事，即使他聽到一些風聲來問我，我也含糊帶過。

黃大衛雖然想幫我，卻被我拒絕了。我寧願大家誤會我，也不希望他爲了我而暴露性向，遭受同學們的議論。

只是我完全沒想到，向來與人爲善的雅慧，居然會力排眾議站在我這邊，選擇相信我；我不想連累她，所以刻意與她保持距離，但善良又傻氣的她，仍屢次爲我出頭。

至於另一位當事人王一翔，他在聽聞消息後，不僅從頭到尾都沒有幫我說話，還說了重話，明白地拒絕了李宜芝，讓眾人更加認定我就是介入他們感情的罪魁禍首。

大受打擊的李宜芝，將所有憤怒都發洩在我身上，好幾次帶著閨密把沒吃完的便當，倒在我負責清掃的公共區域。

某天午休前，雅慧終於忍無可忍，再度爲我挺身而出，那是我第一次看見個性溫和的她發那麼大的火。

「妳們到底想怎樣？爲什麼要這麼對向晚？」

「湯雅慧，妳少多管閒事！」李宜芝冷眼瞪她，「妳不要以爲我不知道妳在暗中幫助樓向晚。」

雅慧毫不畏懼，「我就是要幫她！妳能拿我怎樣？」

「妳就不要以後喜歡的男生被樓向晚搶走了才在那邊哭！」

「王一翔拒絕你，是因爲他本來就不是眞的喜歡妳，只是想跟妳搞搞曖昧而已。」

「我們本來都快要在一起了！」李宜芝不甘示弱地揚聲，「我們已經牽過手了，也擁抱過了！」

「那他還拒絕妳，反倒說自己對向晚有好感，這樣的男生，妳不覺得他很有問題嗎？」

原本氣焰高漲的李宜芝，頓時被問得啞口無言，「我……」

「向晚性格直來直往，喜惡分明，我不認爲她會耍那樣的心機，更何況她又不喜歡王一翔，勾引他要做什麼？」

「妳怎麼知道她不喜歡王一翔？」

雅慧先是瞥了站在旁邊的我一眼，而後淡然回道：「一個知道她被排擠，卻完全沒有站出來替她說話的男生，有什麼好值得她喜歡的？」

一句話堵住悠悠眾口。

「王一翔只是喜歡向晚漂亮。」雅慧難得露出鄙夷的神情，「那麼膚淺的男生，妳又到底喜歡他什麼？」

聞言，李宜芝的臉色一陣青一陣白，竟是難以反駁。

「如果我是妳，就應該聯合向晚，一同與王一翔斷絕來往才對，讓所有人都知道，王一翔是那種三心二意的男生，這樣才能消弭心中的不甘啊。」

「可是……」

「妳們要是再不肯結束這場鬧劇，那我現在就把話說清楚，無論如何，我都會站在向晚這邊。」雅慧眼神堅定，並握住我的手。

我環顧眾人各種精彩的臉色，既感動又擔憂地拉著雅慧離開，直到來到一處角落才著急道：「妳是不是傻呀！」

她看著我，再次表明立場，「如果被排擠的話，我們一起。」

「妳爲什麼……」我嘆了口氣，「這不關妳的事，爲什麼要淌渾水？」

「總得要有一個人相信妳，站在妳這邊。」

「但妳這樣會被無辜牽連的！」

她直視我的雙眼，「妳也是無辜的啊。」

「雅慧……」她眞的讓我很感動。

「之前有好幾次，我被一些男生明裡暗裡吃豆腐的時候，是妳幫助我脫離他們的魔掌，我也從妳身上學習到如何拒絕那些不必要的肢體碰觸。」雅慧揚起一抹溫柔的微笑，「向晚，是妳教會我，做什麼事都要先懂得保護自己。」

我眼眶一熱，「都說要妳保護自己了，還跳出來幫我說話……」

「反正我已經做好被排擠的心理準備了，而且我們有兩個人，不會孤單的。」她眨眨眼。

「雅慧，謝謝妳。」患難見眞情，在困境中滋長的友誼，將會更加堅固。

她含笑點頭。

「我保證，李宜芝說的那種事絕對不會發生！我和妳絕對不會喜歡上同一個男生，我也絕對不會搶走妳喜歡的男生。」我鄭重道。

過了一個多禮拜，我在雅慧的鼓勵之下，帶著和王一翔的訊息紀錄，主動找李宜芝說開誤會，而她也向我道歉，承認是自己衝動行事，雙方就此握手言和，雖然往後的互動不再如以往般自然，倒也相安無事。

雅慧一直認爲我當初沒有必要對她許下那樣的承諾，單純善良的她，只希望我們都能獲得屬於自己的幸福就好。

但我始終記在心裡，從未忘記。

❤

結果，雅慧失戀了。

她哭得雙眼紅腫，連難得戴上的眼鏡，也無法遮掩憔悴的面容。她說李承言雖然拒絕了她，卻從頭到尾態度溫柔。

我不知道該怎麼安慰她，見她如此難過，我明明什麼都沒做，沉重的愧疚感卻壓得我快喘不過氣。我只能安靜握著她的雙手，不負責任地把出言勸慰她的任務，由梓秀一肩擔下。

「不要難過，雅慧妳這麼好，一定能找到更適合的對象。」五分鐘後，說破了嘴的梓秀，終於忍不住覷了我一眼，語帶埋怨，「向晚，妳都沒有什麼話要說嗎？」

要說什麼？

我能說什麼？

望著雅慧蒼白脆弱的臉，我不知道她期望能從我口中聽見什麼。這段單戀注定無果，我不可能再給予她任何鼓勵與期待，或許她會認爲我應該很了解李承言，只要我說還有機會，她就可以不必現在就放棄。

但再拖下去，對她沒有好處，只會傷得更重。

「不要難過，李承言就是眼睛瞎了……」我蠕動脣瓣，「妳看他連那麼完美的莉婷學姊都興致缺缺。」

雅慧隱含深意的目光瞥向我，靜默半晌才低語：「承言學長說，他已經有在乎的人了。」

我悄悄倒抽一口氣。

「誰？」梓秀比我還要激動。

「不知道。」雅慧輕輕搖頭，「學長沒說。」

梓秀追問：「妳沒有問他？」

「不知道為什麼，我並不好奇。」

我不動聲色地暗自握拳，屏住了呼吸，連眼睛都不敢眨。

「向晚，妳為什麼一點都不訝異的樣子？」梓秀轉過頭來，「難道妳早就知道了？」

我僵硬地開口：「我怎麼可能知道。」

「沒關係，都不重要了。」雅慧握住梓秀的手，搖了搖頭，淚水再度從眼角滑落，「承言學長都畢業了，就此劃下句點也好。」

「妳一定很難過。」梓秀騰出另一隻手輕拍雅慧的肩膀，「我知道妳的眼睛追隨承言學長很久了。」

「不管怎麼樣，我還是很謝謝向晚。」雅慧吸了吸鼻子，強顏歡笑對我說：「如果不是向晚，我不會擁有那些和承言學長共度的美好時光，也不會有機會向他告白，我已經很滿足了。」

「我……」我想安慰她，卻一個字都說不出口。

傷心的她，始終沒有卸下臉上的微笑，像是不想讓我擔心，強用輕鬆的語氣說：「失戀沒什麼的，我還有妳們呀！」

我無法直視她那勉強的笑容與含淚的眸光，甚至不知道該以什麼樣的表情面對梓秀，只能膽小如鼠地撇過頭。

上課鐘敲響後，我們各自回座，約莫過了十分鐘，我突然收到梓秀私下傳來的訊息：「向晚，承言學長在乎的人……是不是妳？」

「怎麼可能。」顫抖的指尖打出這四個字，我迅速按下發送鍵，擔心若是多耽擱幾秒鐘，就會顯得可疑。

梓秀已讀後未再回覆，我不敢多想，決定當作她就此認同了我的說法。

老師在講台上口沫橫飛地探討中國文學的博大精深，我一個字也聽不進去，心中只想著李承言在乎的人是誰？

其實……我也很想知道答案。

我以爲在最近這個時間點，李承言可能不會想見到我，可是他卻出現在我家客廳，和爸媽及樓思宇談笑風生。

我躲回房間，心不在焉地翻著漫畫，幾次爸媽呼喚我下樓，我都裝作沒聽見。我還沒想好該怎麼面對李承言，他平靜的神情與不時投來的目光，都令我感到心慌。

敲門聲驀地響起，我回過神來。

「誰？」

「是我。」

衝上前抵住房門，深怕他下一秒就會闖進來，我戒備地開口：「有、有什麼事嗎？」

「妳怎麼了？」他關心的話語，從門板另一端傳來。

「我睏了，想睡覺。」

接著是一陣漫長的靜默，就在我以為李承言已經離開時，低沉的嗓音再度響起，「樓向晚，妳開門。」

「我不要！」我斷然拒絕。

「我有話跟妳說。」

「我沒話要說！」

「妳現在是在生我的氣嗎？」

「你做了什麼會讓我生氣的事嗎？」我將問題丟還給他。

李承言單刀直入，「因為我拒絕雅慧？」

我最害怕的，就是他提起這個敏感的話題。

「對！你傷了我好姊妹的心，我討厭你！」

「不要拿這種說法來壓我。」李承言說話的音調沒有起伏，我無從得知他真正的情緒。

「難道我就該接受嗎？」

「雅慧是我的好朋友！」

「那我呢？」

李承言問了一個我答不出來的問題。

「你什麼你？」我輕咬下脣，「你就是李承言啊！」

他再次敲了敲門板，這次力道重了些，「樓向晚，妳開門。」

我沒有回應，緊緊握住門把。

就這樣僵持了幾分鐘後，他說：「好，妳現在不開門沒關係，反正，我已經答應要繼續當妳的家教，從下週開始。」

我心中一驚，倏地開門，激動低喊：「你爲什麼要答應？」

老媽向他提出這個要求時，他分明看起來不太樂意，言語間也聽得出推託之意，難不成是我誤會了嗎？

「爲什麼不？」

「你當初不是說還要考慮？」

他直勾勾地盯著我的雙眼不放，坦誠不諱，「因爲我以爲，那不是唯一能接近妳的方法。」

「你……」我瞪圓了眼，看著他一步步與我拉近距離。

「妳眞的是爲了雅慧在生我的氣嗎？」

「不然呢？」我挺起胸膛，表情和語氣卻帶著騙不了人的心虛，「不然還會有什麼原因？」

李承言這個笨蛋，我沒有生他的氣，我只是在壓抑不該有的心情……

「雅慧除了說我拒絕她，還有說什麼嗎？」

「她、她說……」我抿抿脣，轉開目光，「她說你有在乎的人了。」

我想知道他在乎的人是誰，可是我……

「既然妳知道，那就好。」李承言退開幾步，給我些許喘息空間。

「什麼意思？」他怎麼回事？我眨了眨眼，「你真的有在乎的人嗎？」

「有。」

「難道你突然發現自己喜歡上莉婷學姊了？」

「不是。」

「那……你在乎的人是誰？」跟他走得比較近的異性，除了莉婷學姊，我想不到別人。

「向晚。」

這聲呼喚令我窒息。我一度以為，這就是他的答案……

李承言望著我沉默半晌，「傷害了雅慧，我很抱歉，但我希望妳知道，這就是為什麼當初我要妳別插手。」

我煩躁地抓住他的手，脫口而出：「是誰？你在乎的人到底是誰？」

即便畏懼知道答案，我仍忍不住想要探詢眞相。

李承言輕輕拉開我的手，打算離開，我上前攔下他，「李承言！」

「如果我說出我在乎的人是誰，妳能承擔嗎？妳不就是因為無法承擔，才想把我推給雅慧嗎？」他低聲開口，那張多數時間都神情淡漠的臉，此刻流露出一絲無奈與疲憊。

還沒來得及釐清心中的想法，我便愣愣地側過身，任由李承言從我面前頭也不回地離開。

第九章　我們都喜歡的男生

快要期末考了，我翻了幾頁參考書，一個字也看不進去。

李承言前幾天說的那些話，不斷在我腦中反覆播放，每每想起他的眼神，我的胸口就像爬滿了無數隻螞蟻般搔癢難耐。

我拿起擱在桌角的小圓鏡，端詳鏡中的自己，蒼白憔悴的臉色，濃重的黑眼圈，凌亂的長髮，都還沒七月半，就活見鬼了。

再怎麼說，我也是走顏值路線的，怎麼可以放任自己變得這麼醜？

「怎麼了？」樓思宇冷不防出聲。

「你為什麼沒有敲門？」我癱在椅子上，煩悶地搓揉雙頰。

他手裡拿著一疊紙，逕自在床緣坐下，「妳門沒關。」

「那你也可以意思意思敲一下啊！」

察覺我心情不好，他擰眉道：「哎，妳看看妳這什麼樣子。」

「鬼樣子。」我不耐煩地嘖了聲，「你有什麼事？手裡拿的是什麼東西？」

「這是承言要給妳的。」他將那疊紙放上書桌，「期末考的重點筆記。」

我一愣，伸手輕撫過紙面。

「妳老是說承言對妳很壞，但他真的對妳很壞嗎？」

「當然……當然壞了……」我言不由衷道。

如果他不是雅慧喜歡的男生該有多好，如果他不是……我們都喜歡的男生，那該有多好。

「壞在哪裡？」

我撇過頭，「哥，你不要老是問這種沒意義的問題。」

「沒意義？」樓思宇輕笑，「那妳這兩天是怎麼了？」

「我哪有怎麼了？」我嘴硬，「我很好啊！」

睜眼說瞎話。

「向晚，我是真的不懂耶！」他雙手環胸，「所有人都看得出來！妳到底要逃避到什麼時候？」

「看得出來什麼？」我隱藏得很好啊，誰都不會發現的。

「妳喜歡承言。」他一語道破我急欲掩蓋的真心。

「我沒有！」我辯駁，「你不要亂說，我怎麼可能喜歡李承言，他是……他是李承言耶！」

樓思宇不以為然，「他是李承言又怎麼樣？」

「最不該支持我喜歡他的就是你。」我對上他的視線，「你就不擔心，我會因為你的好朋友而失戀，到時候你不會為難、不會難過嗎？」

他平靜地望著激動的我，「我的妹妹也有可能讓我的好朋友難過。」

我同意地點頭，「所以，我和李承言還是不要互相喜歡比較好。」

「向晚，承言他不是那種會輕易動心的人。」樓思宇低嘆。

「你跟我說這些幹麼？」我雙手交握，像是要給自己些許底氣，「講得好像李承言喜歡我一樣。」

「妳感覺不出來嗎？」他開門見山道，「妳以爲否認就可以改變這個事實？」

「我就是感覺不出來。」我扭過頭說。

「妳無法像以前那樣坦然地面對承言，這個反應就已經說明了一切。」

「我哪有無法面對他？」

「那妳看著我，說妳不喜歡承言，說妳對他一點感覺也沒有。」

「哥！」他到底想要聽見我說什麼！

樓思宇握住我的雙肩，語氣無比嚴肅，「我要聽實話，我不希望看妳繼續做蠢事，傷害自己也傷害承言，你們一個是我妹妹，一個是我的好朋友，我做不到袖手旁觀。」

「雅慧喜歡李承言，你知道的。」我雙手捏成拳頭，終於肯看向他。

「我不是要聽這個。」

我逃避道：「除了這個，我沒有其他的話要說了。」

「這是妳的錯。」樓思宇難得對我說重話，「如果當初不是妳給雅慧那麼多希望，主動製造機會讓她和承言相處，她會陷下去嗎？現在又會這麼傷心嗎？」

「我……」百口莫辯。

「愛情不能算計，當初我就叫妳不要做傻事，但最終，妳還是害了自己，也害妳在乎的人傷心。」

沉默許久，我顫抖著輕聲開口：「是我的錯。」

「向晚……」他還想說些什麼，卻在看清我臉上的神情後，猛地住口。

我沒有哭，我只是很悲傷，而樓思宇感覺得到。

所以他沒再多言，只用大掌蓋住我的頭頂，讓我得以低下頭隱藏那些無從掩飾的悲傷。

「傻妹妹……」

我知道自己長得不差，也頗受異性歡迎。一直以來，我都像個被保護得很好的小公主，想要喜歡誰就喜歡誰，不害怕失敗，不擔心受傷。

這是我第一次面對愛情裹足不前，不敢去抓住，也不敢往前一步，因爲比起那個喜歡的他，我心中記掛著另一個對我而言更重要的人。

我不容許自己打破對雅慧許下的承諾。

「妳老是說承言對妳很壞，但他眞的對妳很壞嗎？」

不知道從什麼時候開始，我腦中想的早已盡是李承言的好，他默默的溫柔，在我的心上刻下了或輕或重的鑿痕，難以抹去。

但我沒辦法踩著朋友破碎的心去獲得幸福。

所以我只能反覆強調他對我很壞，我必須這麼說服自己。

「哥，我可以要一個擁抱嗎？」我拉住樓思宇的衣襬。

他二話不說便將我摟入懷裡，「當然，隨時。」

我以爲自己不會哭，他肩膀的衣服卻仍濕了好大一片。

我能感覺得到，雅慧這陣子依舊心情不佳。

日子一天過去一天，我始終爲此憂心忡忡，特別是我懷疑她的難過或許還夾雜了其他原因。

午休結束後，甫見到雅慧從座位上起身，我隨即跟了過去，「妳要去哪裡？」

「廁所。」她淺淺一笑。

我勾住她的手，「我陪妳去。」

「好啊。」

女廁難得沒什麼人，我站在洗手台前對著鏡子，練習讓笑容變得自然，待她從廁間出來，我便以輕快的口吻問道：「妳心情有好些了嗎？」

雅慧停住整理劉海的手，透過鏡子與我相望，頓了下才說，「嗯……那妳呢？」

「我？」我笑了，「我怎麼了？」

她眼睫輕顫，眸色微斂，「向晚，承言學長還在當妳的家教嗎？」

「沒有。」我說謊了，說了一個我覺得雅慧會比較想聽到的答案。

「向晚……」她欲言又止，似是躊躇著不知該如何開口。

那副表情不太對勁，我有不好的預感，但我仍問：「怎麼啦？」

雅慧先是靜靜地望著我，做了個深呼吸後，才緩緩說：「經過這幾天的沉澱，我漸漸能接受被承言學長拒絕的事實了，不過，我想要問妳一件事。」

「什麼事？」

她轉身面向我，神情略顯嚴肅，「向晚，承言學長在乎的人，是不是妳？」

「不是。」我回答得斬釘截鐵。

她似乎不信，「眞的嗎？」

「妳爲什麼會這麼想？」難道眞如樓思宇所言，大家都看得出來嗎？所以之前梓秀才會傳訊息問我，這次連雅慧都……

「這幾天我想了很多，我想起承言學長每回看著妳的眼神總是不同，總是帶著一絲隱隱的溫柔。向晚，妳對承言學長而言是特別的，妳無法否認這點，對嗎？」

「不對。」我搖頭，急著解釋：「我和李承言是比較熟沒錯，但那是因爲他是我哥的好朋友，又是我的家教，僅此而已。雅慧妳又不是不知道，我和李承言互相討厭──」

她不疾不徐地打斷我的話，「妳眞的討厭他嗎？」

我沉默不答。

「向晚，妳聽過這種說法嗎？」雅慧又接著問：「愛情有時候很不可思議，妳覺得自己不可能喜歡上誰，偏偏那個人就這麼突然住進了妳心裡。」

「我不可能突然喜歡上誰……」

她輕輕地笑了，「妳有一個壞習慣，經常把話說得很絕對。」

「雅慧，我跟李承言不是妳想的那樣……」

「我知道。」她柔聲道。

「那為什麼妳還要這麼問？」

「我也很矛盾。」她一邊思考，一邊緩緩眨了幾下眼睛，「我想我可能只是……不希望被瞞在鼓裡。」

我上前一步，握住她的手，「我們之間沒有祕密啊！」

雅慧望著我，點點頭，「……嗯。」

「原來妳們在廁所！」梓秀爽朗的嗓音驀地從廁所入口處響起。

「妳也來上廁所？」我問。

「我來找妳們。」她走過來一左一右地摟著我和雅慧，「想說怎麼午休才剛結束，妳們就不見了。對了，等等國文課要小考，有人妄想找國文小老師打探試題！」

梓秀刻意朝雅慧拋去一記滑稽的眼神，把她給逗笑了。

我翻翻白眼，「國文小老師最好是會知道考試題目，是誰腦子進水啦？」

「但妳們上廁所也上太久了吧。」梓秀小聲咕噥。

「我們在講祕密，不想讓妳知道。」我笑回。

「好啊，就都不要告訴我呀！」她收回摟著我們的手，「哼，反正我也不想知道。」

我們一路拌嘴走回教室，我沒有料到，其實聰明的梓秀什麼都知道。

放學前的最後一堂課，我收到梓秀傳來的訊息：「今天可以陪我等公車嗎？」

梓秀住得離學校很遠，只能搭某一班公車通勤，而且還非常難等。

一收到這則訊息，我就明白她有話想跟我說。

把雅慧送上公車後，我和梓秀在公車亭裡尋了一處空位坐下，起先誰也沒開口，直到有些出神的我，被一輛呼嘯而過的摩托車給嚇了一跳，全身猛地一抖。

梓秀噗哧笑出聲，「樓向晚，妳很搞笑耶。」

「幹麼啦！我是真的被嚇到！」我哀怨地瞥她一眼。

「妳剛剛是神遊去哪？」

「還不是因爲妳都不說話……」

她側身轉向我，「向晚，妳可以答應我，妳會誠實回答我接下來的問題嗎？」

我抿緊了唇，沒有回答。

「如果妳騙我的話，就沒有意義了。」

該面對的，終究躲不過……吁出口氣，我輕聲說：「妳想問什麼？」

「承言學長在乎的人，真的不是妳嗎？」

「妳不是問過我了？」

「我是問過，」她一瞬也不瞬地盯著我，「但我沒相信妳那時的答覆啊。」

「妳到底想聽我回答什麼？」我挫敗地垂下雙肩。

「那妳喜歡承言學長嗎？」她搶先警告我，「妳不要告訴我妳不知道，鬼才相信。」

我內心掙扎了一會兒，斂下眼眸，低聲道：「我不能喜歡李承言。」

「是不能喜歡，不是不喜歡。」她嘆了一口長氣，「算妳誠實。」

「妳看出來了？」我的心思有這麼明顯嗎？

「對我而言，這從來都只是要不要說破而已。」

我緊張地開口：「那雅慧——」

「我不知道她有沒有察覺，至少我在旁邊看得很清楚。」

無論她們知道了什麼，我的決定都一樣，「我跟李承言是不可能的。」

「爲什麼？」

她的疑問令我有些訝異，「雅慧喜歡他啊。」

「可是承言學長喜歡的是妳，有眼睛的人都看得出來。」梓秀難得如此嚴肅，「雖然我早就料到妳會這麼說，但我不懂妳爲什麼要放棄？妳和承言學長互相喜歡，雅慧不該是橫在你們之間的理由。」

「她當然該是！」我閉了閉眼，「我承諾過絕對不會和她喜歡上同一個男生，也不會搶走她喜歡的男生。」

「樓向晚，妳別犯蠢了好不好？」她難以置信，「妳沒有橫刀奪愛耶！承言學長從一開始喜歡的就是妳。」

「可是是我給雅慧希望和機會的，是我讓她變得更喜歡李承言，所以她才會受傷，這都是我的錯，如果我不要雞婆，搞不好她只會默默欣賞李承言而已，等到他畢業，她就會漸漸忘了他。」

「她以後也會漸漸忘了他！」

「但她現在還無法忘記他啊！」我不奢望梓秀可以明白我的心情，但我覺得自己有必要爲雅慧的傷心負起責任。「我在給了她那些機會和希望之後，眼看她失戀難過，我卻跟李承言在一起，這像話嗎？」

「妳和雅慧在廁所裡的對話我都聽到了，連她都感覺得出來承言學長喜歡的是妳！」

「那又怎樣？」我擰眉，「我已經向她否認了。」

「妳覺得……」她思索片刻才接著說：「如果妳和承言學長交往，雅慧不會祝福你們嗎？」

「和李承言交往，目前不在我的考慮選項內。」

「如果我是雅慧，即使難過，我也希望我的好朋友能快樂，而不是爲了我犧牲。」

「但我也有同樣的想法。」我堅定地說，「即使難過，我也會爲了好姊妹，犧牲這份愛情。」

「樓向晚，妳是不是蠢啊？」梓秀大翻白眼，怕是想拿棍棒敲我的心都有了。

「愛情是一時的，友情才是一輩子的。」

「我是相信妳和雅慧可以當一輩子的好朋友沒錯啦，但妳怎麼能肯定妳和承言學長的感情只會是一時的？」

「因爲我們都還這麼年輕。」我知道這不是理由，不過，這是我所能想到最像樣的藉口了，「我不覺得我會喜歡他很久。」

也是最糟的藉口。

「雅慧如果眞的把妳當好姊妹，她不會樂見妳做下這個決定的。」

「就算她祝福我，然後呢？」

「什麼然後？」

「如果妳是我，妳做得到嗎？」我直勾勾地望著她，「明知道雅慧喜歡李承言，卻跟他手牽手一起參加朋友聚會？在雅慧面前分享和李承言交往的點點滴滴，並且甜蜜幸福地笑著？還是在和李承言發生爭執後，去找雅慧訴苦？妳告訴我，這些妳能做到嗎？」

梓秀沉默了。

「如果我和一個人談戀愛，卻不能向最要好的朋友提起，那還有什麼意義？」我苦笑，「更別說，倘若雅慧和李承言獨處，我也不可能做到完全不介意。」

「為什麼？」

「因為她喜歡他！」

「那可以等雅慧不喜歡承言學長了再……」

「可以，我願意等，但要等多久？」我抹了把臉，「何況，若是李承言知道我和他彼此互相喜歡，要怎麼保持距離相處？」

「這樣也不行、那樣也不行，到底要怎麼辦嘛！」她煩躁地說。

「所以我放棄。」我緊咬下脣，讓疼痛逼回眼中的淚意，「妳也不要再提起了，拜託。」

雖然我喜歡李承言，但這份喜歡並沒有強烈到讓我能勇敢面對這些問題。

「雅慧確實喜歡承言學長滿久了，這樣的心情不會一天兩天就淡去。」梓秀無奈地吐出一口氣，「向晚，如果妳早知道自己會喜歡上承言學長，當初還會讓雅慧代替妳去約會嗎？」

「既然不會有結果，何必和他留下那麼多回憶？」我澀然一笑。

「妳和他的回憶還少嗎？」

很多。多到我一思及就紅了眼眶。

爲什麼這麼晚才讓那個人在不對的時間走進我心裡？

「我的好女孩啊……」梓秀伸長手臂攬住我的肩膀，「怎麼會這麼可憐。」

「可憐什麼？」我瞥了她一眼，儘管難過，卻也感到有些窩心，「我有妳們啊。」

她目光流露出擔憂，「妳眞的沒問題嗎？」

「當然。」

雖然很艱難，但我知道自己還是做得到的……

不曉得李承言待在我房裡多久了。

向來對投資理財很感興趣的他端坐在床上，手裡翻著一本財經雜誌。他一直很清楚自己想要什麼、喜歡什麼，懷抱夢想，並且努力實踐；不像我，讀書普普通通，每天混吃混喝，對許多事都漫不經心。

這樣的我有哪裡値得他喜歡的？

「樓向晚，妳不需要向誰證明自身的價値，也不需要誰的認可。」

認識李承言的這些年，他對我說話多半不留情面，可是，在他擔任我家教的那段日子裡，他卻曾這麼對我說，給了我莫大的鼓勵。

是的，我喜歡他。

然而，喜歡一個人，不一定要跟對方在一起。

「妳回來了？」

站在房門口的我倏地回過神，與他對上眼。

「爲什麼不進來？」他放下雜誌，眉宇間隱含一抹沉靜的溫柔。

我走進房間，把書包擱在書桌旁邊的地上，「你怎麼來了？」

「今天有家教課，妳忘了？」李承言的目光從頭到尾都沒有從我身上移開。

雙手扶著椅背，我躊躇著該怎麼開口，最後才終於下定決心道：「你不要再當我的家教了。」

「爲什麼？」他臉上沒有訝異，甚至未起一絲波瀾。

「沒有爲什麼。」

「妳是想要避免我們獨處？」

「我就是不想你當我的家教了！」我心一橫，帶點挑釁地揚起下巴看向他，「一定要有理由嗎？」

「是因爲雅慧嗎？」他不容許我逃避。

「跟雅慧有什麼關係？」

「妳變得不快樂，開始逃避我，不都是因爲雅慧喜歡我嗎？」

我冷下臉，「李承言，你把自己想得太偉大了吧？」

「不然呢？」

「我討厭你！」我看著他，再次重複，「李承言，我討厭你。」

李承言從床上起身，朝我步步進逼，我被他逼得退至角落，他雙手順勢撐在牆上，將我困在他的懷裡。

「妳再說一次。」他眼中明顯帶著不悅，面容冷峻。

這壓迫的姿態，令我一時說不出話。

「不說話了？」他低下頭，清淺的氣息噴吐在我的臉上。

「我……」我緊緊抿脣，把那些可能會惹怒他的話給硬生生地吞了回去。

「樓向晚，妳是眞的不知道嗎？」

「不知道。」我固執地說。

李承言眸光閃動，「思宇沒跟妳說？」

「他沒說。」我這隻縮頭烏龜把頭縮得非常徹底，甚至不讓自己去深思他這話是什麼意思。

他安靜的凝視，像一根針扎進我的心窩。

「那麼，妳聽好了。」他清清楚楚地道：「樓向晚，我喜歡妳。」

「你不是不說嗎？」我顫抖著聲音問。他不是擔心我無法承擔，所以上次才沒有說出口嗎？爲什麼改變心意了？

「就算我說了，妳也只會裝作沒聽見。」他自嘲地笑了笑，「不是嗎？」

「李承言，你不可能喜歡我。」比裝聾作啞更殘忍的，恐怕是我還想否定他的心意。

「爲什麼不可能？」

「自相識至今，你的溫柔從來沒有給過我！」我咬緊牙根，狠狠地瞪向他，「你總是嫌我笨、罵我傻，一點餘地都不留給我，我根本就沒有任何你看得上眼的地方……」

「但我就是喜歡上妳了！」他低吼出聲，「我不知道自己爲什麼會喜歡妳，更不知道自己喜歡妳什麼，但喜歡一個人需要理由嗎？」

「這種老套的台詞不適合你！」我一顆心像是浸在醋裡般又酸又軟，「向來理性的你，怎麼可能無緣無故喜歡上我？」

「爲什麼不可能？」李承言又說了一遍，「我喜歡妳。」

這人怎麼這樣！

好像都不知道害羞一樣，把「喜歡」這兩個字，說得這般理直氣壯。

被喜歡的人告白，應該是一件很開心的事，可是我卻十分難受，幾乎快要喘不過氣來，我強迫自己出聲：「但……我不喜歡你。」

「妳是眞的不喜歡我，還是因爲雅慧，所以不能喜歡我？」他緊盯著我的視線，簡直可以把人逼瘋。

「雅慧因爲你傷心難過，而我是她的好朋友，你卻還在這個時機點跟我告白？」

李承言面色一沉，「雅慧的傷心，難道妳不需要負責任？」

這句指控掀起我心底的歉疚與怒火，「對，我是錯了，但你同樣有責任！」

他蹙著眉，不發一語。

「是你仍然決定與她約會，也是你收下她送的畢業禮物，讓她覺得自己有機會！」

「她是妳的好朋友，難道我要跟她說聲抱歉，說因爲她不是妳，所以我要走了？如果我那麼做，她必然也會傷心，妳就不會怪我嗎？」

「可是——」

「雅慧是我喜歡的女生的好朋友！」

他一句話堵得我無從反駁。

李承言竭力平穩住有些失控的情緒，續道：「向晚，我承認，我不該收下雅慧送的花束和禮物，但那是因爲我想測試妳的反應，看妳會不會在乎，而妳分明就很介意，卻不肯面對自己最眞實的心情。」

「愛情不能算計。」

樓思宇說過的話驀地在我腦海中浮現。

我爲雅慧製造機會，讓她接近李承言，還讓她代替我去跟李承言約會；而李承言爲了試探我的心意，也故意收下雅慧送的花束和禮物。

我們都做錯了，才會讓事情走到這個地步。

「對不起，我很遲鈍。」他說。

我眼眶氤氳一片，鼻頭泛酸，爲他遲來的表白。

「我不懂得怎麼表達對妳的喜歡，我甚至一開始不知道那樣的情感就是喜歡，才會……花了那麼長的時間跟自己過不去……」李承言的話語無比眞摯，「如果我能早點告訴妳，我喜歡的人是妳，哪怕妳對我沒有感覺，至少，妳不會把我推給別人吧？」

我低下頭，讓眼淚無聲無息地落至地面，文不對題地說：「我喜歡的人，要像爸爸和哥哥一樣，愛我、寵我、照顧我、呵護我，無限地包容我，就算我很笨，也不忍心罵我。可是你……可是你……一點都不像他們……」

「向晚，妳是我的初戀。」

李承言成功擊破了我心裡最後一道防線。

「我哪有討厭妳。」

李承言曾這麼對我說過。

當時我不信，可如今這句話卻成了我心上的一道傷口，令我疼痛不堪。

初戀都是莽撞的、傻氣的、不懂得如何付出的……後知後覺的。

「對不起。」我摀住雙眼，嗚咽低泣。

此刻的我，當然可以不顧一切地接受他的心意，但明天的我要怎麼面對雅慧？又該怎麼面對那個曾經信誓旦旦的自己？

李承言將掌心輕輕蓋上我的頭頂，良久之後，嘆了口氣，語氣帶著前所未有的溫柔，「我知道。」

我知道，妳不能跟我在一起。

該要多麼體諒，才能如此尊重我做出的決定？

該有多麼喜歡，才能接受這樣滿身缺點的我？

我拉下他的手，緊緊地攬在懷裡，眼淚克制不住地撲簌而下。

李承言小心翼翼地將我安置在他胸前貼近心臟的位置，騰出另一隻手攬住我，並將一枚淺淺的親吻落在我的髮頂。

我喜歡你，李承言。

就算你沒對我說過幾句好聽話，我也喜歡你；就算不能在一起，我也喜歡你。

因為你對我的包容，因為你比任何人都見不得我掉眼淚，因為你把自己所能有的溫柔和體貼都給了我。

你默默地給了我許多，包括一生只有一次的初戀。

第十章　再見，初戀

我應該請假的。

這樣就可以不必面對雅慧和梓秀擔憂的目光與欲言又止的關心，以及班上同學帶著八卦意味的詢問。

梓秀傳了訊息給我又收回，雅慧變得比剛失戀那幾天更加沉默。

誰叫我頂著一雙哭腫的核桃眼上學，卻什麼都不願意解釋。

早上樓思宇建議我請假，但快要期末考了，各科老師都可能會稍微透露考題範圍，所以我還是來學校了。

在我和哥哥口徑一致的說詞下，爸媽似乎相信了我只是突然過敏，早上還逼我吞下一顆過敏藥，但我並不認爲爸媽有那麼好騙，不過是沒有拆穿而已。

昨天是李承言的最後一堂家教課，他說後續他會處理，要我別擔心。明知道我聽不進去，他卻仍然一如往常，爲我畫重點、教解題、出作業，態度平和，彷彿方才的爭吵與告白都沒有發生過。

好不容易撐到放學，我背起書包只想趕快回家，梓秀卻拉著我和雅慧來到校園一角，單刀直入道：「妳們兩個把話給我說清楚。」

「要說什麼?」我嗓音沙啞。

她雙手抱胸，一臉嚴肅，「該說什麼說什麼。」

我和雅慧面面相覷，誰都沒出聲。

過了十分鐘，又或者更久，梓秀等得不耐煩，便先開口了：「妳跟承言學長——」

我就知道她要說這個，搶先道：「我和李承言之間什麼都沒有。」

「又來了，又是這句話！」她甚爲不滿，聲音略微提高了些，「樓向晚，妳就不能坦白一點嗎？」

雅慧轉頭看我，脣瓣微顫，「向晚，妳喜歡承言學長，對嗎？」

「我……」我沒料到她會問得如此直接。

「我想要聽實話。」她眸光堅定。

在她面前，只有這句實話，是我始終說不出口的。

遲遲等不到我的回答，她像是當我默認了，又問：「承言學長知道嗎？」

「雅慧，我和李承言是不可能的。」我低聲說。

「可承言學長喜歡的人是妳。」她用的是肯定句。

梓秀嘆道：「向晚，妳要把話說開，我們三個人之間沒有祕密，不是嗎？」

「妳要我說什麼？」我頹喪地垂下雙肩，「我是眞的無話可說……」

雅慧紅了眼眶，「妳和承言學長互相喜歡，爲什麼要否認？」

「互相喜歡沒有意義，我和他不會在一起。」

「爲什麼？」

我直言，「因爲妳喜歡李承言。」

「可是我已經被他拒絕了。」

生。」

「那又如何？」我撇過頭，「我還是不會和他在一起。」

「爲什麼？」雅慧口氣帶了幾分質問，「爲什麼要因爲我放棄？」

「因爲我向妳保證過，我們不會喜歡上同一個男生，我也絕對不會搶走妳喜歡的男生。」

「但我也說過，妳這個承諾沒有必要！」

我握緊雙拳，「當全班女生都排擠我、不敢跟我說話的時候，只有妳陪在我身邊，只有妳不顧自己也可能被排擠的風險，選擇爲我挺身而出。妳爲我做了這麼多，現在我爲了妳放棄一個男生，根本不算什麼！」

「怎麼會不算什麼？」她哭喊，「你和承言學長互相喜歡！我不希望自己橫在你們之間！我不希望妳因爲我，放棄自己喜歡的人！」

「爲什麼？」我紅著雙眼，把話說重了，「因爲這樣，妳才可以繼續當好人，也不會背負害我和李承言不能在一起的罪名嗎？」

梓秀聽不下去了，「向晚，妳到底在說什麼！」

雅慧眼中蒙上一層淚，「妳怎麼可以這麼想我？」

「不然爲什麼？」儘管她心碎的目光令我胸口緊揪，我仍殘忍問道：「爲什麼妳願意祝福我和李承言在一起？」

「因爲妳是我的好朋友！」

「妳也是我的好朋友！」我難受地抹了把臉，「雖然被拒絕了，但妳還喜歡著李承言不是嗎？」

她別過眼，「隨著時間，都會過去的。」

「但不是現在。」我輕聲問，「妳看著我和李承言在一起，不會難過嗎？」

雅慧無法回答。

「還是妳希望，我不要跟妳分享我和李承言交往的任何事？」

她仍然回答不了。

「妳眞的能夠祝福我們嗎？」

「……我可以。」她聲如蚊吶。

「我知道妳可以，但我不想讓妳難過。」

「可是妳和承言學長……」

「有些喜歡是可以放棄的。」我企圖說服雅慧，也說服自己，「我可以放棄李承言。」

她睜圓雙眼，激動了起來，「妳怎麼能肯定？」

「因爲妳比他重要。」能夠和自己共患難的朋友是一輩子的。「喜歡的人，未來還會再有的。」

雅慧握住我的手，哭罵：「妳眞是笨蛋……怎麼這麼傻……」

「妳們兩個都是笨蛋。」梓秀動容地與我們抱著哭成一團。

「看來，妳只能繼續當我們兩個的老公了。」我故意把眼淚抹在她的肩膀上。

她略帶鼻音道：「誰要是當妳們的老公，準會被氣死。」

「那氣死妳一個就好了。」雅慧小聲地補刀。

梓秀退開，故作訝異不已，「樓向晚，雅慧被妳帶壞了！一定是妳！」

「跟了我這麼久，也該學到一點本事了。」我洋洋得意。

我們笑鬧著往校門口走去，對彼此之間的友誼深信不疑。

我相信，無論是我或雅慧，都會再遇到下一個喜歡的男孩，但眞心的好朋友可遇不可求，值得分外珍惜。

「有妳們在眞好。」

走在前方的她們回過頭，朝我伸手，「快來，說什麼傻話！」

我願意爲了雅慧放棄李承言。

因爲她每一次都選擇了我，無論是過去，或是這次，她明明心裡難過，卻還是想給予我祝福。她比我勇敢，也比我更令人心疼。

♥

李承言以出國找親戚爲由，表示無法繼續擔任我的家教，並向爸媽致歉。

雖然爸媽說家教課可以等到開學後再開始，卻被他委婉但堅定地拒絕了，知曉其中隱情的樓思宇不知道跟爸媽私下說了什麼，自某天起，他們便很少在我面前提起李承言的名字。

梓秀一直認爲，我和李承言不需要斷得那麼乾淨，搞不好等雅慧喜歡上下一個男生後，我們就有機會在一起。

但李承言是雅慧的初戀，肯定很難忘懷，可能還需要過上好一段時間。所以這項作法的可行性有點低，畢竟到那個時候，搞不好李承言也對我沒感覺了。

期末考結束後，整個暑假我見到李承言的次數五根手指數得出來。聽說他去了很多地方旅遊，足跡遍布美國、歐洲、日本和泰國。

而我也刻意讓自己變得忙碌，參加社團暑期活動，和家人開露營車出遊，與兩個好朋友四處逛街，或者睡到自然醒，看小說漫畫、打遊戲。

只要不去想他，就不會那麼難過。

我如此相信。

然後，時間倏地就過去了。

九月份開學，升上高二的我愈加忙碌，課業和社團兩頭燒，我還毛遂自薦擔任幹部，每天除了上課，還要忙著處理社團大小事，積極參與幹部會議，除此之外，我也比以往更認眞讀書。

大家都猜我是不是受到了什麼刺激？說我好像變了一個人。

我只是想變成更好的自己，想讓李承言知道，我會變得更好，希望他能看見我的成長。這樣，或許他就會將眼光放在我身上久一些。

我們依然喜歡著對方嗎？

偶爾夜深人靜、特別感性的時候，我承認自己還是好想他。

我不明白這份喜歡爲何那麼不容易淡去，轉眼過了四個月，每次聽見李承言的名字，胸口仍感覺像被一隻貓給狠狠撓了一下。

聽聞他決定休學去澳洲打工度假時，我正在盛飯，腦袋瞬間一片空白，差點拿不住手上的瓷碗。

「向晚，小心點——」樓思宇眼明手快地扶住瓷碗，本想叨念我幾句，卻在看清我的臉色後噤聲。

接著，人在客廳的老爸高聲說李承言來了，我心中更是慌亂。

「妳去坐著，我來盛飯吧。」樓思宇壓低音量道。

「不、不用。」我還沒想好要用什麼表情面對李承言。「我可以。」

他瞅我一眼，轉身前去招呼好友，「承言，你來啦。」

我故意一碗一碗慢慢盛，把飯碗放上餐桌後，本來還想進廚房當老媽的幫手，只是她已經炒完最後一道菜，端著色澤誘人的糖醋排骨向我走來，「菜都好了，吃飯吧。」

跟在老媽身後，我私心想選一個離李承言最遠的位子入座，無奈大家都已坐定，還很「剛好」地留下他身旁的空位給我。

「承言，樓媽媽煮了很多菜，你多吃點。」老媽熱切地把那盤糖醋排骨往他面前推，「出國後，應該會很懷念這些家常菜吧？」

伸筷夾起一塊排骨，樓思宇笑道：「澳洲也有很多中式餐廳，他想吃就上館子唄！」

我始終低著頭，安靜地揀著一粒粒白飯送進嘴裡，並未參與話題。

他們聊了許多，從李承言爲何會萌生休學出國打工的念頭，到他爸對於這件事的看法和討論過程，再到他對於未來的規劃，餐桌上大家有說有笑，聊得很開心。

老爸舀了一大勺糖醋排骨到我碗裡，我拿筷子撥了撥，「我不吃青椒。」

「不要挑食。」老媽擰眉，「妳老是這不吃那不吃的。」

「給我吧。」李承言將他的餐盤移過來。

這一幕好熟悉，他不止一次這麼做過，只是之前被我無理取鬧地拒絕了。我突然好懷念從前與他吵架拌嘴的時光。

「沒關係，我吃。」鼻頭微微發酸，我很想哭，但不行。

好不容易撐到用餐結束，我準備上樓回房，李承言追過來叫住我，「樓向晚。」

我沒有回身，僅停下腳步，亦沒有答腔。

「妳瘦了。」

有嗎？我自己沒什麼感覺，「可能是因爲最近學校的事情比較多。」

「我聽思宇說，妳這學期很熱衷於社團。」

「嗯。」我低應。

他換上輕快的語調：「別再瘦下去了，看起來像是行走的骷髏。」

「都要走了，你還是要損我就對了。」我不滿地回嗆，舉步上樓，「討厭……」

李承言跟在我身後，「別彆扭了，小朋友。」

這稱呼令我皺眉，我猛然停下腳步回頭，不料竟重重撞上他的胸膛，我差點站立不穩向後倒，卻被他一把拉住，接在懷中。

他沒有立刻放開我，他身上那淡淡的洗衣精味道，依舊那麼好聞。

我的視線起霧，濕熱的氤氳悄然漫上眼眶。

「生氣了？」他眼裡有幾分笑意。

「我不是小朋友。」我的話聲藏著一絲哽咽。

他笑了，胸膛微微震動，我從他溫暖的懷抱退開，偷偷以指腹抹去淚水。

「向晚。」李承言輕輕拉著我的右手，「我後天晚上的飛機去澳洲。」

「嗯。」我明明不想在他面前哭，淚水卻不受控地洶湧而出。我知道自己還欠他一句道歉，「李承言，對不起。」

「因爲妳太笨？」他挑起一道眉，抬起另一隻手幫我擦去眼淚，神色溫柔無比，「還是因爲太愛哭？」

我吸吸鼻子，「我會沒事的。」

「嗯哼。」他淺笑頷首，「我知道。」

帶著濃重的鼻音，我問：「你去澳洲會不會交外國女朋友？」

「有可能。」

眞可惡，居然沒否認，還回答得這麼快……

李承言鬆開拉著我的手，後退一步，「好好照顧自己。」

「我會好好的。」因爲我身邊所有人都很疼愛我，包括你。

「那就好。」他雙手插進褲子口袋，勾起嘴角，「我走了。」

「李承言！」我一時衝動叫住他，眼前的淚霧模糊了他的身影。

雖然一度停頓腳步，但他沒有回頭，一步一步走下樓。

待在房裡，聽著樓下家人對李承言的殷殷叮囑，我胸口堵著一股悶氣，無處宣洩。

我從書架上抽出一本書，想藉著看書轉移注意力，不料那疊被我夾在書中的考試重點筆記，就這麼掉了下來。

那疊筆記是李承言上學期末特地爲我做的，樓思宇代爲轉交給我後，我怕看了會傷感，會想起他隱晦的用心，便把那疊筆記隨手夾進書裡，放到書架上。

我蹲下身拾起那疊筆記，漫不經心地翻了翻，突然注意到筆記的最末頁，底下有一行以鉛筆寫成的小字：樓向晚，妳知道我喜歡的是妳嗎？

「思宇沒跟妳說？」

原來，他指的是這個。

抱著筆記，我哭得不能自已。

我不值得李承言的喜歡，我太膽小，連不顧一切和他在一起的勇氣都沒有。

這一刻，我才徹底明白，儘管我已經在愛情和友情之間做出選擇，但喜歡他的心情，卻從未停止過。直到現在，我仍然是最不勇敢的那一個，連喜歡都說不出口，即便李承言明天就要搭機出國，我依然沒能鼓起勇氣向他說清楚自己的心意。

活該被罵愚蠢，活該失戀。

樓思宇走進房間，輕喚：「向晚？」

我淚眼婆娑地朝他看去，「哥，怎麼辦？」

他伸手扶住我的肩膀，柔聲安慰：「會好的，都會過去的。」

「可是好難受……眞的好難受……」

年少時喜歡上一個人，就算不能跟對方在一起也沒什麼，畢竟遺忘的速度很快，還會再有下一個喜歡的人的。我始終這麼相信，可是我還是覺得好難過，難過得像是迎來了世界末日。

「我喜歡李承言……我喜歡他……」我泣不成聲。

我不想要喜歡下一個人，不管是誰我都不要，如果不是李承言就不行。

無計可施之下，我只能不斷說服自己，一切都會過去的，一定會過去的。

後來，梓秀告訴我，嚴格來說，李承言才是我的初戀，因為這是我第一次如此深刻地喜歡上一個人，伴隨著錐心刺骨的疼痛。

再後來的某一天，莉婷學姊大概是和我哥有了些進展，應邀來到家中作客，偶然間聊起她送給我哥的高中畢業禮物，還是她和李承言一起去買的，就在他們在咖啡店巧遇我的那天。

她還告訴我，李承言陪她買完禮物後，說要回去咖啡店找我，我在店裡等了顧源浩多久，他就站在店外的對街等了我多久，連雨傘都是在便利商店臨時買的。

莉婷學姊以為我已經釋懷了，才會提及那段插曲。沒有人知道，當天晚上我躲在棉被裡痛哭流涕。

梓秀問我：「如果當初承言學長堅持要跟妳在一起，是不是結果就會不一樣？」

「或許吧。」我呼出一口氣，「但那是我做下的決定，是我選擇了友誼。」

每個人終究要為自己的決定負責。

所以這些年過去，我始終不曾聯絡李承言，我接受了那份遺憾，繼續在人生中尋尋覓覓，儘管我時常不知道自己要找的是什麼。

但沒有關係，至少我知道，那個深深烙印在我心底的人，曾經同樣眞心實意地喜歡過我，那就夠了。

第十一章　有一種重逢很可怕

冷靜、冷靜。

深呼吸。

先讓我想想，究竟爲什麼會發生這種事？

一個半月前，大學同學依珊在得知我想換工作後，興沖沖地推薦了她公司裡的現有職缺給我，說如果我有興趣，她可以舉薦我面試。

那間公司規模不大，一共只有三十五名員工，但開出的薪水和福利都不錯，提供三節獎金、員工旅遊、定期公司聚餐和進修補助，年終至少兩個月，升遷與加薪制度完備；此外，每天幾乎都能準時上下班，剛進公司第一年就有十五天特休，以及支薪的生日假和生日禮金。

這一連串聽下來，我找不到任何不去面試的理由，甚至還非常希望可以被錄取。

爸媽和樓思宇也都點頭支持，接獲錄取通知當天，他們比我都要開心，大概是覺得資質平庸如我，還能進到這種條件不錯的公司，實屬不易。

我花了近一個月的時間，才總算從前一間血汗公司順利離職，再給自己十天假出國旅遊，五天假收心，今天來新公司報到。

現在回想起來，事情自一開始就很不對勁，爸媽和樓思宇在聽聞我要去這間公司面試時，並未坦白告訴我，歐創股份有限公司是某人一手創辦的。

他們不可能不知情。

儘管這幾年他們盡量避免在我面前提起李承言，但私下應該仍與他保持聯絡，否則我實在想不出家裡有哪個親戚朋友那麼勤勞，逢年過節都會從國外寄禮盒過來。

那他們爲什麼不告訴我？

得知我被公司錄取後，他們之所以那麼開心，該不會就是在期待我發現眞相的這一天？

在毫無預警之下見到李承言，我整個人都呆住了

天啊……

我本來以爲，人只有在將死之際，過往的許多片段——那些特別幸福的、傷痛的，才會在腦海中宛如跑馬燈般一閃而過。

沒想到在見到他的這一刻，那些與他有關的過往，如潮水般湧上心頭，每一幕畫面都清晰如昨，就好像那段橫亙在我們之間的空白歲月不曾存在。

在幾次深呼吸後，我做出一個十分丟臉，且會被知情者百般唾棄的決定。

勉力堆起淺笑，我聽見自己怯懦地向坐在面前的男人說：「初次見面，您好，我叫樓向晚。」

那男人面無表情地盯著我看，令人窒息的沉默蔓延開來，五坪大的辦公室裡只聞掛在牆上的復古時鐘秒針滴答作響。

不知道過了多久，我終於鼓起勇氣，抬起低垂的頭，迎向那男人的目光。

他那雙桃花眼向上勾揚，薄厚適中的好看脣瓣綻出一抹耐人尋味的笑，「樓向晚，好久不見，我很想妳。」

就算不滿我裝作不認識他，也不用以這種完全不給人台階下的方式，戳破我拙劣的謊言吧？

我恨恨地想，這個男人怎麼還是跟以前一樣討厭！

站在身旁目瞪口呆的人事主管，大概是察覺氣氛尷尬，乾笑道：「總經理，你們認識？」

「不認識！」

「認識。」

我和李承言南轅北轍的答覆，令人事主管不知該如何是好，囁嚅道：「那個……」

「林峰，可以了，你先出去吧。」

「好的。」他連忙應聲，顯然一刻都不想多待。

別走啊！我在心中哀號。

李承言端坐在辦公桌後的皮椅上，手指在桌上輕輕敲著，也不急著說話，臉上似笑非笑。

我揣測不出他的心思，只覺自己無法再忍受這樣的沉默。

算了，我始終是沉不住氣的那一個，「李承言，你明知道是我，爲什麼還要錄取我？你都不會覺得尷尬嗎？」

「不會。」他倒是回答得乾脆。

「爲什麼？」

「尷尬是面對前女友才會有的情緒，妳又不是。」他平靜地望著一臉激動的我。

他講這話不是讓我更難堪嗎！

「我要離職。」

他提醒：「妳今天才第一天報到。」

「我不要當你的祕書！」

「樓向晚，妳怎麼還是跟以前一樣幼稚？」李承言語氣夾雜著一絲無奈。

遇到你我就是會這麼幼稚！

我嚥下想說的話，不甘願地抿緊雙脣。

李承言看著我半晌，隨後低頭翻看起桌上的文件，未再多瞧我一眼，「等妳辦完報到手續，林峰會帶妳熟悉公司環境，並交代妳今後的工作事項。現在，妳可以出去了。」

我一刻也不願多待，轉身打開門，卻發現林峰就站在門外等我。

「樓祕書，這是妳的座位。」他笑容可掬地指向距離門邊僅幾步之遙的辦公桌，「報到需要填寫的文件、保密條款以及合約都已經放在桌上，妳寫完再連同我前天信裡請妳攜帶的資料一併交給我就行。」

我愣怔地點頭，還沒完全從和李承言意外重逢的衝擊中回過神，更無法頂著林峰親切的目光，說出自己想要離職這種話。

「不然，我先帶妳去熟悉環境吧。」林峰觀察我的表情，主動提議，接著一路領著我去到會議室、茶水間、用餐區、休息區、化妝室等地，並將我介紹給各個部門的同事。

繞了一圈介紹完，林峰離開前，我喚住他，「林經理……」

「怎麼了？有什麼問題嗎？」

「不好意思，」我想了想，還是覺得應該向他道歉。「剛剛在總經理室時，讓你尷尬了。」

「沒事。」他笑了笑，「身爲人事經理，不聽、不看、不言、不好奇，是我向來奉行的職業守則。」

簡言之，就是聽見了也會裝作沒聽見，看到了也會裝作沒看到，就算察覺我和李承言之間不對勁，他也不打算多問。

「謝謝你。」

他點點頭，「有問題隨時都可以再問我。」

午休和依珊一起出外用餐，她跟我提到許多李承言的豐功偉業，包括他年紀輕輕就成立歐創這間公司，並在短短兩年間，將公司拓展至如今的規模。

她還說，總經理祕書這個職位，一直是公司女同事們心目中的肥缺，上一任總經理祕書是位中年阿姨，自公司剛成立時就到職了，兩個月前因爲決定與老公一同回南部定居，才提出辭呈。當時有很多女同事，包括她在內，都想毛遂自薦調任，卻一律被林峰以動機不純給擋了下來。

「向晚，大家都很羨慕妳能成爲總經理祕書耶！」依珊眼中閃爍著對一個男人的景仰和崇拜，而我，卻像是從別人口中，重新認識一個曾經熟悉的陌生人。

九年光陰匆匆，晃眼即過，我以爲李承言對我的影響已然隨著時間淡去，誰知當他再次站在我面前，我仍會爲了他心慌意亂，手足無措。

桌機電話的紅燈閃個不停，我按鍵接起，話筒傳來李承言的聲音：「樓祕書，進來。」

我從座位起身，進去之前禮貌性地敲了兩下門。

李承言站在辦公桌旁，手裡拿著一份資料夾，眉宇間隱約透露出不悅，「把這個拿去業務部，請負責的同仁和法務重新修改過再交上來。」

「好。」

我乖順地點頭，正欲上前接過文件，他卻突然收手，嘴角勾起一抹笑，「不吵著要離職了？」

面色一僵，我支支吾吾地開口：「我、我要回去想想。」

「林峰說妳已經完成報到手續。」李承言將資料夾遞給我，「即使妳現在遞辭呈，我也不會受理。」

「你就一點都不介意？」

「介意什麼？」

「介意我——」

他打斷我的話，「介意妳是我喜歡的人？」

我低下頭，緊緊地抱著資料夾，「是『曾經』喜歡過的人。」

「樓祕書，我是個公私分明的人。」靜默半晌，他才再次出聲，「妳是依珊推薦的人選，林峰也認爲妳各方面條件都符合，所以才會錄取妳。」

我都不知道依珊一個小小的業務組長，還有這麼大的面子，可以讓她推薦的人選被列入優先考慮範圍。但聽李承言這麼一講，彷彿一切眞的都只是公事公辦，卻又讓我心裡莫名地感到不太舒服。

本來嘛……都過九年了，對他而言，我怎麼可能還會是什麼特別的存在。

「總經理，如果你沒有其他事要交代，我先出去了。」這聲稱謂，把我和他的距離拉開至安全範圍。

李承言在辦公椅上坐下，「出去吧。」

把資料夾送到業務部後，我回到座位，心不在焉地翻閱林峰交代我要盡快記熟的資料，裡面包含公司的作業流程，及各部門負責的工作項目。

林峰來關心過我幾次，擔心我有哪裡不習慣，或是有什麼地方不懂，我很感激他的親切和熱心，但我眞正的問題他是幫不了我的。

好不容易熬到六點，我匆匆按下通話鍵，告知李承言我要下班了。

「辛苦了。」不冷不熱的聲音自電話那頭傳來，然後就掛斷了。

返家途中，我思緒一片雜亂，我無法只把李承言當作公司老闆看待。

我曾經幻想過無數次我和他會如何重逢，但像今天這樣的場合，卻是我始料未及的。李承言就這樣回到我的世界，在我毫無防備的時候。

我以爲，經過這麼多年，再次與他相見，我一定可以做到泰然自若，微笑以對，就像個成熟的大人，可那只是我以爲。

夜幕低垂，我獨自坐在客廳的沙發上，連燈都沒開，等著看誰先回家面對我的發難。

樓思宇是第一個倒霉鬼。

「嚇我一跳！」他一打開電燈就嚇了一大跳，「向晚，妳爲什麼不開燈啊？」

「我在等你。」我哀怨地說。

「等我也可以開燈啊。」

看著坐到我身旁的哥哥，我沒好氣地道：「我今天見到李承言的時候，也嚇、了、一、跳。」

「你們見面了？」他的眉毛高高挑起。

「不要裝作一副很吃驚的樣子，也不要告訴我你不知道。」

樓思宇輕咳一聲，「那很好啊。」

「你跟爸媽早就知道這間公司是李承言創辦的，爲什麼不告訴我？」

「我們是眞心覺得承言的公司不錯，未來大有可爲。」他舉雙手比讚。

我瞪他，「不要顧左右而言他！」

「說了妳就不會去面試了。」

「我本來就不該去面試，不該當他的祕書！」想起今天初見李承言的那一刻，我就不由得歇斯底里起來，「你們都不知道，其實我——」

「還忘不了他？」

「怎麼可能……」我別過目光，矢口否認，「這些年我又不是沒有和其他人交往過，李承言已經是過去式了。」

他用鼻孔哼氣，顯然不信，「眞的過去了嗎？」

「或許……還剩下一點點……」我有些心虛。

「好吧。」他雙手抱胸，似是打算與我深談，「說到妳這幾年交往的對象——」

我趕緊打斷他，他上次提起我的前男友就嘮叨個沒完。「好了，別說了，我知道，誰年輕時沒遇過幾個渣男呢？」

「還有媽寶。」

「嗯。」

「還有宅男。」

「他不算宅男啦，只是愛打電動，還有愛買蘿莉模型，但他的型還是挺陽光的。」

「對我而言，那就是宅男。」樓思宇睨我一眼，搖頭嘆氣，「誰會在女友生日那天，帶著她去排限量版的蘿莉模型？」

「你別再說了。」我噘嘴，「被你這樣一講，好像我眼光很有問題。」

「妳眼光本來就有問題。」頓了頓，他補上一句，「承言除外。」

我抱頭呻吟。

「妳人生遇到過最優質的對象就是承言了，還不好好把握。」

把臉埋在靠枕裡，我悶聲開口：「我和他已經錯過了。」

「你們現在有第二次機會。」

「他說他公私分明，錄取我並不存私心。」

「那是官腔。」

我猛地抬起頭，「是嗎？」

樓思宇笑著輕捏我的臉頰，「妳看妳，明明就很在意。」

撥開他的手，我長嘆口氣，「你說我現在還喜歡他，有可能嗎？」

「怎麼不可能？」他好笑地看著我，「嘗試過幾種不同的料理後，才會知道自己最喜歡的是哪一種啊。」

這比喻也是絕了。

「你是把我的前男友們比喻成各式料理嗎？」

「嗯，不好吃的那種。」

「喂！」老哥講話還眞是不客氣，我嘴硬道：「青菜蘿蔔各有所好嘛！」

「向晚，妳知道爲什麼我和爸媽這些年都不太在妳面前提起承言嗎？」樓思宇語氣帶上認眞。

「……怕我介意？」

「是怕妳難過。」他嘆道，「雖然妳也交過幾個男朋友，但我們都知道，妳心裡還是放不下承言。」

「你們就那麼肯定？」

「從妳的態度就看得出來，妳雖然陸續與幾個男人交往過，卻不是很在意他們讓妳受委屈，那樣的包容並不是出自於愛，妳不要搞錯了。」

我想要反駁，卻找不出理由。

「每次分手後，妳雖然都會消沉幾天，但很快就能振作起來。這麼多年，妳只有在聽到一個人的名字時，會發呆、魂不守舍，甚至不知不覺紅了眼眶。」

「還眞是一點餘地都不留給我。」我苦笑。

樓思宇雙手搭上我的肩膀，「以前妳因爲介意雅慧，才選擇不跟承言在一起，但她現在已經有了未婚夫，而妳也正好單身，承言更出現在妳面前，這不就是合適的時間嗎？」

「什麼合適的時間？」

「合適相愛的時間。」

「可是李承言……」都過去九年了，他對我的那份感情還會一樣嗎？

「他也交過女朋友，但交往期間都很短暫，每次我問他分手的原因，得到的答案都一樣，他說就是缺了點什麼。」

「那是什麼意思？」我皺眉。

「連這都不懂？」他頗爲無奈，「他的意思是，因爲那些人都不是妳啊。」

「你怎麼知道？」

他兩手一攤，「我猜的。」

「哪有人這樣的！」

「那妳就去試試看嘛！」樓思宇像是被我的反應逗樂，微微一笑，「證明我說的是對的。」

「……那如果你說錯了呢？」

「向晚，每個人一輩子，都該爲了眞愛鼓起勇氣一次。」他揉揉我的髮頂，「有什麼比時間更能證明一切？這次重逢，如果你們對彼此的心意都沒有改變，那就應該在一起，沒有理由再放手了，知道嗎？」

爸媽今晚去朋友家作客，和樓思宇一同用過晚餐後，我回到房間，躺在床上盯著天花板發呆，心中有股不眞實的感覺。

想到明天還會再見到李承言，就覺得這九年的時間好像一場夢一樣。

原來，他休學去澳洲打工度假兩年後，直接在當地申請大學，三年後畢業，又前往加拿大取得碩士學位才回國，接著便成立「歐創」這間公司，以網頁設計和系統製作起家，而後發展APP領域，並透過求學期間在國外認識的人脈轉介，透過接案的方式成功開拓海外市場。

李承言是個實踐家，他果眞實現了當初創業的夢想，一旦他下定決心，沒有什麼事情是他做不到的。

樓思宇說的沒錯，李承言的確是我喜歡過最優秀的男人。

丟在身旁的手機連續震動了幾下，有來自前男友陳浩的訊息，也有梓秀和雅慧的。

我和陳浩過去交往的時間並不長，大三下交往，大四上分手，認眞算起來也才半年多，兩人個性不合，經過討論後和平分開，這幾年雖然斷斷續續有聯絡，但我以爲彼此應該都沒有想再續前緣的意思。

一個半月前在同學聚會上，幾杯黃湯下肚，他突然對著我說了一些曖昧的話，這陣子也開始頻繁地傳訊息給我，如今又關心起我新公司如何，到底是想幹麼？

思忖半晌，我決定先冷處理，免得回應得太過頻繁，會讓陳浩誤以爲我對他還有意思，那就不好了。

我略過陳浩的訊息，直接打開閨密群組。

「樓向晚，第一天到新公司都不用報告一下情況唷？」梓秀表達關心的方式十年如一日，總是這麼蠻橫。

雅慧則依然溫柔：「該不會是喪氣到都不想說話了吧？嗯，雖然妳之前沒接觸過科技業，但慢慢學習的話，應該還是可以的。不要氣餒，加油！」

梓秀不以為然：「拜託，就只有妳老是把樓向晚當小女孩看，她有這麼脆弱嗎？」

雅慧送上一張表示委屈的貼圖：「話不是這麼說啊。」

梓秀盯上我：「有人已讀了，快現身說法！」

我哭笑不得，「妳們想要我說什麼？」

「當然是說說新公司怎麼樣啊？妳大學的朋友，那個誰……依珊不是說有帥老闆嗎？」

梓秀連續發了幾張表示興奮的貼圖。

我手上一頓，將原本打好的句子刪掉，想了幾秒才重新輸入，「嗯，有，李承言。」

「哎喲，我的媽啊！妳怎麼還想著承言學長啊？」

我比較想知道為什麼梓秀的反應會是這樣，天知道我有多久沒有提起過他了。

「我是說，那個帥老闆……就是李承言。」

這條訊息被她們已讀後，聊天群組約莫安靜了五分鐘，接著——

梓秀連珠砲般發來訊息：「天呀！真的假的？也太巧了吧！不對，當初妳要去承言學長的公司面試時，妳哥怎麼沒跟妳說？那你們兩個有來個感人大重逢嗎？」

她開心得要命，彷彿忘了雅慧也在群組裡。

於是我選了張要她閉嘴的貼圖，按下送出。

然而，雅慧的訊息下一秒就來了，「好棒，真是太好了！」

梓秀跟進：「就是說啊，妳這次可不要再搞砸了。」

「搞砸什麼？」這些人真是的，怎麼一個個都這樣。

「向晚，妳要好好把握機會。」從文字就能想像雅慧叮囑我的語氣。

「妳終於要談一場像樣的戀愛了，我好感動。」梓秀也說。

直到今天我才知道，這些年來，我的家人好友其實將很多事情都看在眼裡，只是見我不願承認，他們也就不說破。

梓秀冒出一句：「妳現在應該會對新工作充滿幹勁。」

「爲什麼？」

「因爲有承言學長在啊……」

她的揶揄，換來雅慧的一張大笑貼圖。

梓秀又問：「承言學長還是跟以前一樣帥吧？」

聞言，我不由得一愣。

今天我一直處於驚魂未定的狀態，沒能好好細看李承言，只記得他穿著鐵灰色襯衫、黑色西裝褲，沒有繫領帶，襯衫第一顆扣子是打開的，兩隻袖管捲至手肘處，一身成熟男人的瀟灑帥氣，眉宇間也充滿沉穩自信。

這麼想想，還眞的是挺帥的……

收起臉上險些浮現的花痴笑，我故作冷靜，「不就那樣。」

梓秀給了一張賊笑貼圖，「少來，妳心裡也一定小鹿亂撞了吧？」

雅慧附和：「辦公室戀情耶，有點浪漫。」

「妳可以在辦公室撲倒他。」梓秀到底是把我想得多飢渴？

我無奈地翻了個白眼，「呵呵。」

「誒，我說眞的，『鐵三角』裡只剩下妳還單身了，給我振作點！加油，好嗎？妳可以的！」梓秀怎麼瞬間就改端出心靈雞湯了？

「謝謝妳唷！」我又是好氣又是好笑地回。

「向晚加油！我們愛妳。」最後以雅慧這則訊息作終。

我和她們倆的友情持續了十幾年，這些年來，雖然我曾爲沒能和李承言在一起而感到難過遺憾，卻從來沒有後悔過當初的決定。

雅慧在大二的時候才接受一位長相白淨斯文的大四學長，兩人交往至今，堂堂邁入第五年，上個月那位幸運的男人求婚成功了，預計將在年底完婚。至於梓秀，她一直都看似對異性興致缺缺，我曾經懷疑她喜歡同性，結果去年她驚爆自己對公司一名新進男職員一見鍾情，經過三個月的追求，順利抱得男人歸，眞是深藏不露的高手。

相較之下，只有我還被困在那段過往中而不自知，談過的幾段戀情，不是男方覺得我不夠認眞，就是嫌我無趣、難以找到共同的話題。我承認最根本的原因，在於我沒有用心經營兩人之間的關係，因爲我不夠愛他們。

長得漂亮又如何？心底始終惦記著另一個人的我，終究無法成爲其他人生命中不可或缺的女主角，我的戀愛告急，我自己要負起絕大多數的責任。

點開手機相簿，我找到李承言的照片，那是雅慧趁著與李承言約會時偷拍的，即使換過幾次手機，我仍保存著這張照片。

年輕時，我不明白李承言對我的好，看不見他藏在刻薄言詞下的關心，埋怨他不夠體貼、不夠溫柔，卻不曉得那是面對初戀時的不知所措和莽撞。

那段時光，無論好的、壞的，都有他陪在身邊，而他給了我，那時他所能付出的一切。

我相信，每個人一生中，都會有一個任誰也無法取代的人。

對我而言，李承言就是那個人。

兩週的新進員工蜜月期結束，我算是徹底體會到什麼叫跟著李承言一起工作一點都不好過。當初林峰好心提醒我時，還被其他同事認定他只是在嚇唬我。

公司的女同事們都以爲，總經理祕書只要整天打扮得漂漂亮亮坐等召喚，做些像是泡咖啡、訂出差機票之類的小事，然後時不時給李承言一枚迷人的笑容，再等著哪天一場怦然心動降臨，甜蜜譜出辦公室戀情，便能晉升總經理夫人。

根本不是她們以爲的那樣！

每天李承言交辦的事情多如牛毛，忙得我連補妝的時間都沒有。當然也有可能是因爲上任祕書有過相關經驗，讓她做起事來如魚得水，看在外人眼裡自是一派輕鬆；而我就是一介新人，又得面對完全不熟悉的產業，很多東西都必須從頭學起。偏偏祕書的工作內容繁雜瑣碎，如果動作太慢，很容易就會手忙腳亂，跟不上主管的步調。

「重做。」

「重做。」

「重做。」

我發誓，李承言要是再讓我聽見這兩個字，我絕對——

「樓祕書，妳會議紀錄裡的細項——」

「好，我知道了，我去重做。」收回幾分鐘前才剛交到他桌上的會議紀錄，我微微欠身，皮笑肉不笑道：「我會重新寫一份交上來。」

「等等。」李承言叫住正要離開的我。

深呼吸、吐氣，我勾起僵硬的嘴角回頭，「總經理還有什麼事嗎？」

他將我從頭到腳打量了一遍，視線停在我臉上，卻沒有馬上開口。

我知道自己現在這副模樣肯定很狼狽，襯衫和窄裙有了明顯的摺痕，馬尾鬆垮垮的，臉上的妝應該也掉得差不多了。

但這不能怪我啊！公司最近剛接下一樁大型合作案，正忙著進行最後階段的資料統整，一早開完會，我馬不停蹄地跟著研發部的同仁在資料庫裡翻查文件，期間還得與法務部、業務部和工程部再三確認，然後李承言又一直催我提交進度報告。午餐我只隨便扒了幾口飯，連上廁所都逼自己在三分鐘內完成，哪還有閒工夫整理服裝儀容？

李承言看得我一陣尷尬。他到底是什麼意思啊？

我嚥下一口口水，挑眉問：「我可以出去了嗎？」

不是很急著今天就要我彙整報告嗎？他這是在浪費我的時間耶！

李承言自座位起身，舉步朝我走來，並突然伸出手。

「你要做什麼？」我縮了一下。

「別動。」他一手箝住我的下頷，另一手拇指在我頰上抹了抹。

我愣愣地望著他，「我、我臉上沾了什麼東西嗎？」

「藍色原子筆的墨水。」李承言以指腹輕搓我的臉，低聲嘆了口氣，握住我的手，把我帶到他的座位旁邊。

我居然沒發現自己臉上沾了墨水，還以這副模樣跟他說了那麼久的話？

我倒抽一口氣。

好、丟、臉！

李承言鬆開我的手，從抽屜找出濕紙巾遞給我，我正想接過，卻在自己的掌心與指尖瞥見了醒目的藍色墨水痕。他再次嘆了口氣，逕自為我將手上的髒污擦拭乾淨。

「李承言……」他不說話是因爲覺得我笨手笨腳嗎？

他繼續抽出另一張溼紙巾替我擦臉，動作放得更輕柔，不知道是有意還是無心，他的臉離我好近，我的雙頰不可抑制地泛起一片紅熱。

「你以前不會這麼照顧我的，是轉性了嗎？」爲了掩飾羞澀，我硬是沒話找話，「你突然對我這麼好，我會害怕，而且你不是說你會公私分明？這、這不像是總經理會對祕書做的舉動吧？」

李承言的目光輕飄飄地從我臉上掠過，「我不會幫女人綁頭髮，妳可能要自己去洗手間重綁。」

他將用過的濕紙巾丟進垃圾桶，我原本打算趁機逃離，卻又被他拉住手臂。

「你到底怎麼了？」

「很怪嗎？」

「非常奇怪。」我接著說：「總經理，你現在這是在對我差別待遇……」

他眼底漾出淺淺的笑意，「我只是在照顧好朋友的妹妹。」

這個答案眞是讓人很不滿意，我有點失落，低哼一聲，「總經理，我該去忙了。」

言下之意就是要他放手。

他不動如山，張口就問：「這麼多年來，妳就沒想過要找我嗎？」

我望著他，一時之間不知道該如何回答。

其實我好幾次想要打電話給他，想要傳訊息給他，但始終提不起勇氣，怕他已讀不回，怕他回覆得冷漠，怕得知他交了女朋友，更怕讓他知道我還惦念著他。

「沒有。」

愛情裡最不需要的，就是愛面子。這個壞毛病，我至今仍改不掉。

李承言揚起一抹略帶苦澀的笑，「好險妳沒有找我，我的LINE之前被盜帳號，所以換過，電話也換過。」

即便如此，假使我眞的想找他，大可以去問樓思宇，這點他一定也很清楚。

他露出苦笑，是因爲我從沒想過要找他？

想到這裡，我忽然有種想要觸摸他的衝動，他卻在此時鬆開我的手臂，「去忙吧。」

愣了下，我選擇沉默地轉身離去。

我知道自己對他還有感覺，但我就是放不下姿態，而我非常討厭這樣的自己。

拿著手機和化妝包走進洗手間，我躲在廁間裡偷偷發語音訊息給梓秀和雅慧，把剛才的情況簡單扼要地說明過一遍，想尋求她們的建議，之後便走到鏡子前整理儀容，重新綁好馬尾，再補了點蜜粉和口紅。

這時，放在洗手台上的手機瘋狂震動了起來，屏幕上滿滿都是那兩個人傳來的訊息。

梓秀：「樓向晚，妳是不是傻啊？眞是個笨蛋！」

雅慧：「妳怎麼沒向他坦承自己的心意呢？」

梓秀：「這還用問，樓向晚這個傲嬌就是說不出口啦！」

雅慧：「承言學長是男人，應該要主動一點。」

梓秀：「ㄉ戲拖棚就像你們這樣，都過九年了，還是一點長進也沒有，就不能直率一點嗎？」

「怎麼直率？直接撲上去嗎？」我忍不住回了一條訊息。

「當然啊！」梓秀還順便送我一張撲倒的貼圖。「九年了還忘不了他，妳到底還要顧什麼面子啊？趕快親上去啦！親上去他就是妳的了。」

差點噴笑出聲，我邊回訊息邊走回座位，卻驚恐地發現李承言雙手環胸，不知道已經在總經理室門前徘徊了多久。

「李——」不對，這還在公司呢！我連忙改口，「總經理，有什麼事嗎？」

他走近幾步，「我在等妳。」

「等、等我？爲什麼？」我瞪圓了眼睛。

「我需要妳陪我去一個地方。」

「洽公嗎？」

「不算。」

不算？我滿臉疑惑，「那是？」

「跟我走。」他的語氣有些霸道。

「如果不是洽公，那現在還沒到下班時間……」

李承言抬手盯著腕錶，一張臉繃得緊緊的。

「今天不是要趕著交提案嗎？」我小聲說。我都準備要加班了。

「明天再交。」他頭也不抬。

「那個……」現在是什麼情況？

靜默了一陣後，他的目光終於從腕錶移開，看著我說：「下班。」

瞄向牆上時鐘，剛好六點整。

我慌張地收拾東西，「你、你要我跟你去哪裡？」

見我背好包包，李承言一把拉起我的手就想往外走，卻被我稍微使力拖住。

「總、總經理……」

在公司裡牽手不好吧？我以眼神示意，搖了搖被他握住的手。

他正想說話，我注意到一旁有同事經過，連忙心驚膽跳地甩開他的手。

「總經理要下班了？」業務經理笑容燦爛，「今天好早。」

雖然公司不鼓勵員工加班，但身爲老闆的李承言，倒是經常加班到很晚。

「有事。」李承言簡略答道。

業務經理舉起手中的資料夾，「那企劃案——」

「先放樓祕書桌上。」話聲方落，他逕自邁步。

「樓祕書也要下班啦？」業務經理見我打算跟上去，多嘴問了一句。

「嗯，對，家裡有點急事。」我不自在地笑了下，深怕他會把我和李承言難得的準時下班聯想在一起。

幸好他不疑有他，朝我揮手道別，「那明天見啦！」

我做賊心虛，刻意與李承言保持一小段距離，中途還遇到幾名向我打招呼的同事，所幸我以家裡有事作爲藉口，大家便沒有與我多聊。

直到跟著李承言搭乘電梯至地下停車場，暫時不用擔心會被同事撞見，我才加快腳步走到他身畔，「我們到底要去哪裡？」

他還是沒有回答我，拉開車門，先讓我坐進副駕的位子後，才繞到另一邊上車。

這人總是有能令我煩躁的本事。

「李承言，你打算都不理我嗎？」悶死人了，他就只專心開車。

趁著紅燈，他轉頭拋來一句：「不然妳希望我一手牽著妳嗎？」

被他這話給激得羞紅了臉頰，我慌張地舉起雙手拉著橫在胸前的安全帶，「不、不是……」

樓向晚，妳到底要多沒用？連他一、兩句話都招架不了嗎？又不是沒有過戀愛經驗，在他面前動不動就不知所措是怎樣？之前幾個男朋友難道都交假的？

我在內心鄙視自己，扭頭面向車窗，漫不經心地望著外頭掠過的街景，思忖著他到底要我陪他去哪裡。

「生氣了？」李承言問。

我搖搖頭，想起稍早在他辦公室裡的對話，脫口而出：「李承言，那這些年來……你有想過要找我嗎？」

「聽思宇說妳陸續交過幾個男朋友。」

所以他才沒有找我，是這個意思嗎？

車子行駛進百貨公司的地下停車場，找到空位停妥，他問：「妳現在單身嗎？」

我擰眉，回頭想瞪他，卻瞬間跌進他的笑容裡。

「嗯？」他耐心地等待我的回答。

「我哥沒告訴你嗎？」

「我想聽妳親口說。」

這人……

「單身。」沒辦法，他的表情太犯規。「我現在單身。」

「很好。」他臉上的笑意更深了，主動靠過來替我解開安全帶。「走吧。」

他是故意的吧？見到我為他臉紅很得意嗎？

一路跟著他來到百貨公司一樓的T牌珠寶專櫃，見他正要推門而入，我連忙拉住他，「你來這裡做什麼？」

「買東西送人。」

「送誰？女人？你女朋友？」照樓思宇那天的說法，李承言現在應該是單身啊，難道有喜歡的人了？曖昧對象？還是朋友以上、戀人未滿？

不對，我現在是以什麼身分質問他？

李承言單手插在口袋，笑著睨我一眼，「難不成是送男人嗎？」

很難說啊，搞不好這些年你口味變了。

算了，這句話我還是別說得好。

「你有喜歡的人了？」我扯動脣角，深怕臉上會流露出失落。

他沒有回答，轉身推開玻璃門。

專櫃銷售人員堆上燦爛的笑容前來迎接，「您好，請問有特別想看些什麼嗎？」

「項鍊。」他答得很快。

「好的，沒問題，這邊請。」

我們尾隨在銷售人員身後，來到一排玻璃櫥窗前。

「請問是小姐要戴的嗎？」服務人員客氣地問。

「不是。」我反射性地否認。或許是怕由李承言開口否認，我會更加失望難受，所以寧願自己說出口，也讓自己認清現實。

李承言沒有反駁我，只道：「看看有沒有喜歡的。」

「又不是要送給我的……」我小聲嘀咕。

儘管銷售人員仍然笑容可掬，但她臉上那一閃而過的尷尬，我還是看得很清楚。

壓下心中的不悅，我微微彎身，透過玻璃櫥窗挑了幾條喜歡的項鍊。

我一邊聽著銷售人員的介紹，一邊一條條試戴給李承言看，心情漸漸沉入谷底。我為什麼會淪落到陪他挑禮物給他喜歡的女人？

樓思宇不是說……我可以試著跟他重新開始嗎？

「幫我把這條項鍊包起來。」經過我反覆試戴，李承言終於指著我脖子上的那條項鍊發話。

18K玫瑰金的鑽石項鍊，也是我最喜歡的一條。

想到他買下這條項鍊是爲了送給其他女人，我連維持禮貌的微笑都做不到。

將項鍊從脖子上摘下後，我退到一旁，站得離他遠遠的，見他結完帳，提著一個精美的提袋走來，我立刻推門走出店外。

「任務達成，我先走了。」我悶聲說。

「我送妳回去。」

「不用了。」

「樓向晚……」李承言擋在我面前。

我覺得委屈，低垂下頭，悄悄紅了眼眶，「我不用你送。」

「妳在生氣嗎？」他拉住我。

「我有什麼好生氣的？」我口是心非道：「我是替你高興，希望你可以用這條項鍊抱得美人歸。」

這種程度的酸言酸語，連我自己都聽不下去。爲什麼只要對上李承言，我總是這麼不爭氣？

「我也希望。」

他不說話還好，說這話不是火上加油嗎？

我咬緊牙根道：「你眞的不用送我，我自己回去就可以了。」

「如果我堅持呢？」

撥開他的手，我快步走向電梯。

最後，我還是坐上了李承言的車。

返家途中，我們誰也沒說話，我猜不透他的想法，也不想知道。

反正他現在有喜歡的人了，而那個人，不是我。

或許我該認眞考慮要不要辭職了。在樓思宇和好友們的推波助瀾下，讓我對於與李承言的重逢，產生了太多不切實際的期待。

我沒有辦法眼睜睜看著他和別的女人交往，看著他因爲別的女人露出幸福的笑容。

都是樓思宇的錯！我回去就要立刻找樓思宇算帳！

「謝謝你送我回家。」

打開門準備下車時，他握住我的手腕，「樓向晚，妳是不是還喜歡我？」

「你……」我頓時全身僵硬。

「妳喜歡我嗎？」

驚愕稍稍退去後，我心中隨即湧上一股怒氣，「李承言，你不要太自戀，誰喜歡你啊！」

都已經有喜歡的女人了，還來招惹我幹麼！

甩開他的手，我氣沖沖地下車，連關車門都很用力，藉此表達我的不滿。

開什麼玩笑！剛剛才帶我去買要送給別的女人的禮物，現在卻問我還喜不喜歡他？我看起來有這麼好欺負嗎？

李承言這個討厭鬼、王八蛋！

「樓思宇，都是你害的！你要負責！」

我氣勢洶洶地衝上樓，二話不說便直接闖入樓思宇的房間。

他和莉婷學姊原本抱在一起，兩人瞬間彈開，無比尷尬地看著我。

「向、向晚，妳爲什麼不敲門？」

這還是我第一次看見樓思宇臉這麼紅，但此刻我沒心情欣賞，「因爲我很不爽。」

「妳不爽跟不敲門是兩回事吧？」

「你確定你現在要跟我討論這個問題？」我雙手環胸，冷冷道。

「向晚，妳怎麼了？」莉婷學姊柔聲問我。

我指著樓思宇的鼻子罵，「你不是說我跟李承言可以試著重新開始嗎？」

「對啊。」

「可是李承言已經有喜歡的女人了，你居然不知道？」我焦躁地在他房裡來回踱步。

「你們說說看，他是不是很離譜？就算他不知道我對他還有感覺，也不該帶著我去挑他要送給其他女人的禮物吧？而且買的還是T牌的項鍊！他根本就是存心要讓我難過……這是報復吧？他在報復我之前拒絕他、不跟他在一起嗎？可惡！這個男人怎麼這麼可惡，小肚雞腸，都過這麼多年了，他怎麼可以用這種方式——」

「向晚，妳等等，停下來！妳繞得我頭都暈了。」樓思宇打斷我的碎碎念，試圖釐清情況，「妳說承言帶妳去買要送給其他女人的禮物？」

「對啊！」想到我就一肚子火。

「妳確定？」他一臉懷疑。

「他自己都承認了！」我拔高聲音。

莉婷學姊滿頭霧水，「可是……」

我靈光一閃，「學姊，妳是不是快生日了？」

「嗯，」她先是點頭，接著略微睜大眼睛，「嗯？」

「誒、等等！」樓思宇一把摟住莉婷學姊，對著我說：「妳該不會以爲承言買禮物是要送給莉婷吧？」

「不是嗎？」

「當然不是！」他緊張地宣示主權，「莉婷是我的女朋友耶！就算他要送她生日禮物，也不可能買T牌的項鍊。」

聞言，我漸漸冷靜下來，低嘆一聲：「算了，那我就準備提交辭呈吧。」

「爲什麼要辭職？」莉婷學姊問。

「他都有喜歡的女人了……」我沒辦法像他那麼公私分明。

覷了樓思宇一眼，她接著問：「他有說那個女人是誰嗎？」

「他怎麼可能告訴我？況且說了我八成也不認識。」我頹喪地坐在床尾，「都是你們啦，一直說我跟他還有機會，有機會個屁！我覺得好丟臉……」

「妳怎麼就不會認爲，承言買那條項鍊是要送給妳的？」

我眼神怪異地朝樓思宇瞥去，「給我的？」

樓思宇頷首。

「怎麼可能！」我擺了擺手，「如果眞是要給我的，那他也太不浪漫了吧！」

莉婷學姊笑笑，「他本來就不是個浪漫的人啊。」

「你們不要再說了。」我搖頭，「期待有多大，失望就有多大。你們不要再隨便給我希望，萬一……萬一最後那條項鍊還眞不是送給我的，我哪還有臉繼續在公司待下去？」

「妳反正也不想待了。」樓思宇翹腳。

我氣得鼓起雙頰，「你有異性沒人性，有了莉婷學姊後，就不疼我了。」

「思宇還是很疼妳的。」莉婷學姊跳出來幫男友說話。

「據我所知，目前承言身邊沒有任何曖昧對象，除非他保密到家，連對我和莉婷都沒提。」樓思宇仔細分析，「但這機率很低吧？談戀愛就該光明正大啊，有什麼好隱瞞的？況且要是眞的想瞞著別人，就不會帶妳去挑禮物。」

莉婷學姊也勸我，「向晚，妳如果氣不過，可以先把辭呈寫好，等過幾天，要是確定那條項鍊不是送給妳的，再辭職也不遲。」

我怎麼覺得他們一搭一唱，都在出餿主意？

原本不想再抱存希望，也告訴自己應該要看開放下，但經過他們輪番勸說，我似乎又動搖了……

「哎，不知道啦！」我心中亂糟糟的。

莉婷學姊走過來拍拍我的肩膀，「妳會這麼心煩，是因爲妳還喜歡李承言。我雖然不知道承言這麼做是何用意，但我知道他一直都把妳放在心上。」

喜歡一個人的心情可以持續多久？

經過歲月的洗禮，那樣的心情還能維持不變嗎？

就算我和李承言始終都將對方放在心上，但我們現在還合適在一起嗎？

會不會占據我們心中更多的，其實是青春裡的遺憾？

若只是爲了彌補當初沒能在一起的遺憾，而展開交往，這樣的關係是經不起波折與考驗的。

第十二章　以爲會淡忘的喜歡

這陣子我在公司都沒有給李承言好臉色看，下班時間一到，除非有趕著要完成的工作，否則必定準時離開。

爲了那條項鍊的歸屬，我終日焦躁難安，又放不下身段開口問李承言，只能自行在腦中做各種猜測，期間我三番兩次打開抽屜，看著早已寫好的辭呈猶豫不決。

或許，這封辭呈遞出去，我和李承言就眞正結束了。

我不喜歡現在的自己，時時刻刻被李承言的一舉一動牽著走，一會兒開心、一會兒難過，想親近他，又想疏遠他。

我也想過要向他坦白心意，想放下驕傲、放下自尊，不顧一切勇敢一次，哪怕他拒絕我……卻遲遲無法付諸行動。

週五下班，我在電梯口遇到依珊，她濃妝豔抹，換了一套性感火辣的貼身連衣裙，腳踩七吋高跟鞋，我很快聯想到她這身裝扮的用意。

「妳要去夜店？」

「聰明！」她彈了一記手指，「妳要不要跟我一起去？」

「不、不了。」我不喜歡去那種地方，菸酒的味道令我頭暈，而且燈光昏暗，撲上來的多半都是豬哥，沒幾個正經的。

「我有幾個好朋友從香港過來玩，難得可以狂歡，我也好久沒去夜店了。」她朝我眨眼，「妳眞的不跟我去？」

「哪有臨時約的啦，況且我身上的衣服也不合適……」

「可以回家換呀，或者直接去買一套。」

她聽不出來這只是我的推託之詞嗎？

我再次微笑拒絕，「沒關係，我比較想回家癱在床上。」

「難得Friday Night，妳就要這麼浪費掉啦？」她噘嘴，率先走進電梯。

我跟在她身後，敷衍地笑道：「可能是我老了吧？」

「妳哪裡老！我們同年耶！」她誇張地瞪眼。

電梯門即將要關上時，李承言冷著一張臉走進來，無視依珊的招呼，他緊盯著我，不發一語。

依珊很快察覺不對，拉拉我的衣袖，低聲問：「妳是不是工作沒做完就下班了？」

「沒有啊。」

「那總經理怎麼臉色這麼難看？」

「我也不知道。」我不敢抬頭和李承言對視。

好不容易電梯抵達一樓，我和依珊逃命似的走出電梯。與我道別後，她接起鈴聲大作的手機匆忙離開。

我以爲李承言會到地下室取車，不料他跟在我身後也出了電梯，於是我加快步伐，大樓的自動門才剛敞開，兩個男人的嗓音便同時響起。

「樓向晚。」

「向晚！」

一個是已經追至我身側的李承言，另一個則是捧著一大束玫瑰站在前方的前男友陳浩。

陳浩的出現令我始料未及。最近他傳訊息給我傳得挺勤勞的，為了避免讓他生出不該有的期待，我回訊都很簡短，也不理會他的邀約。

但他現在這是在演哪一齣？

瞥了李承言一眼，陳浩率先開口：「向晚，我有些話想跟妳說，可以給我一點時間嗎？」

你抱著一束花在公司樓下等我，這意圖未免太明顯了，我還需要給你時間聽你說嗎？

我抿著唇，想著該怎麼拒絕才好。

突然，李承言伸手環上我的肩，表情比方才的冷臉還要難看。

我用氣音問他：「你幹麼？」

陳浩見我們狀似親密，沉不住氣地問：「向晚，他是誰？」

「那、那個——」我正想解釋，卻被李承言給硬生生打斷。

「我是她的男朋友。」

此話一出，陳浩和我都錯愕地看向他。

而李承言一副老神在在的樣子，眉毛微微挑起，像是在問我：妳有意見？

「依珊說妳沒有男朋友……」陳浩蹙眉，似乎懊惱自己竟得到了錯誤的情報。

居然還跑去找我朋友打聽消息，他也真是……

李承言長臂緊緊環著我，沒有打算放開，「現在有了。」

「向晚，這是眞的嗎？」陳浩看著我，看得出他滿心期待我能否認。

但其實……李承言肯跳出來自稱是我男友，還滿令我開心的，剛好還能藉此讓陳浩斷了復合的念頭，我沒有理由否認。

於是我輕點了下頭。

李承言得意了，故意問：「你這束花是要送給我女朋友的？」

「不、不是！」陳浩僵硬地找了個漏洞百出的藉口，「這束花是我要帶去醫院探病的，有個朋友生病了。」

附近的確有間大醫院，不過——

「探病送玫瑰？」李承言唇角勾起，語帶諷刺，「有創意。祝你的朋友早日康復。」

「那我就先走了。」陳浩一臉挫敗。

李承言把人叫住，「你不是有話要對我女朋友說嗎？」

惹誰都好，就是別惹李承言。見他如此咄咄逼人，我不由得一抖。

「現在沒有了。」拋下這句話，陳浩猶如落水狗般狼狽離去。

我估計他應該不會再傳訊息給我了，一勞永逸，還挺不錯的。

只是，雖然解決了一個，但剩下的這個可棘手多了啊……

李承言將我帶到一旁的騎樓下，「在這裡等我，我去開車。」

我聽話地待著，直到他的車停在我面前，降下車窗。

「上車。」這句吩咐帶著不容拒絕的強勢，他像是在生氣。

入座繫上安全帶，我偷覷他好幾眼。

沉默半晌，李承言終於出聲：「妳爲什麼先下班了？」

「公、公司不是六點下班嗎？」我應該沒有早退吧？

「爲什麼沒有等我？」

「你沒有叫我等你啊……」

他額頭上浮起青筋，修長的手指不耐地敲了敲方向盤，「下午那份送去法務部用印的合約，上面貼著一張紙條，妳沒看到嗎？」

我歪著頭努力回想，突然靈光一閃，「你是說那張黃色的便利貼？」

「妳有看到。」他語氣更不滿了。

「沒有、沒有！不是這樣，」我搖著手著急解釋，「那張便利貼沒黏好，掉在地上，我以爲是垃圾，又趕著要去送件，所以就隨手撿起來扔進垃圾桶。」

李承言做了個深呼吸，下顎繃緊，薄唇抿成一直線。

他一定又要罵我了……

還是先道歉吧！

「我不是故意的嘛，對不起……」

誰知他卻話題一轉，問了個風馬牛不相干的問題：「那個男的是誰？」

「哪個男的？」我眨了眨眼，一時沒會意過來。

他咬牙切齒道：「捧著玫瑰花站在公司門口等妳的那個。」

「喔，你說陳浩。」我一邊觀察他的臉色，一邊小聲回答，「他是我的前男友。」

「什麼時候交的？」

「大學。」不是，他管這麼多幹麼？眞當自己是我男朋友了？

「既然分手了，他還拿著花站在那裡做什麼？」

我聳肩，「應該是想挽回吧。」

「樓向晚，妳認眞的嗎？」他臉色一沉。

「嗯？」我說錯什麼了？

「大學時的交往對象，現在才想挽回？」趁著紅燈，他轉頭看向我，眼神可怕，「時間不會拖得太長了嗎？」

這是什麼邏輯？那我們高中時連交往都不曾，現在還不是……

「我、我們中間陸陸續續都有聯絡啊，之前同學聚會的時候——」等等，我爲什麼要跟他解釋這些？「不對，這到底關你什麼事啊！」

「當然——」

「當然不關你的事！」我打斷他的話，「李承言，我爲什麼要跟你解釋？我們又沒有什麼關係，而且你也已經有喜歡的人了，還買了項鍊要送人家。」

居然還敢來質問我？簡直欺人太甚！

李承言神情古怪地瞥我一眼，突然就笑了，「妳很介意？妳在吃醋？」

「我有什麼好吃醋的！」何止吃醋啊，我還非常心痛！

也不知道他是不是看出我根本就是此地無銀三百兩，他沒再接話。

車子駛進我家巷口後，李承言找了一處空位暫停。

他嘆了口氣，「那條項鍊，我原本是想找機會放進妳座位的抽屜，卻意外在抽屜裡看到妳的辭呈。我想著，不應該再讓妳繼續誤會下去了，才會寫字條約妳下班後見面。」

他剛剛說什麼？那條項鍊眞的是要給我的？

「你……那你爲什麼……」

「妳知道今天是什麼日子嗎？」他解開安全帶，側身面向我。

「不知道。」我對記什麼節日超級不在行的。「是什麼日子？」

「那年我離開妳的日子。」

九年前，他離開我去澳洲那天？

「不是，你好歹也記一點甜蜜的日子吧？」我萬分不解，「怎麼會記這種……」

「那天是我第一次，因爲喜歡一個人而感到心痛與無能爲力。」他揚起一抹略帶苦澀的微笑，「所以難忘。」

「我以爲你走得很瀟灑。」我同樣也嘗到了那抹苦澀。

「妳這個沒良心的女人，到了最後都沒有開口留我。」

「如果我開口要你留下，你就不會走嗎？」

他想也不想便答：「我會走。」

「你看！」

李承言淡淡地看了我一眼，「若是未曾分開，又怎麼會清楚自己究竟要的是什麼？」

「你現在就清楚了？」

「對。」李承言伸長手臂，從後座拿出那個裝有項鍊的提袋交給我，「這是要給妳的，從一開始就是要給妳的。」

我有點生氣，又有點想哭，忍不住抱怨：「哪、哪有人這樣的……李承言，你這個人一點也不浪漫！」

「樓向晚，妳知道嗎？」他靠過來，離我好近好近，他輕輕地笑了，一字一句道：「這麼多年都把妳放在心上，就是我做過最浪漫的事。」

我低下頭，深怕他下一秒就會吻我，那令我感到害羞，而且這樣會不會進展太快了？

他緩緩退開，「但妳總是能超出我的想像。」

「你這種行為才容易讓人誤會呢！」害我這幾天這麼鬱悶，「我那時候跟銷售人員說項鍊不是我要戴的，你也沒否認。」

「就是要讓妳誤會。」他伸出指尖點了一下我的鼻梁，「看妳吃醋，我心裡才會平衡一點。」

我死鴨子嘴硬，「都說沒有吃醋了。」

「因為那表示妳還是在意我的。」

我感覺自己臉紅了，心裡開心，卻仍故作矜持，小心翼翼地問：「你……這是在向我表白？」

李承言睨著我的表情似笑非笑，沒有回答。

於是我又問：「我、我們現在是要交往？」

豈料他卻說：「妳想當我的女朋友？」

「哪、哪有人這樣的……」剛剛摟著我的肩膀，自稱是我男友的不是他嗎？

「如果妳想當我的女朋友，就告訴我，我可以考慮。」他拉了拉襯衫領口，面向前方坐好，口氣不疾不徐。

「李承言，你是在耍我嗎？」我板起臉。

「我沒有耍妳，我送項鍊給妳，是眞心實意。」他再度側過頭看我，「但是我要聽妳親口說，妳喜歡我，妳在等我，想要和我在一起。」

「哪有你這樣的……」男生不是應該主動點嗎？

「如果妳沒有那麼肯定，就別說。」他瞥了我手中的提袋一眼，「但我的心意已經放在這裡了。」

「爲什麼？」我不懂。

「因爲我是眞的怕了。」他那雙清澈的眼眸盛滿無奈，「怕萬一妳哪個朋友又跳出來說喜歡我，妳會再次把我拱手讓人。」

那時，我因爲雅慧而放棄他……傷了他很深嗎？

「你當時眞的那麼難過？」我輕聲問。

「我難過的，不是妳選擇了友誼，而是妳並沒有那麼喜歡我，才會連和我一同去面對問題的意願都沒有。妳不假思索選擇了逃避。」

這就是爲什麼他明明惦念著我多年，卻遲遲沒有主動靠近。

「所以這次換妳了。」李承言握住我的雙手，話中隱含一絲期盼，「妳要緊緊抓住我才行。」

「當年，你也沒有緊緊抓住我……不是嗎？」

「我能嗎？」他澀然一笑，「妳都哭成那樣了。」

原來他對我的體貼和尊重，讓他那顆喜歡著我的心狠狠地受傷了。

好吧……過去我所做出的選擇，確實傷害了他。

這麼多年來，我以為只有我會難過，卻不曾想自己也在他心上留下了一道難以痊癒的傷疤，但既然如此，為什麼……

「你就這麼肯定自己還喜歡我嗎？」

李承言定定地看著我，不答反問：「那妳呢？」

♥

戴著李承言送我的項鍊，我站在鏡子前端詳許久。

其實，李承言剛才在車上的問題並不難回答，我也早在和他重逢後沒有多久，心裡便有了答案。

「九年並不短，我知道妳需要一些時間想清楚。」

但為什麼聽見他這句話之後，我卻什麼也沒說就下車了。

我到底在怕什麼？

我和李承言都是單身，也無須再顧慮雅慧的心情，為什麼我還是無法誠實對他說出心裡的感受？我明明那麼想念著他……

包內的手機傳出震動，我取出來接起：「雅慧？」

「向晚，妳現在方便說話嗎？」她溫柔的嗓音自電話另一頭傳出。

「當然，怎麼啦？」我在床緣坐下。

「也沒什麼，就是……想關心一下妳最近和承言學長的情況。」頓了頓，她問：「你們還好嗎？」

「我……」一時語塞，我想我還是不習慣在她面前提起李承言。

聽我支吾半晌說不出話，雅慧輕嘆，「向晚，都過去那麼久了，我希望妳以後可以不要再介意我了。」

「……嗯。」我低應了聲。

「我也不希望妳再錯過承言學長了。」她語氣認真，「對不起，都是因為我，害妳當初沒能和承言學長在一起。」

「妳幹麼這樣說，那是我自己的選擇，又不是妳的錯！」

「可是到頭來，我對承言學長的喜歡，並沒有妳深啊。」

聞言，我沉默了。

「當初我們都以為，還會再有下一個喜歡的男孩子的，確實後來我們也都各自有了交往的對象，可眞正從那段初戀中走出來的，只有我。」雅慧語帶哽咽，「這些年看妳在感情路上跌跌撞撞，即便妳願意試著和其他人交往，但我在旁邊看得很清楚，妳始終沒能再對誰眞正敞開心房。」

我無從反駁，只能安靜聽著。

「妳比我還喜歡承言學長，也比自己想的還要愛他。向晚，妳還要繼續逃避下去嗎？他都已經回來了，回到了妳身邊。」

她這番話逼出了我眼底的氤氳，我顫聲開口：「他沒有回到我身邊，我甚至不知道我們現在算什麼，我到底該怎麼辦……」

「你們怎麼了？」

我把和李承言在車上的對話大致和雅慧說了，「當初我選擇放棄他，讓他受到了傷害，他一直爲此耿耿於懷，覺得我沒有很喜歡他。」

雅慧訝異，「怎麼會？」

「我那時確實認爲，有些喜歡，是可以捨棄的。」所以我無法爲自己辯解。

「那妳就更應該要向他坦白自己的心意。」

如果可以那麼簡單地說出口，我也不會這麼苦惱了。

雅慧又問：「除了這個，妳還擔心什麼？承言學長的心意不是沒有變嗎？」

「他的心意是沒有變。」我抬手握住鎖骨上的項鍊墜飾，「是我猶豫了。」

「猶豫什麼？」

「雅慧，九年的時間並不短，我擔心……我和他之間更多的只是當初沒能在一起的遺憾，向前一步、後退一步，我都覺得好困難……」我有股想要落淚的衝動，「我不知道自己怎麼了……我以爲我是個對愛情很坦率的人，喜歡就說喜歡，討厭就說討厭，可是每次面對李承言，我就會變得不像自己，許多內心眞正的想法，在面對他時都說不出口，我好討厭這樣的自己。」

雅慧在電話那頭安靜了半晌，輕笑出聲：「是因爲太喜歡了。」

「嗯？」

「向晚，從前妳之所以能夠坦然無懼地說出自己的心意，那是因爲最糟頂多就是告白不成而已，沒什麼；但當妳遇到眞正很喜歡、很重要的人，情況就不一樣了。」雅慧續道，「妳太喜歡承言學長，所以小心翼翼，深怕行錯一步，又將再失去他一次。」

被她說中心事，我的胸口泛起一陣難以言喻的疼痛。

「妳曾經認爲錯過承言學長也無所謂，錯過他之後，妳卻在心裡記掛著他整整九年，難道妳還要再重蹈覆轍？」

啞口無言的我，緊緊握著項鍊，眼淚奪眶而出。

「面對愛情，不能一味只求收穫，卻沒有承受傷害的勇氣。」

「可是我沒自信……」

「妳不是對自己沒信心，妳是不相信他，妳不相信他對妳的心意始終不變。」她直言。

「我……」

「這次，承言學長依然把選擇權交在妳手裡。」雅慧說：「而妳也很清楚，只有主動抓住他，你們才能在一起。」

我遲疑地開口：「我眞的……可以嗎？」

「爲什麼不行？」她失笑，「如果連承言學長都不值得妳鼓起勇氣追求，那我眞的不知道還有誰值得了。」

想起過去和李承言共同度過的時光，想起我們分開的這些年，想起重逢後的這幾個星期，各種情緒頓時洶湧而至。

李承言想錯了。

當年，我不是沒有那麼喜歡他，我只是不知道自己那麼地喜歡他。

「雅慧……我想跟李承言在一起。」

「那就勇敢告訴他啊！」她笑，「我覺得承言學長現在就像待在失物招領區裡，乖乖地等著妳去領回。」

我好笑地說：「妳怎麼說話越來越像梓秀了。」

「近墨者黑啊。」她打趣著說完，又換上語重心長的口吻，「向晚，妳可以自私一點的，幸福是要靠自己去爭取的。」

抹去眼角的淚，我點點頭，「我知道了。」

♥

雖說已打定主意要向李承言表白，但我還眞不知道該怎麼做才好，總不能直接撲上去說我好喜歡你吧？這也太難爲情了……

忙了一個早上，午休幾名同事擠在茶水間，等著微波便當，順便聊起八卦；我抱著便當盒站在不遠處等待，冷不防被人往後一扯。

依珊劈頭就問：「樓向晚，妳什麼時候交的男朋友？爲什麼我不知道？」

「陳浩跟妳說的嗎？」我撇撇嘴。

「不然咧？」她雙手環胸，鞋尖點了幾下地面，「他哭著說我騙他，搞得像是被我分手一樣。」

「他最好是會哭，妳講話好誇張。」我翻了個白眼。

「哎，差不多啦！」她擺擺手，「別想轉移話題，快說，什麼時候交的男朋友？」

依珊才剛問完，茶水間便爆出一陣驚呼，有位女同事神神祕祕地說：「我那天看到總經理親暱地摟著樓祕書的肩膀，與一個抱著一大束玫瑰的男人交談。」

「眞的假的？在哪裡看到的啊？」

「就我們公司樓下啊。」

「對對對，我也有看到！」

聞言，依珊倒抽了一口氣：「樓向晚，妳的交往對象竟然是——」

我一把捂住她的嘴巴，朝她使了個眼色，確認她不會大叫後才鬆開手，拉著她一同走進茶水間。

「我跟總經理就讀同一所高中，他是我學長；至於那個捧著一大束玫瑰的男人，是我的前男友，他想要找我復合，但我不想，總經理只是好心幫我解圍而已。」我不疾不徐地說。

既然要解釋，就解釋個清楚吧。

同事們面面相覷，神情略顯錯愕，大概是沒想到他們正在八卦的主角會突然出現。

依珊瞇起眼，仍然懷疑，「可是總經理不像是那麼熱心的人啊。」

我淡淡地開口：「嗯，他是我哥的好朋友。」

「妳那個帥到沒天理的哥哥？」依珊低呼。

「對啦。」我點頭。

「原來如此，那這樣就合理了。」一位人事部同仁插嘴，「難怪向來公私分明的老闆，會破格錄取妳。」

「什麼意思？」我問。

「那時候比妳更符合資格，且具備相關工作經驗的應徵者，一共有五位，但老闆只讓林經理找了妳來面試，然後妳就被當場錄取了。」

這個意思是……我之所以能進這間公司，其實是出自李承言的私心？

大夥兒互相交換了一個心照不宣的眼神，一名女同事出言緩頰：「既然是好朋友的妹妹，會特別照顧也是理所當然的。」

「樓祕書，妳做事很努力，大家都有目共睹，所以不會覺得怎麼樣。」另一名同事也跟著附和。

這種場面話聽聽就好，不必當眞。我禮貌性地微笑點頭，不置一詞。

或許是我的反應令眾人覺得尷尬，各自微波好便當後，他們便如鳥獸散般離開了茶水間。

輪到我把便當盒放進微波爐時，依珊湊過來賊兮兮地問：「向晚，妳跟總經理應該很熟吧？」

「妳要幹麼？」我直覺沒好事。

「幫幫我唄！」

按下微波鍵，我轉身看向她，「幫妳什麼？」

「幫我牽個線啊！」

「牽什麼線？」見她笑容燦爛，我瞬間猜到她心中的想法，「妳該不會是指總經理吧？」

「對呀！」她猛點頭，眼巴巴地望著我，興奮地問：「可以嗎？」

我看著依珊，想起李承言說過的話。

「因為我是真的怕了，怕萬一妳哪個朋友又跳出來說喜歡我，妳會再次把我拱手讓人。」

我嘆了口氣，沉聲道：「依珊，妳知道我喜歡總經理嗎？」

她驚訝地瞠大雙眼。

「總經理不僅是我哥的好朋友，也是我高中時期喜歡的人，他是我的初戀，很深刻難忘的那種。」

好不容易找回聲音的依珊，嗓音有些沙啞，「都過這麼多年了，妳確定妳還喜歡他？」

「我還喜歡他，很喜歡。」我肯定地答道，「我喜歡他，不是因爲他帥氣多金，而是因爲他就是他，對我而言，他只是李承言。」

「那總經理知道嗎？」

「可能還不知道吧，我一直說不出口。」我沮喪地垂下雙肩，「面對他，我總是欠缺了那麼一點勇氣。」

「嗯，但看著總經理那張臉，妳不會很想撲上去嗎？」依珊開玩笑道。

「我是很認眞在跟妳說耶！」

「我知道啦！」

「依珊，」我目光堅定地望著她，「我已經失去過他一次，這次，我不能再把他讓給別人了。」

她眼珠一轉，像是忽然想起什麼，「等等，妳之前跟我提過，妳高中和一個男生互相喜歡，妳卻爲了好朋友而放棄他，該不會那個男生就是總經理吧？」

「就是他。」

「那妳的確不能再讓了！」依珊雙手搭上我的肩膀，「放心吧，我不會跟妳搶的。」

把話說開後，我鬆了一口氣，忍不住揶揄道：「妳根本就是因爲總經理長得帥才喜歡他吧？」

我還不了解她嗎？她就是外貌協會的榮譽會長。

「如果不是這樣，妳覺得我會如此輕易放棄嗎？」她伸出食指輕推了一下我的額頭。

「是是是。」我用力點頭，誠心誠意向她道謝，「謝謝妳。」

「是說，既然妳喜歡總經理，那剛剛爲什麼要在其他同事面前，把你們的關係撇得那麼乾淨？」

我害羞地低頭，「辦公室戀情好像不太好……」

她靠過來小聲問：「總經理還喜歡妳嗎？」

「他……」我咬住下唇，支支吾吾。

「看妳這反應，」她嚷嚷道：「八九不離十，總經理肯定還喜歡妳！」

深怕被人聽見，我趕緊示意她噤聲，不自在地輕咳了聲，「反正他……他就是要我主動跟他告白啦。」

那天在車上，李承言應該是這個意思吧？

依珊嘖了幾聲，「哇，想不到總經理居然是這樣的。」

「哪樣？」

「悶騷啊！」

「不、不是啦！」我好像不小心毀了李承言的形象，「他會那麼說是有原因的。」

「什麼原因？」

「哎唷，妳別問了！」我的臉應該紅得像是煮熟的蝦子了吧。

「好好好，不問。」她擺擺手，「那我就問妳，妳打算怎麼做？」

「……我不知道該怎麼向他告白。」

「這有什麼難的？妳就直接撲上去啊！」依珊理直氣壯道。

我彷彿在她身上看到了梓秀的影子。

「妳這建議有講跟沒講一樣。」我不客氣地回。

「我的意思是叫妳大膽主動一點啦！」

「我也很想啊……但有些事不是妳想得那麼簡單。」

「不然咧？」她兩手一攤，「我反而覺得是妳把事情想得太複雜了。」

「是嗎？」

「總經理不是也喜歡妳嗎？既然如此，妳只要把自己的心意告訴他不就好了？」

「就真的很難說出口啊……」我每次一看到李承言，就會忍不住臉紅心跳，害羞到連話都說不清楚。

「妳不說出來，總經理怎麼會知道？」她搓了搓下巴，「不過，現在回想起來，總經理對妳的心意確實有跡可循。」

「怎麼說？」我挑眉。

「當初得知妳被公司錄取時，我其實滿訝異的，畢竟其他應徵者的條件都很優秀，我以為可能是因為我大力推薦妳的緣故吧。」依珊呵呵一笑，「結果原來是總經理存有私心。而且剛剛我就在想，他看起來也不像是那麼熱心的人，居然會願意摟著妳的肩膀、裝作妳的男朋友，主動替妳解圍。」

從旁人眼中看來，李承言對我的好，仍是如此顯而易見嗎？我心下有些恍惚，更多的是甜蜜。

好，我會試著努力為李承言鼓起勇氣的……

不過，目前正值上班時間，我還是謹守祕書的本分，私事等下班再說好了。

好不容易結束冗長的會議，我抱著筆電和一疊紙本資料，準備回座位整理會議紀錄，李承言卻打開總經理辦公室的門，要我進去。

「樓祕書，妳進來。」

拉直窄裙，稍微整理了下微皺的襯衫，我放下手中的東西，對著桌上的小鏡子照了照，確認形容沒有太狼狽，才步入他的辦公室。

「關門。」他坐回座位，手肘撐在桌面，十指交握。

我依言把門帶上，「總經理，你找我有事？」

「妳過來。」

我不動聲色地觀察著他，緩緩挪動腳步，站到他辦公桌前。

他食指點了點放在桌上的企劃書，「這個不行，退回去行銷部，請他們重新擬一份上來。」

「好。」我伸手想拿企劃書，那份企劃書卻被他推到一旁。

「等等。」他屈指敲了敲桌面，「下次這種東西呈上來給我之前，妳先看過，不行就直接退件，不要浪費我的時間。」

「知道了。」我再次伸手探向企劃書。

李承言卻按住企劃書，吩咐道：「妳到我旁邊來。」

「要做什麼？」

他語氣帶著些許強硬：「過來！」

「怎麼了？」我蹙眉走到他的座位旁。

李承言仰頭看我，「妳那天還沒有回答我。」

我馬上意會到他在說什麼，臉上一紅，急忙向後退，「現在是上班時間，討論私事不好吧？」

他拉住我，表情很不滿，「妳像一頭驢子一樣，慢吞吞的。」

「什麼意思？」

「不是說喜歡我嗎？」他目光如炬，「妳中午在茶水間和依珊的對話，我都聽見了。」

「你偷聽我們說話？」這人也太卑鄙了！

「我只是剛好經過行銷部。」

就算行銷部離茶水間很近，也不可以這樣！非禮勿聽，他難道不知道嗎？

我既生氣又害羞，扭頭就想離開，卻被李承言一把拉住，並從後方抱住我，頭靠著我的背脊。

「讓我抱一下。」他說。

太犯規了……

某人說要等我主動，卻做出這種曖昧的舉動，那都給他表現好了啊。我略感哭笑不得，心裡卻甜滋滋的。

半晌，他語帶哀怨道：「樓向晚，如果妳要告白，可以快一點嗎？」

這個人怎麼一點都不知道要害臊！

「我、我又不急……」我嘴硬。

李承言扳過我的身子面向他，雙手環在我的腰上，「但我很急，我等妳等得很著急。」

「這、這是在公司……你這樣不好吧？」

「不然——」他摟著我站起身，嘴角勾起壞笑，目光落在我的脣上，那不懷好意的意圖太明顯了。

我咬住下脣，將上半身稍微向後傾，不想讓他得逞。

一陣敲門聲打斷了滿室曖昧。

趁著李承言看向門口之際，我迅速掙脫他的懷抱，遠遠地站開，拚命用手替臉搧風，擔心會被誰從我泛紅的雙頰看出些什麼。

李承言擰眉瞥了我一眼，「進來。」

業務經理開門而入，見到我，便笑著打了聲招呼，「樓祕書也在啊。」

李承言清了清喉嚨：「她要出去了。」

「對，我要出去了。」我忙不迭地點頭，上前取走他辦公桌上的企劃書，表面上故作鎮定，實則心慌不已地快步離開。

關上門後，我將企劃書抵在胸前，試圖緩下狂亂的心跳。

九年改變不了他對我的心意，倒是改變了他的個性，要是他以前在學校就是這副霸道總裁的模樣，該有多少女孩子傾慕於他啊……

♥

晚上下班後，我匆忙趕赴每月一次的好友聚餐。這回梓秀挑了一間她家附近的熱炒店，店門口以大片透明塑膠簾圍起，不令店內的冷氣外洩。

三名酒促小姐穿梭桌間，應付起那些豬哥男客手段圓滑，且懂得巧妙且不失禮貌地避開狼爪。

梓秀伸筷夾起五更腸旺往嘴裡塞，「要喝酒嗎？」

「我酒量不好。」雅慧婉拒。

「有什麼關係，妳老公等等不是要來接妳嗎？」

「是這樣說沒錯——」

梓秀打斷她的話：「那就喝一點嘛！」

我挑眉，「怎麼？妳今天不開心？」

果不其然，梓秀點點頭，向酒促小姐要了兩支金牌啤酒後，便滔滔不絕地抱怨起工作上遇到的麻煩事，以及同部門的豬隊友。

好不容易這個話題告一段落，兩支啤酒也已喝完，她又要了三支，雅慧見了猛搖頭，聲稱自己已經差不多了，不能再喝了。

我們之中酒量最好的就屬梓秀，自相識以來，我從未見她喝醉過。又乾了幾杯，我的臉也紅得像剛從蒸氣房出來，她依然面不改色。

「我也要停了，頭有點暈。」見梓秀舉手想再叫一打台啤，我直接投降。

「妳也不行啦？」梓秀怪叫，「明天是週末耶！又不用上班。」

「可是我等等要自己回家啊！我又不像雅慧有老公過來接。」我不忘揶揄雅慧。

「他還不是我老公啦。」雅慧害羞地小聲糾正。

「妳真的很少女耶，你們都交往多久了，到現在講到他妳還會臉紅？」

雅慧抬手遮住雙頰，欲蓋彌彰，「我哪有！」

梓秀笑著睨我一眼，「向晚，妳少撇清自己，我都還沒審問妳和承言學長之間的事咧！」

「我和李承言之間有什麼好審問的？」我差點被啤酒嗆到。

「妳到底撲倒他了沒？」

「是要撲倒什麼啦！」

微醺的她沒禮貌地舉起筷子指著我，「你們還沒交往？」

伸手壓下她的筷子，我沒好氣地說：「我要是脫單了，一定會通知妳們的。」

「拜託，都什麼年代了，你們的進展還這麼慢吞吞的。」梓秀狂翻白眼。

「最近工作很忙，我沒時間想那麼多。」雖然公司不提倡加班，但最近適逢非常時期，實在很難準時下班。「近期有三個大案子同時在跑，我和李承言幾乎天天加班到晚上九點、十點，回到家都累死了，哪有精力多想。」

「你們一起加班？」

「對啊。」要不是剛好有個案件先告一段落，我今天還沒空過來跟她們吃飯哩。

「加班就可以——」梓秀打了個酒嗝，故意拉長尾音。

「可以什麼？」

「撲倒啊！」

「妳可不可以不要滿腦子只想著這件事？」我哭笑不得。

雅慧單手托腮，醉眼矇矓問道：「承言學長沒有送妳回家？」

「這幾天離開公司的時間都算是晚了，所以他都會開車送我回家。」

「不是時間晚不晚的問題吧？」梓秀撇撇嘴，「他就是想送妳回家，幾點離開公司都一樣啦！」

「是是是，他很體貼，是我不解風情，這樣行了吧？」我無奈道。

「少敷衍我。」梓秀蹙眉，「不是我在說妳，進度可不可以快一點？」

雅慧不禁搖頭，「向晚，妳再這樣拖下去不是辦法。」

「這我當然明白，但我和李承言多年後重逢，也不是說在一起就能在一起吧？總得先確認一些事，再找個適當的時機向他告白啊。」

「妳在跟我開玩笑吧？還確認個屁啊！」梓秀爆粗話，開了一罐啤酒塞給我，「妳多喝幾罐，直接撲倒他最快，不要再拖了！」

「我等一下就回家了，是要怎麼撲倒他啦！」眞的是很盧耶！

梓秀從我的包包裡摸出手機，她知道我的手機密碼就是李承言的生日，解鎖後，逕自點開我和李承言的LINE對話視窗，「妳喝醉了，我幫妳打電話叫他來接妳。」

「他才不會理妳。」我想搶回手機，卻被她俐落地躲開。

她低頭檢視我和李承言的對話，「怎麼都是在談公事？你們兩個還眞是無趣，一點情調也沒有。」

起初就是因爲工作需要，才又加了李承言的LINE和電話，而他在LINE上的發言也確實大都圍繞著公事打轉，大概他的浪漫情調都僅限於發揮在與我面對面的時候吧。

「快把手機還我。」我伸手去討。

雅慧微笑，「我也支持妳再把自己喝得醉些，讓承言學長來接妳，我們也好久沒看到他了。」

「相信我，喝醉會比較有勇氣。」梓秀神情曖昧。

「妳眞的要找李承言來？」

「當然，我看起來像是在開玩笑嗎？」她找出李承言的電話，作勢要按下撥號鍵，「奉勸妳，他來的時候，妳還是別這麼清醒比較好。」

我嘆了口氣，拿起啤酒大口飲下。

如果她們眞的要找李承言來，我確實需要藉酒壯膽。

乾掉幾瓶啤酒後，我的神智越來越迷茫了。

因爲不喜歡酒醉失控的感覺，我一直都很克制，上一次不小心喝醉已經是大學時代的事，還是樓思宇接獲通知後，特地過來餐廳把我扛回家的。

恍惚間，我聽到梓秀在講電話：「承言學長，不好意思，向晚喝醉了，可以麻煩你過來送她回家嗎？」

然後，不知道過了多久，李承言出現了。

看著雅慧和梓秀熱絡地和他打招呼，就像他眞的是我男朋友，來接酒醉的我回家，感覺好不眞實……

「向晚，我們回家。」

李承言彎下身，在我耳邊柔聲說。他身上有剛沐浴過的味道，香香的，我喜歡。

我一邊傻笑，一邊雙手纏繞上他的頸項，「抱抱，李承言，我要抱抱。」

他靠得好近，看起來好好吃……

我盯著李承言的嘴脣瞧，頭暈目眩，想湊上去偷親，他卻側過臉。

「雅慧、梓秀，我先帶她回家了。」

「好，路上小心。」雅慧和梓秀笑容滿面，向我揮手道別。

被塞進車子後，我就暫時斷片了。等我恢復了些許意識時，李承言正攙扶著我，歪歪斜斜地來到家門口，他從我的包包裡翻找出鑰匙，準備開門。

「我跟你說喔，我爸媽今天不在家，他們跟親戚去中部玩了，明天才會回來……」我靠在他耳畔嘀嘀咕咕。

「妳乖，站好。」他忙著開門，沒空理我。

「我哥應該在家吧？按電鈴——」我舉起食指打算往門鈴按，卻被他一把握住。

「我已經把門打開了，妳別按。」

喝醉了好像真的會比較大膽耶……

我迷迷濛濛地想著，沒忘記首要任務是得撲倒李承言。

「親親。」我送上自己的嘴脣。

「向晚，別鬧。」他脫去我和他的鞋子，再打橫抱起我，放輕腳步穿過客廳，上樓去到我的房間。

雙手環抱著他的脖子，我憨笑著問：「你不想跟我親親嗎？」

「現在不想。」

「爲什麼？」我癟嘴，裝哭，「嗚嗚。」

李承言將我安置在床上時，我刻意加重了摟抱的力道，讓他跌躺在我身側。

許是酒精作祟，我一個翻身，粗魯地跨坐在他身上，開始在他身上作亂，一下子揉捏他的臉，一下子企圖脫掉他的衣服。

他箝制住我的雙手，「妳眞的喝醉了？」

「我沒有醉……」只是腦子有點不太清醒。我傾下身與他額頭相抵，酒氣噴吐在他的臉上，「李承言……李承言……李承言……」

李承言沒有閃躲，靜靜地瞅著我。

我融化在他的眸光中，眨了眨眼，眨出了幾滴眼淚，「你爲什麼要離開我？」

沉默半晌，他柔聲哄道：「傻瓜，我不是在這裡嗎？」

「她們都說，只要撲倒你，你就是我的了……眞的嗎？」

他似乎不打算回答這個問題，指腹在我的頰上溫柔地摩娑，接著將我按進他的懷中，緊緊相擁。

枕在李承言的胸前，我的意識逐漸模糊，隱約聽見他在我耳畔說了些什麼……

❤

痛痛痛痛——

頭痛。

而且喉嚨燒燒的，我試圖發出聲音，但嗓子沙啞無比。

我摸了摸臉，好像已經卸過妝了，低頭瞥了一眼自己身上的衣物，卻還是昨天外出的裝扮。

「妳醒了？」一道男聲自門口傳來。

我撐起上半身，抓過放在桌上的手機，時間接近十一點半，嗯，該吃午餐了。

「頭痛，又好餓……」我喃喃道。

「不是說宿醉會影響食慾嗎？妳食慾倒是挺好的，不過也難怪，昨晚把胃裡的食物都吐光了，當然會餓。」樓思宇倚在門邊悠哉地開口。

我心中一驚，零散的記憶片段瞬間竄進腦海，「我、我昨天很荒唐嗎？」

「荒唐？」樓思宇意味深長地揚眉，「看來我這個好朋友，是眞的喜歡我妹妹喜歡得不得了。」

我緊張兮兮地坐直身，「我昨天做了什麼事？你快說！」

「我還想說妳昨天怎麼那麼晚才回家，後來聽見浴室有聲音，走過去一看，才發現承言正扶著妳坐在馬桶旁邊吐。」

我拉起棉被摀住嘴巴，深怕自己下一秒會放聲大叫。

「他挺有耐心的，陪妳吐完，端了杯水給妳漱口，還幫妳卸妝，期間妳屢次妄想用剛吐過的嘴巴親他。」他像是想到什麼，忽然哈哈大笑，「喔，對了，妳還想在我們面前脫衣服，一直喊熱。」

我羞愧得躲進棉被裡，「好了，你別再說了。」

樓思宇上前一把掀開我的被子，「這麼熱的天，又沒開冷氣，妳想把自己給悶死？」

我確實有這樣的意圖，嗚嗚嗚嗚，我不想活了！

「你爲什麼放任我那麼丟人，應該由你接手照顧我的！你是我哥耶！」我抄起枕頭扔他。

「我有啊，但是妳不肯，妳像隻無尾熊一樣死攀在承言身上，嚷嚷著說妳不要我。」他莫可奈何地兩手一攤。

結果喝醉的我不但沒有成功撲倒李承言，沒有生米煮成熟飯，反倒自毀形象……

我都還沒讓他看見我美麗成熟的一面，都還沒展現我的穩重大方，就淪爲一個發酒瘋的女人了！

梓秀根本就是損友！出那什麼餿主意！

「妳醒了就打通電話給承言吧，他昨天很擔心，還叫我早上要準備解酒藥和溫開水給妳。」他朝書桌的方向揚了揚下巴，「喏，我都放在桌上了。」

我恨恨地抹了把臉，「我哪有臉打電話給他。」

「人家昨晚那麼照顧妳，道個謝是應該的。」

我會，但不是透過電話。

點開LINE，我寫下一條訊息送出，「昨晚謝謝你送我回家，還照顧我。」

樓思宇仍站在原處，嘴角翹起的弧度很礙眼，他瞥了眼我擱在桌上的項鍊，揶揄道：「果然是送給妳的，妳還一直誤會承言。」

我慌張地將項鍊收回抽屜，推了推他，「好了，你快出去啦！幹麼一直待在我房間裡。」

「我關心自家的寶貝妹妹啊。」他唯恐天下不亂地說：「妳該慶幸還好爸媽昨晚不在家，否則看見妳昨天纏著李承言的那副模樣，還吵著承言要親親，恐怕老爸會叫他明天就上門來娶妳。」

「那、那也不是老爸叫他娶我，他就會娶我的好不好！」

「很難說喔。」樓思宇聳肩，在我的催促聲下笑著走出房間。

他前腳才剛離開，李承言的電話就來了。

我拿起手機，猶豫著該不該接聽，做了幾次深呼吸後，才戰戰兢兢地按下通話鍵。

「醒了？」他溫柔的嗓音蘊含一絲笑意。

「嗯……」

「頭疼嗎？」

「有點。」

他語帶調侃：「妳怎麼不像昨晚那麼熱情了？」

「你胡說什麼。」我低斥。

「昨天晚上——」

我阻止他繼續說下去，「我昨晚喝醉了，你就別提了！」

「不會喝酒，就不要喝那麼多。」

我也不是酒量眞的那麼差，還不是被梓秀她們慫恿，就失控地喝多了，但總不能老實說我藉酒壯膽是爲了要撲倒他吧……

「如果沒有我，妳是打算自己回家嗎？」

如果沒有你，我就不會喝那麼多了。

遲遲未等到我開口，他出聲：「不說話？」

「我、我又不是小孩子了……」

「如果不是我，妳也會抱著別人的脖子喊著要抱抱親親嗎？」

「都叫你別說了！」我在電話這頭臉都快要燒起來了。

「下次不許再喝那麼多酒，聽見沒有？」

他說話的口氣怎麼跟我男朋友似的？

我沒有回答，懊惱地咬著唇。

「樓向晚。」他喊了我的名字，卻沒有後續。

「嗯？怎麼？」我提醒他把話說完。

「來我身邊吧。」李承言嗓音誘人，「別再讓我等了。」

我壓抑不住狂亂的心跳，不知所措地道：「我、我要掛電話了。」

眞是的，他怎麼淨說些讓我招架不住的話啊……

最終章　女主角的幸福來臨

「我是叫妳藉酒壯膽，沒叫妳眞的喝醉啊！連這樣都沒能成功達陣，妳也眞是沒救了。」

在得知我跟李承言還是沒有突飛猛進的進展後，梓秀決定放棄治療我了。

我也覺得自己這樣的確有些窩囊。

隔了一個週末，我仍然沒有想好要怎麼向李承言坦白心意，原本還擔心在公司見到他會有些小彆扭，畢竟上週五的酒醉失態實在太過丟臉；結果今天李承言臨時去南部出差，沒有進辦公室。

我幾次傳訊息給他，卻始終沒能得到他的回覆。

下午業務和行銷經理都跑來問我，李承言今天會不會進公司？身為總經理祕書的我竟答不出來，因為我根本聯絡不上他。

找不到李承言令我感到煩躁，到底是有多忙？忙到連訊息都不讀不回？

可惡，明明進公司前還擔心會見到他，可是現在見不著，卻又想念得緊……

埋首於電腦，把明天主管會議的討論事項彙整完畢後，時間已經將近晚上七點半了。

正打算收拾東西走人，一道腳步聲由遠而近傳來，我抬頭看見是李承言，憋了整日的悶氣立刻原地炸開。

「這麼晚了，你進公司幹麼？」我冷冷地問。

他好整以暇地開口：「這是我的公司，我爲什麼不能來？」

「隨便你，你高興就好。」拋下這句話，我抓起包包就想走，卻被他一個箭步握住手腕，拉進總經理室。

「你做什麼？放手啦！」我低喊，見他不僅關上門，還落了鎖，一時心慌，我口不擇言道：「李承言，這裡是公司，你身爲老闆，不要做出一些會惹人非議的事！」

「所以我鎖門了。」他解下領帶，隨手扔在辦公桌上，朝我逼近。

「我說的就是鎖門這件事！」我連連後退，想拉開與他之間的距離，結果作繭自縛，被他困進牆角，「李承言，你、你不要再靠近了喔！」

他低頭俯視著我，「現在是下班時間，妳也沒有叫我總經理，我們應該可以談點私事。」

我不悅地蹙眉，「我現在不想跟你談，我在生氣。」

「生什麼氣？」

「你爲什麼不讀不回我的訊息？」我忿忿不平，「一整天都找不到人……」

「因爲我一直在開會，結束後便趕著回來。」

「忙到連一條訊息都看不了？高鐵上總有空看個訊息吧？」我才沒那麼好糊弄。

李承言緩緩勾唇，「妳很想我？」

「我、我哪有想你。」別過眼，我清了下喉嚨，嘴硬道。

他語氣含笑，「又不承認了。」

咬牙瞪向他，我更不開心了，「你覺得逗我很好玩是不是？」

「嗯。」他眉眼間瀰漫著笑意，不知道在高興什麼。

我看他根本就是故意不讀不回我訊息，想要讓我著急。

「還笑！我最討厭找不到人了！」我掄起拳頭捶向他的胸膛。

嘴角的笑意逐漸斂去，李承言看著我的眸光由淺轉深，他驀地向前，將我的雙手箝制在頭頂兩側的牆面，接著傾下身，男人的氣息徐緩地噴吐在我臉上，鼻尖幾乎要與我的相碰。

「好，我知道了，以後不會了。」他保證道。

我垂下眼睛，一時招架不住他充滿誘惑的神情，瞬間忘了自己還在生氣。

「樓向晚，妳沒有話要跟我說嗎？」李承言薄唇擦過我的頰畔，靠在我耳邊低聲說。

「我……」比起要跟他說什麼，我更緊張於他是不是要吻我了？

當初我和第一任男友初次接吻時，也沒有像此刻這樣，既害羞又不知所措，並且內心充滿期待，猶如情竇初開的小女生。

對上李承言那雙桃花眼，我完全移不開目光，結結巴巴地提醒他：「李承言，這、這是在公司……」

他置若罔聞，只是專注凝望著我，過沒多久，幾下敲門聲冷不防響起。

「總經理，是你在裡面嗎？你進公司了？」林峰的詢問隔著緊閉的門板傳來。

李承言鬆開我的手，像是要退開，正當我又是安心又是失望地微微垂下眼睛時，他突然揚聲道：「是我，我在和樓祕書談事情。」

我一陣錯愕，抬頭問他：「我們要談——」

他迅雷不及掩耳地摟住我的腰，吻上我的脣。

「唔……」我驚訝地瞪大眼睛，接著緩緩閉起雙眼，雙手輕攬他的腰側。

李承言抬手按住我的後頭，將我更貼近他，脣齒交纏，不留一絲餘地。

我被他吻得七葷八素，差點站不住腳，他戀戀不捨地離開我的脣，又蜻蜓點水地輕啄了幾口後，才微喘著氣，與我額頭相抵。

我注意到他的眼眶泛起一層薄霧，忍不住問：「你怎麼了？」

「沒什麼。」他似是不願多談。

我心想，或許他是等我等得太久、太心酸了……

眨了眨眼，我用只有兩個人聽得見的音量開口：「李承言，我喜歡你，很喜歡、很喜歡你，你知道嗎？」

他望著我，眼底掀起波瀾，低頭親吻我的眉心，「我知道。」

「你知道？」我鼻頭一酸。

「那天妳喝醉，叫了好幾次我的名字……每一聲都像是在說『我喜歡你』，所以，我聽見了。」李承言稍稍退開，低頭握住我的雙手，以指腹摩挲我的掌心，「一直以來，我要的就只是這麼簡單的一句話，妳卻讓我等了這麼久。」

我曾經以為自己猜不透這個男人，其實他對我的心思，始終澄澈透明。

「因爲我笨嘛。」我望著他，又哭又笑。

「是挺笨的。」李承言點頭，眼中卻盛滿愛意。

依偎在他的胸膛，我輕聲卻無比堅定地說：「李承言，你是我的，無論誰要來搶，我都不會再讓了。」

最難的，往往是起頭。

那些他想聽的話，未來我都想慢慢說給他聽。

聞言，李承言全身一震，雙臂緊緊地擁住我，像是要把我嵌進他的身體裡。

「話說，你這麼晚來公司做什麼？」我吸了吸鼻子。

他沉默許久才答：「來見妳，我想妳了。」

我在他的懷抱裡笑了，感到心滿意足。

有李承言在身邊，我的心就踏實了。

❤

「親愛的男朋友，今天我想邀請你到我家，與我的家人共進晚餐。」

「我比較想要兩個人的燭光晚餐。」

「那算了。」

這男人眞討厭……跟我家人一起吃飯不好嗎？他以前不是很喜歡來我家作客嗎？

我拎起包包，剛從座位上起身，有人就從總經理辦公室出來了。

「總經理，我先下班了。」我露出禮貌的微笑，凌厲的眼神卻沒放過他。

「正巧，我也要下班了。」李承言點了下頭，率先邁開步伐。

我抿緊了脣，用力踩著腳下的高跟鞋，迅速越過他身前，與其他也要下班的同事們邊走邊聊幾句，也有幾個同事主動和後頭的李承言搭話，只是談的多半是公事。

電梯抵達一樓，眾人魚貫而出，我跟著要走出電梯時，李承言抬手按下關門鍵，我回頭瞪了他一記。

電梯門再次在地下一樓打開，他把我拉了出去。

「李承言，你做什麼啦！」

「動不動就愛生氣。」

「我哪有愛生氣！」有也不承認。

「妳現在就在生氣。」

掙脫不開他的手，我慌張地四處張望，「你放手，要是被其他同事看到怎麼辦？」

「看到就看到，有什麼關係？」

「辦公室戀情不好，而且你還是老闆。」

「不公開怎麼結婚？」

心跳因為他這句話而漏了一拍，我又羞又急：「誰、誰要嫁給你了！」

李承言笑而不語，待我們坐進車裡，他側身看我，「回家吃飯。」

「回我家吃飯！」

「好久沒見到伯父伯母了。」他微笑，「我有點緊張。」

「你剛剛不是說不要？」我氣還沒消呢！

他糾正道：「我只是說我比較想跟妳兩個人單獨吃飯，但沒有拒絕。」

「意思還不是差不多……」我擰眉，他就只傳了那條訊息，根本沒有做其他解釋啊。

「我以為我表達的已經夠明白了。」繫好安全帶，他發動引擎。

「李承言，我討厭你。」我氣呼呼道。

「我知道妳喜歡我。」他說，一臉正經八百。

「我是說討厭！」

李承言一手握著方向盤，一手伸過來牽我，他臉不紅氣不喘道：「好了，妳不要再告白了，都不知道要害羞。」

「李承言你——」我本來想瞪他，最終卻破功，噗哧笑了出來。

「妳說妳是不是愛生氣？」他嘴角勾起。

「是，我就愛生你的氣。」

「沒關係，我原諒妳。」

我到底該拿這男人怎麼辦啊……

趁著紅燈，他湊身過來親了我的臉頰一下，「項鍊很適合妳，我眼光眞好。」

終於發現我戴著他送的項鍊啦？

我哼了聲，扭頭望向窗外，臉上的笑容卻越來越甜蜜，「是我眼光好。」

「爸、媽，我們回來了。」我大聲說。

老媽圍著圍裙，匆匆從廚房走到客廳迎接，「天啊！承言，歡迎、歡迎！你總算是來了！」

「樓媽媽，好久不見。」

「承言，你來啦！」老爸同樣圍著一條圍裙，他剛剛應該是在廚房裡打下手，他拍拍李承言的肩膀，「思宇快回來了，等等就能開飯，先坐吧。」

不一會兒，樓思宇就到家了。

「喲，來啦？」他伸手搭上李承言的肩，完全不管我這個妹妹，直接將我的男人往餐桌帶。

人果然是會變的，連哥哥也是，現在他心中的排序除了爸媽之外，莉婷學姊是第一、李承言第二，那我咧？

我噘著嘴拉開椅子入座，就聽老媽扯著嗓子喊：「妳這丫頭，快過來幫忙端菜啊，把自己當客人呀！」

「我是你們抱回來的啦！」

就當樓家生了兩個兒子吧，哼！

「妳在胡說什麼。」老爸過來摟了我一下，「妳永遠都是爸爸的寶貝。」

抱住老爸的手臂，我賭氣道：「那我只要老爸就好了。」

「說什麼傻話，快過來！」老媽催促。

我心不甘情不願地正想起身，卻被李承言一把按住，「樓媽媽，我來幫妳吧。」

「不用不用，這怎麼好意思。」老媽端著兩道菜出來，同時瞪了我一眼。

接過她手中的盤子，李承言揚起微笑，「應該的，謝謝你們邀請我到家裡吃飯。」

「明明邀請你的是我！」我不滿地出聲抗議，「是我主動說想找你到家裡吃飯的！」

老爸笑吟吟，「大家都很歡迎承言過來啊。」

「好好好，妳坐著，我們來就好。」樓思宇動手布置碗筷，對李承言道：「我這個寶貝妹妹已經被寵壞了，不好伺候，你得做好心理準備。」

「哥！」我又羞又氣，立刻起身幫忙。

待所有人都入席後，樓思宇似笑非笑地揶揄我，「妳是不是怕承言不敢娶妳？」

「樓思宇！」每當我叫他的全名，就代表我眞的要生氣了。

樓思宇聳肩，笑得一臉曖昧。

老爸邊吃飯夾菜，邊滿意地輪番看著我和李承言，出其不意地問：「承言喜歡我們家向晚嗎？」

李承言點頭，「喜歡。」

「從什麼時候開始喜歡她的？」

「很久之前。」

到底要不要讓人好好吃飯啊？我狂向老爸使眼色，要他別再問了，但他視若無睹。

「那爲什麼花了這麼久的時間才追到我們家向晚？」

我差點被飯粒嗆到，「老爸！」

「這不能問嗎？」老爸笑著安撫我，「我只是想確定，是否可以放心把妳交給承言，妳別太緊張了。」

放下碗筷，李承言不慌不忙地坐直身，正色道：「樓爸爸，年輕時我有很多不懂事的地方，不懂得表達，也不懂得如何珍惜向晚，讓她傷心了。這麼多年過去，我一直以爲我們都會各自找到更適合的人，但兜兜轉轉後，我才發現，自始至終，我的心裡就只有她。」

我聽得心下感動，眼眶溼潤。我從來沒有想過，他會當著我家人的面說這些。

「向晚是我的初戀。這些年我不曾忘記過她，而未來也會如此。」他溫柔地看著我，對爸媽說話的同時，也像是在向我做出承諾，「所以請你們放心把她交給我，我絕對不會讓她傷心難過。」

餐桌上陷入一陣短暫的沉默，直到老爸用力點了幾下頭，露出大大的笑容，「其實，是我們家向晚讓你傷心了。思宇跟我們提過一些向晚和你的事，當初是向晚拒絕了你。」

「這丫頭眼光極差。」老媽忍不住插話，「過去交往的對象，沒有一個讓人滿意的。」

我抬手扶額。哪有人會在女兒的現任男朋友面前講這些……

「這是眞的。」老爸補槍，樓思宇也認同地頻頻點頭。

「向晚和你在一起，我們沒有什麼好不放心的，不要退貨就好了。」

「媽！」我簡直快暈倒了，可以不要這樣拆自家女兒的台嗎？

思忖片刻，老媽又問：「令尊應該還沒有見過向晚吧？」

「還沒有。」

「會不會不喜歡她呢？」她微微蹙眉，「這丫頭除了長得好看一點，沒什麼特長，又挺笨的。」

我有時候眞的很懷疑自己是不是老媽親生的。

樓思宇插嘴：「承言就是喜歡向晚笨啊！」

我在桌下踢了他一腳，外加眼神警告；他不以爲意，還伸手揉了揉我的髮頂。

「老是把我當成小孩子。」我忿忿地拍開他的手。

李承言目光含笑，「家父對我選擇的對象，不會有什麼意見的。」

「那就好。」爸媽像是放下了心中的大石頭。

接著大家便開始閒話家常，聊起李承言過去幾年的生活，以及事業上的未來規劃，氣氛和樂融融。

我心裡暖暖的，安靜地看著眼前這個我喜歡了好久的男人。

用完晚餐後，我領著李承言來到我的房間，享受他想要的兩人時光。

「我好久沒有進妳的房間了。」他坐在床上環顧四周，「跟以前有些不一樣。」

「是啊，有重新裝潢過，丟了不少東西。」將散落在桌上的書整齊疊好，我坐到他身旁，笑咪咪地說：「不過你寫給我的情書還留著。」

他挑起了眉，興致盎然地問：「哦？我什麼時候寫過情書給妳了？」

「有呀！」我把玩他修長的手指，「你不是在考試重點筆記上寫了嗎？」

「我不記得了。」

「哪有這樣的！」我噘嘴，「你就記得我房間跟以前不太一樣。」

他煞有介事地沉吟了一會兒，「那我大概是選擇性失憶了。」

「不記得就算了。」我不滿地扔開他的手，

「妳看，又生氣了。」他笑著打趣我。

望進他眼底的柔情，我忍俊不禁地跟著笑了，「我雖然愛生氣，但還是很好哄的。」

「是嗎？」

「當然。」

「那當初我怎麼都哄不好？」

「你什麼時候哄過我了？」我險些翻白眼。

李承言被我的表情給逗樂，「對，我是沒哄過妳，因爲妳太笨了。」

「那你還喜歡我？這樣你不是更笨？」我也是會反擊的好嗎？

「我喜歡妳，是因爲覺得我們應該綜合一下。」

「哼，反正你最後還不是栽在我手裡了。」

他笑著點頭，一副隨便我怎麼說的模樣。

「你說，如果我沒有去你公司應徵，沒有成爲你的祕書，我們現在是不是就不會在一起了？」

「我們還是會在一起，思宇會幫我的。」他語氣充滿肯定。

「什麼意思？」

「就算妳沒有來我公司應徵、沒有成爲我的祕書，我本來也就打算要去找妳、回到妳身邊。」他伸手輕捏了下我的臉頰，「沒想到因爲依珊的舉薦，妳就自己來應徵了。」

「哦，所以我算是自投羅網。」

李承言突然在我面前蹲下，「向晚。」

「嗯？」我嘴角含笑地應了他一聲。

「我可能沒有辦法像思宇和樓爸爸那樣無限地包容妳，當妳做出愚蠢的舉動或決定時，我還是會罵妳；我或許不夠溫柔，可是我一定會很疼妳、很照顧妳，我會很愛妳的。」

我眼眶發澀，漸漸看不清眼前的他。

「說到做到。」

李承言不輕易給承諾，可一旦說出口，他就一定會做到。

我知道他爲什麼會跟我說這些，因爲我先前曾經對他說過：

「我喜歡的人，要像爸爸和哥哥一樣，愛我、寵我、照顧我、呵護我，無限地包容我，就算我很笨，也不忍心罵我。」

我一直都覺得他不夠浪漫，但其實那只是他的浪漫與別人有些不同，不要緊，我會慢慢懂他的。

雙手環上李承言的頸項，我主動吻上他的唇。

他很快做出回應，綿密細碎的吻不斷落在我的眉心、鼻尖和耳畔，「妳要是可以經常這麼主動就好了。」

「你這是得了便宜還賣乖。」我笑著皺了皺鼻子。

李承言壞笑，「我承認。」

「你這趟回來變了好多。」

從前他的喜歡，是隱斂的、克制的、不易叫人察覺的，他越是在意我，講話就越是不客氣，經常把我氣得牙癢癢；他把他的溫柔藏匿得很深，需要敏銳的心思才能感受得到。

「人都會變的。」他頓了頓，「怎麼？妳不喜歡？」

「不會呀……我喜歡。」我喜歡他這樣的轉變，無時無刻都爲此而心動。

摟著我的腰，李承言的嘴角驀地放肆揚起，「妳上次喝醉不是想要撲倒我嗎？」

聽他這麼說，我突然想起那晚酒醉枕在他的胸前，他似乎對我說過一段話，「李承言，我喝醉那晚，你在我耳邊說了什麼？」

他笑容微斂，沒有立刻回答，只是定定凝望著我，時間彷彿靜止了許久。

「我那時說，一輩子很長，如果真的非得牽起誰的手，那我希望，在我身旁的人，是妳。」他低沉的聲音緩緩響起，「樓向晚，妳願意和我談一場永遠不會分手的戀愛嗎？」

我忙不迭點頭，眼淚隨著點頭的動作掉出眼眶，這是我聽過最浪漫的告白。

「我願意。」

全文完

番外
不會再有人像我這般愛她了

「向晚現在單身，你不是想追回她嗎？」

深夜收到這條訊息，我從客廳的沙發上起身，踱步至落地窗畔，眺望二十六層樓高外的城市夜景，有一瞬間，我彷彿聽見飛機起降時的轟隆聲。

那日，我接過櫃臺地勤人員交給我的登機證和護照，竟有些發愣。

對於做下的決定，我從未猶豫不決，可是這次，我遲疑了──我眞的要離開樓向晚嗎？

我沒想過自己會那麼喜歡一個人，更沒想過有一天會因爲她而感到心痛與無能爲力。

那是我第一次認知到，原來喜歡，有時候不只是兩個人之間的事。

即使我已經拒絕雅慧，但她的心意，對現階段的樓向晚和我來說，都太過沉重了。

而樓向晚連和我一起去面對的勇氣都沒有，一下子就選擇了逃避。

我尊重她的決定，儘管我爲此受到傷害。

或許，再深的感情都會隨著時間逐漸淡忘；一個人走過你心上的足跡，終究會被下一個人取代。

當時，我只能要自己這麼相信。

我曾經想過，我的初戀對象應該會是個完美無缺的女孩。長相漂亮、個性溫柔大方，氣質乾淨舒服，相處起來輕鬆自在，我一度以爲自己會喜歡上爸爸醫院同事的女兒，裴莉婷。

與她日漸熟識後，我們發現彼此性格太過相近，擦不出火花，適合當朋友，不適合當情人。是有點可惜，但無妨，畢竟友情多半能比戀情長久。

我沒有料到自己會喜歡上樓向晚這樣的女孩。

首先，她是我好朋友樓思宇的妹妹，再來，她雖然長得還算順眼，但個性……實在令人不敢恭維，嬌生慣養，特別幼稚，每次見面總是吵吵鬧鬧，樓向晚就像一朵被養在溫室裡的蠻橫玫瑰。

「妳眞的是三低。」氣惱之下，我忍不住說了重話。

「3D?」她滿臉疑惑，「沒有這種胸圍啊。」

「身高低、智商低、情商也低。」

下一秒，她就爆炸了，嚷嚷著這輩子都不想再見到我。

自那次之後，我發現自己似乎有些變態的傾向，喜歡看她被我激怒、被我氣得直跳腳，就像被踩到尾巴的貓。我意外在樓向晚身上找到另類的樂趣。

樓向晚眼光一直很差，這點從她會喜歡上黃大衛就有跡可循，黃大衛不是什麼帥哥，性格溫呑，又不太會哄女生開心，重點是他喜歡的是男生。

某人前陣子還得意洋洋地每天都跟黃大衛膩在一塊兒，卻搞不清楚對方的性向，告白被拒後才在那邊呼天搶地。

這傻蛋啊……

「幫個忙，載一下我妹啦！反正你也是要去我家。」

「我爲什麼要載她？」我才不想載這個爲別的男生哭得死去活來的傢伙！

樓向晚鬧脾氣不肯坐我的車，樓思宇二話不說，逕自將她安置在我的腳踏車後座。

在心底嘆了口氣，我長腿一跨便騎了出去。

我承認自己是故意沒跟她說一聲的，但我沒想到她會因此伸手抱住我的腰，還好她看不見我臉上的表情，那一瞬間，我的耳朵竟微微發熱。

她身上帶著一股甜甜的味道，可能是糖吃多了。

就說了吧，她和我就是無法和平共處，果不其然，沿路拌嘴直至樓家門口，她又生氣了。

我看著她紅腫的雙眼，朝隨後抵達的樓思宇撂下話：「下次別叫我載她，很重。」

「我哪裡重！」她脹紅了臉，「你才重！你全家都重！」

我忍不住笑了。

總算不哭了。

升上高中後，樓向晚變得經常蹺課，一個女孩子獨自在外面溜達多危險啊！

我怕身為妹控的樓思宇會擔心，便刻意盯緊了樓向晚，導致她越來越討厭我，沒有一次給我好臉色看。哼，她以為我吃飽撐著想管她？

那天她在房間差點被電線絆倒，我好心扶住她，卻不小心碰到她的胸部，她也不知道是生氣還是委屈，眼眶泛紅地問：「你就這麼討厭我？」

「我哪有討厭妳。」我無奈回道。

這是真心話，我沒有討厭她，從來沒有。

高中第一次期中考成績出爐，樓向晚考得很爛，樓家父母請我擔任她的家教。

我知道她很不情願，但她越是排斥，我就越是想要接近她……

曾幾何時，我的目光開始圍繞著樓向晚打轉。

每次上家教課，她總是注意力難以集中，算個題目都得耗上個老半天，只有在跟我鬥嘴的時候還比較有精神。

對付小孩子，只能採取利誘。

「這次期中考，如果妳各科成績能平均八十分以上，我就無條件答應妳一件事。」

「你確定？」她頓時坐直身子，「我可能會要求你做很荒唐，或是很丟臉的事耶！」

「如果妳要把我難得的承諾，浪費在那種無聊事上，那也是妳的決定。」

「一言為定！」她立刻一口答應，「不可以耍賴！」

「會耍賴的只有妳。」那張瞬間發亮的臉龐，令我忍不住想笑，可愛的幼稚鬼。

做下這個約定之後，樓向晚讀書積極多了，儘管我們依然時有爭吵，但也算是漸漸找到可以和平相處的模式。

但是，她果然眼光極差，居然和顧源浩扯上了關係。

有一次，我遠遠看見她和顧源浩走在一起，兩人有說有笑。也不知道出於什麼心態，我快步走了過去，跟在他們身後。

要不是顧源浩拉了她一把，只顧著聊天的樓向晚差點就被飛盤砸到了。當時我心中又驚又怒，脫口而出：「樓向晚，妳怎麼會一點危機意識都沒有？」

她像是一時反應不過來，愣愣地望著我，一句話也沒說。

那是我第一次意識到，目睹一個男生親密地站在她身旁，這幕畫面是多麼的刺眼。

樓思宇得知此事後，碎念了樓向晚一頓，我還釐不清自己的想法，決定先靜觀其變，沒有加入責罵樓向晚的行列，一方面也是想讓樓向晚對我卸下心防，或許她會跟我聊起一些顧源浩的事，讓我知道她是怎麼想的。

某次上家教課時，我藉故拿走樓向晚的手機，無意間瞥見她與顧源浩約定相偕出遊的訊息。

隔沒幾天，裴莉婷請我陪她去買送給樓思宇的畢業禮物，我一路上心不在焉，裴莉婷還調侃了我幾句。

不曉得是不是因爲我心裡惦記著樓向晚，我們竟在一間位於鬧區街角的咖啡店裡與她巧遇。幾句寒暄後，我看得出她想打發我和裴莉婷離開，她就是這麼一個藏不住心事的笨蛋，她大概是不想我們撞見顧源浩吧。

離開咖啡廳後，我更加心神不寧，善解人意的裴莉婷沒有戳破我的心事，只是體貼地問我要不要回去看看樓向晚，畢竟她是思宇的妹妹。

我也不推辭，先打了通電話給樓思宇探過口風，才獨自回到咖啡店對街的騎樓下，用自己的方式，默默陪伴同樣獨自坐在店內的樓向晚，而顧源浩遲遲沒有出現。眼看天空降下大雨，我連忙走進附近的便利商店買了一把傘。

回到騎樓下時，樓向晚已經從咖啡店出來，站在屋簷下發愣。我一度懷疑自己是不是瘋了，才會做出這麼愚蠢的舉動，咬了咬牙，我撐起傘，朝她走了過去。

「你怎麼會在這裡？」她往我身後瞥了一眼，「莉婷學姊呢？」

「走了。」

「那你……」

我在等妳。

她換回T恤和牛仔褲，我覺得這樣很好，那條細肩帶的碎花洋裝很醜。

共撐一把傘讓我們不得不拉近了些距離，儘管我忍不住數落了她幾句，她也明顯為此悶悶不樂，但我仍然很享受這段時光。

我承認自己對感情挺後知後覺的，如果不是後來發生了那件事，我恐怕不會發現自己確實喜歡上了樓向晚。

當我看見湯雅慧和羅梓秀神色慌張地出現在籃球場時，我心中警鈴大作，直覺樓向晚出事了，一定要盡快找到她才行。

當我瞥見她狼狽不堪地躺在地上，頓時呼吸一窒，腦中閃過許多念頭，像是動手打那群欺負她的太妹一頓，像是上前抱住她，替她抹去臉上的淚痕。

可是心裡想的往往跟實際做出來的不一樣，等回過神時，我已破口大罵：「妳真是笨到無藥可救！」

她邊哭邊訴說自己的委屈，看著她那張布滿淚水與傷痕的小臉，那一刻，其實我最氣的是自己。這是我第一次喜歡一個人，我不知道該怎麼去對她好，只會用幼稚笨拙的方式表達自己的心意。

我對樓向晚的喜歡逐日加深，無法自拔。

第二次期中考前，我熬夜替她準備了幾張練習卷，雖然我知道，以她目前的程度，要考到各科成績平均八十分以上，一定不會有問題。

雖然她抱怨連連，卻依然噘著嘴乖乖寫練習卷，那模樣好可愛。

於是，在她趴在桌上睡著後，我忍不住吻了她。

這應該是她的初吻，也是我的。

還好她睡得很沉，我想這個祕密，我永遠都不會告訴她。

在發現樓向晚想湊合我和湯雅慧後，我感到非常焦躁，卻又無計可施。

她果然期中考各科平均成績在八十分以上，她要我做的事竟然是跟她出去約會，我心中暗自雀躍不已。

到了那天，卻是湯雅慧出現在約定地點，而樓向晚只傳給我一條訊息，說她生病了，所以請好友代爲赴約。我強作鎮定，不讓自己流露出失望，禮貌性地和湯雅慧一同去看電影、喝咖啡、逛書店，完成那些原本打算和樓向晚共度的行程。

湯雅慧是樓向晚的好朋友，如果我當場掉頭離去，湯雅慧必然會很難過，某個傻瓜也會跟著難過。

就當作完成任務吧……

我很清楚，不該再任由樓向晚繼續這樣幫好朋友製造機會，可是我不曉得該以什麼理由阻止她。

在感情裡不夠果斷的我，不但什麼也沒做，甚至在畢業典禮那天，我還故意收下湯雅慧送的禮物和花束，只為了試探樓向晚會不會吃醋。

她明顯不高興了，她對我是有感覺的。

當天晚上，我因為發燒而被帶回樓家休養，有段時間我都昏昏沉沉的，樓爸爸、樓媽媽一直在旁邊照顧我。

等我一覺醒來，卻看見樓向晚趴在沙發床邊睡著了，手裡還捏著幫我換下的毛巾。

我輕手輕腳抽走她手裡的毛巾，替她將掉落在頰畔的髮絲勾回耳後，靜靜看了她一陣，再緩緩握住她的手。她沒多久就醒了，我逗了她幾句，我喜歡她因為我的言詞而臉紅心跳，那讓我得以再一次確認，她是喜歡我的。

收到湯雅慧的情書那天，我心情很複雜，我知道我終究是得拒絕她的，但我不確定該以什麼樣的理由拒絕，才能減低對她的傷害。我不想跟她說自己沒有喜歡的對象，我怕會給她希望，又怕她會追問我喜歡的人是誰。

在還沒想明白該怎麼做之前，我刻意不去樓向晚家裡見她，可是等我決定去找樓向晚時，她卻開始避著我，不肯正面回答我的問題，還口是心非。

「雅慧是個很好的女孩，值得你喜歡。」

她的每一句話都令我心痛。

我惱怒地問：「妳就那麼希望我跟雅慧在一起？」

「我只是希望雅慧快樂。」

她太天眞了，她自以爲是的成全，不會讓任何人得到快樂。

「樓向晚，妳聽好了，」沉默半晌，我緩緩開口，「雅慧的快樂不在我這裡。」

過沒幾天，我便正式拒絕了湯雅慧，她哭得很傷心，但我只能這麼做，感情是無法勉強的。誰知樓向晚變本加厲地躲著我，逼得我不得不答應繼續擔任她的家教，否則她就不會見我了。

「你爲什麼要答應？」

「爲什麼不？」

「你當初不是說還要考慮？」

我望著她的雙眼，坦言不諱，「因爲我以爲，那不是唯一能接近妳的方法。」

「你……」她瞪圓了眼。

我一步步走近她，「妳眞的是爲了雅慧在生我的氣嗎？」

「不然呢？」她挺起胸膛，表情卻流露出心虛，「不然還會有什麼原因？」

「雅慧除了說我拒絕她，還有說什麼嗎？」

「她、她說……」她不敢看我，「她說你有在乎的人了。」

「既然妳知道，那就好。」有些話，點到爲止即可。

「你眞的有在乎的人嗎？」

「有。」那個人就是妳呀，傻瓜。

「難道你突然發現自己喜歡上莉婷學姊了？」

「不是。」我以爲自己對愛情已經夠遲鈍了，她卻直到現在都還不明白我的心意。

「那……你在乎的人是誰？」

「向晚。」這是我最眞誠的答案。靜默片刻，我再度開口：「傷害了雅慧，我很抱歉，但我希望妳知道，這就是爲什麼當初我要妳別插手。」

她抓著我的手，「是誰？你在乎的人到底是誰？」

原來她還是不懂啊。可是，繼續解釋下去有意義嗎？

結果早就擺在那裡了啊……

輕輕拉開樓向晚的手，我轉身就走，她卻攔下我，「李承言！」

「如果我說出我在乎的人是誰，妳能承擔嗎？妳不就是因爲無法承擔，才想把我推給雅慧嗎？」

她答不出話，愣愣地放任我轉身離開。

儘管已經決定不再繼續擔任樓向晚的家教，我還是爲她準備了一份期末考重點筆記，讓樓思宇替我轉交，並在最末頁底下的空白處寫下：樓向晚，妳知道我喜歡的是妳嗎？

我不確定樓思宇會不會發現，如果他看到的話，應該會告訴她吧？

如果他沒看到，那麼她會發現嗎？發現之後，情況會改變嗎？

會嗎？

今天是我最後一次過來樓向晚家裡幫她複習功課，有些話，如果再不說，恐怕就沒機會了。

「對不起，我很遲鈍。」於是我開口了，「我不懂得怎麼表達對妳的喜歡，我甚至一開始不知道那樣的情感就是喜歡，才會……花了那麼長的時間跟自己過不去……如果我能早點告訴妳，我喜歡的人是妳，哪怕妳對我沒有感覺，至少，不會把我推給別人吧？」

她低下頭，眼淚跌碎在地板上。

「向晚，妳是我的初戀。」

因爲是初戀，所以懵懵懂懂，導致錯過了相愛的機會。

樓向晚抬手摀住雙眼，泣不成聲，「對不起……」

或許她沒那麼喜歡我吧，才會毫不猶豫地捨棄我，選擇了友誼。

這個想法讓我心痛到幾乎無法呼吸，但我是這麼地喜歡她，一點都不想她難過，也不想她難做。

所以，我什麼話也沒再多說，我尊重她的決定。

後來，我以出國找親戚爲由，向樓家父母表示無法再擔任樓向晚的家教。

升大學前的暑假，我經常出國旅遊，發現自己對於國外的生活充滿嚮往與好奇，也覺得那樣的生活很有挑戰性。

偶爾從樓思宇的口中得知，樓向晚的生活也變得十分忙碌。只要一忙起來，時間就會過得很快，或許我和她都在等待時間的解藥生效。

九月開學後，很快又過了四個月。

這段期間，我很少和樓向晚碰面，兩個人各過各的，但我知道自己其實仍未放下。

幾經思考後，我決定暫擱學業，申請前往澳洲打工度假，為自己安排一條與其他同學不同的道路。

父親比我想像的還要開明，很快就點頭同意。從小到大，他對我的要求都不是特別高，只要堂堂正正做人，對於人生有想法、有目標即可，他認為沒有必要干涉我太多；我想這或許是他長年忙於工作，有著對我疏於關愛照顧的愧疚所致。

待一切準備就緒，我唯一的牽掛就是樓向晚了。

「出國前，總要好好道別吧？」

因為樓思宇這句話，我久違地來到他家，接受了樓家父母豐盛的晚餐款待。

用餐過程中，樓向晚十分安靜。

她一吃完飯就上樓了，我迅速跟了上去，聽見她小聲抱怨，「討厭……」

「別彆扭了，小朋友。」

她猛然回過頭，撞上我的胸膛，差點跌倒，我穩穩地將她抱在懷中。

「生氣了？」我淺笑。

「我不是小朋友。」她紅了眼眶，連話聲都帶著哽咽。

「向晚。」我輕輕拉著她的右手，「我後天晚上的飛機去澳洲。」

她輕應了聲，終於忍不住哭出來，「李承言，對不起……」

不用道歉，我都知道的。

「因爲妳太笨？」我抬起另一隻手替她擦淚，這是我能給的最後的溫柔了。「還是因爲太愛哭？」

「我會沒事的。」她說。

「嗯哼。」我又笑了，「我知道。」

她想了想，問：「你去澳洲會不會交外國女朋友？」

「有可能。」我直言不諱。

樓向晚有些沮喪，悶悶地垂下眼睛。

鬆開拉著她的手，我退後一步，覺得是時候了，「好好照顧自己。」

「我會好好的。」她承諾。

「那就好。」我勾起嘴角，轉身離開，「走了。」

「李承言！」她叫住我。

我停下腳步，強忍住想要回頭擁抱她的衝動，做了幾次深呼吸，才再度邁開步伐，頭也不回地走下樓。

「幫我上樓看看向晚，可以的話，給她一個擁抱吧。」我低聲對樓思宇說。

那天從樓家離開後，我眼睛酸澀無比，爲了與樓向晚的分離而感到想哭。

可是，就算重新選擇，我仍然會做出同樣的決定，此刻我和樓向晚都需要一段時間來認清自己的心意，認清對方是不是那個值得自己用一生去追求的對象。如果我在多年後依舊忘不了她，那麼，到那個時候，我一定可以再把她追回來的，因爲，不會再有人像我這般愛她了。

❤

「當然，我剛錄取她成爲我的秘書。」

凌晨兩點，我回傳訊息給樓思宇，並爲了即將與樓向晚展開的新關係而雀躍不已。

兜兜轉轉，那個傻女孩，還是回到了我身邊。

後記

漂亮女孩同樣有愛情煩惱

《女主角的戀愛告急》能夠在戀小說書系出版，對我而言，是一件非常不可思議的事情。

直到現在，我仍然覺得好幸運，且十分感激。

其實一開始，我並沒有寫《女配角的戀愛法則》姊妹作的規劃。之所以會產生這個念頭，是因爲有一天，我的一個朋友對我說：「長得漂亮的女生眞好，感覺戀情都很順利的樣子，而且不用愁找不到對象。」

那是你不知道而已，誰說長得漂亮就一定感情一帆風順？我當時心裡這麼想。

看別人談戀愛、結婚好像都很容易，爲什麼到了自己就這麼困難？

在寫下《女配角的戀愛法則》後，我希望也能讓大家換個視角去看看漂亮女孩的愛情煩惱，於是《女主角的戀愛告急》這個故事就因此成形了。

雖然樓向晩和《女配角的戀愛法則》裡的柯子燕，在人物設定上有著鮮明的對比，但隨著劇情的安排及鋪陳，她們同樣都經歷了必須在愛情和友情之間做出抉擇的難題，而身爲讀者的你們也將會發現，無論先天條件如何，在愛情裡，大家同樣都會面臨茫然無措與傷心欲絕。

故事中間向晚和承言分開了許多年，連載期間，有幾個讀者問我，對一個人的感情，眞的有可能時隔九年都不改變嗎？

我覺得是有可能的。

我一直相信，人在一生中，大抵都會遇到一個心心念念忘不了的對象，或許是在求學階段，或許是在出社會後的職場上，又或者對方只是經常在某間店巧遇的常客。雖然在現實生活中，事情的發展與結局往往不如小說裡來得圓滿如意，但那些人、那些回憶，必然會深深烙印在心上。

此外，樓向晚和李承言之間的感情發展，讓大家忍不住在留言板上說看得很心急，一直想著這兩個人到底會走向什麼樣的結果，不知不覺間，就好像自己正在談一場痛苦的戀愛一樣（笑）。

眞的辛苦大家了，劇情漸漸進入尾聲之際，我特地安排了一部分撒糖的橋段，希望能彌補前面爲大家帶來的揪心。

謝謝一路從《女配角的戀愛法則》支持我到現在的讀者朋友們，還有現在正在閱讀這本書的你，我會繼續努力，希望未來能帶給大家更多更好的作品！

特別謝謝POPO站上的文友們——樂櫻、懷德和黎漫，雖然每次都說要一起深夜打稿，我卻時常沒能做到，不小心就陷入昏睡，但只要是醒著的時候，妳們一定都會在，時時刻刻的陪伴與鼓勵，讓我感到無比溫暖。

非常感謝城邦原創的總編輯馥蔓，在仔細電校完稿件後，提供我許多寫文上的建議和指導，讓我可以精進改善，也讓這部作品能以更好的狀態呈現給讀者；很感謝責編尤莉，細心爲我打點多數作品的宣傳和規劃，每次都令我感動到想哭。

最後，恭喜POPO原創十歲啦！希望未來，我能繼續跟著POPO一起成長。

米琳

城邦原創 長期徵稿

題材

(1) 愛情：校園愛情、都會愛情、古代言情等，非羅曼史，八萬字以上，需完結。
(2) 奇幻/玄幻：八萬字以上，單本或系列作皆可；若是系列作，請至少完稿一集以上，並附上分集大綱。

如何投稿

電子檔格式投稿（請盡量選擇此形式投稿）

(1) 請寄至客服信箱service@popo.tw，信件標題寫明：【投稿城邦原創實體書出版／作品名稱／真實姓名】（例：投稿城邦原創實體書出版／愛情這件事／徐大仁）
(2) 稿件存成word檔，其他格式（網址連結、PDF檔、txt檔、直接貼文於信件中等）恕不受理；並請使用正確全形標點符號。
(3) 請附上真實姓名、性別、聯絡電話、email、POPO原創網會員帳號、作者簡介與出版經歷。
(4) 請加入POPO原創市集（www.popo.tw/index）申請成為作家會員，並將投稿作品公開放上該網站至少4萬字，若想全文公開也可以。

紙本投稿

(1) 投稿地址：10483台北市民生東路二段141號6樓
城邦原創實體出版部收
(2) 請以A4紙列印稿件，不收手寫稿件。
(3) 請附上真實姓名、性別、聯絡電話、email、POPO原創網會員帳號、作者簡介與出版經歷。
(4) 請自行留存底稿，恕不退稿。
(5) 請加入POPO原創市集（www.popo.tw/index）申請成為作家會員，並將投稿作品公開放上該網站至少4萬字，若想全文公開也可以。

審稿與回覆

(1) 收到稿件後，約需2-3個月審稿時間，請耐心等候通知。若通過審稿，編輯部將以email回覆並洽談合作事宜，如未過稿，恕不另行通知。
(2) 由於來稿眾多，若投稿未過，請恕無法一一說明原因或給予寫作建議。
(3) 若欲詢問審稿進度，請來信至投稿信箱，請勿透過電話、客服信箱、部落格、粉絲團詢問。

其他注意事項

(1) 請勿抄襲他人作品。
(2) 請確認投稿作品的實體與電子版權都在您的手上。
(3) 如果您的作品在敝公司的徵稿類型之外，仍然可以投稿，只是過稿機率相對較低。

國家圖書館出版品預行編目資料

女主角的戀愛告急 / 米琳著. -- 初版. -- 臺北市 ;
城邦原創出版 : 家庭傳媒城邦分公司發行, 民
109.01
面 ; 公分. --

ISBN 978-986-98071-4-2（平裝）

863.57 108020621

女主角的戀愛告急

作　　者／米琳
企 畫 選 書／楊馥蔓
責 任 編 輯／楊馥蔓

行 銷 業 務／林政杰
總　編　輯／楊馥蔓
總　經　理／伍文翠
發　行　人／何飛鵬
法 律 顧 問／元禾法律事務所　王子文律師
出　　版／城邦原創股份有限公司
台北市中山區民生東路二段 141 號 6 樓
電話：(02) 2509-5506　傳眞：(02) 2500-1933
E-mail：service@popo.tw
發　　行／英屬蓋曼群島商家庭傳媒股份有限公司城邦分公司
聯絡地址：台北市中山區民生東路二段 141 號 11 樓
書虫客服服務專線：(02) 25007718・(02) 25007719
24小時傳眞服務：(02) 25001990・(02) 25001991
服務時間：週一至週五09:30-12:00・13:30-17:00
郵撥帳號：19863813　戶名：書虫股份有限公司
讀者服務信箱 email：service@readingclub.com.tw
城邦讀書花園網址：www.cite.com.tw
香港發行所／城邦（香港）出版集團有限公司
地址：香港灣仔駱克道 193 號東超商業中心 1 樓
email：hkcite@biznetvigator.com
電話：(852)25086231　傳眞：(852) 25789337
馬新發行所／城邦（馬新）出版集團 Cité(M)Sdn. Bhd.
41, Jalan Radin Anum, Bandar Baru Sri Petaling,
57000 Kuala Lumpur, Malaysia.
電話：(603) 90578822　傳眞：(603) 90576622
email:cite@cite.com.my

封 面 設 計／Gincy
電 腦 排 版／游淑萍
印　　刷／漾格科技股份有限公司
經　銷　商／聯合發行股份有限公司
電話：(02)2917-8022　傳眞：(02)2911-0053

■ 2020 年（民 109）1月初版　Printed in Taiwan

定價 / 280元

ISBN　978-986-98071-4-2